命子

董启章 著

九州出版社
JIUZHOUPRESS

图书在版编目（CIP）数据

命子 / 董启章著. -- 北京：九州出版社，2021.10

ISBN 978-7-5225-0284-7

Ⅰ.①命… Ⅱ.①董… Ⅲ.①中国文学—当代文学—作品综合集 Ⅳ.①I217.2

中国版本图书馆CIP数据核字(2021)第137417号

著作权合同登记号：01-2021-2286

命子

作 者	董启章 著	
责任编辑	周 春	
出版发行	九州出版社	
地 址	北京市西城区阜外大街甲35号（100037）	
发行电话	（010）68992190/3/5/6	
网 址	www.jiuzhoupress.com	
印 刷	北京天宇万达印刷有限公司	
开 本	880毫米×1194毫米 32开	
印 张	9.25	
字 数	196千字	
版 次	2021年10月第1版	
印 次	2021年10月第1次印刷	
书 号	ISBN 978-7-5225-0284-7	
定 价	48.00元	

永远怀念

先父

董铣尧

目　次

命子: 果

261 事件

我不是特别喜欢孩子。我尤其惧怕孩子无理取闹的哭啼，或者歇斯底里的尖叫。然而，我好歹也是个父亲，所以也不能说绝对不喜欢孩子，或者对孩子全无忍受能力。幸好，我的孩子很少哭啼，也几乎从不尖叫。不过，这并不代表我的孩子很和善、很好相处，只是他从小就比较喜欢以发怒和责骂来表达不满而已。对他来说，哭啼未免太软弱，而尖叫实在是太低能。所以，我的孩子从来也没法忍受其他孩子的哭啼和尖叫。这可以说是父与子少有的共通点。

说到忍受，那可是当父亲的经历中的主要感受。至少，忍受的时刻远比享受的时刻多太多了。当然也不能说全无享受，不然那真是太要命，不如不当父亲好了。但老实说，心情真是以忍受为主。我曾经自夸是个有着无比忍耐力的人。在人际关系上我尤其能忍，是以在我的人生记录中，几乎没有跟任何人口角或冲突的事例，可以说是社会和谐的典范。直至成为父亲之后，我才首次体会到忍无可忍的滋味，也渐渐明白到，忍原来是一门很大的学问。

忍对儿子来说，却从来不是一个选项。也许当初我应该把他命名为"不忍"。虽然带点东洋风，但确实是个挺有气势的名字。听者大概会向错误的方向联想，以为寄寓慈悲的含义。实际上，当然是指对不顺心的事情绝不哑忍，必须吐之而后快的意思。见诸"沉默"在当今社会的负面意义，这个名字也可能会被当成时代的呼声。当"忍受"成了不合时宜的态度，从哪一个角度看，"不忍"也是时下最正确的取向。

我还是不要陈义过高。回到现实生活的平面，儿子的所谓"不忍"，简单点说就是欠缺耐性，委婉一点就是弹性不够，而更直接地说就是固执了。富有同情心的人这时候会安慰说：固执也没有不好，择善固执是相当高尚的情操啊！从主观的角度而言，一个人所"择"的自然是他以为是"善"的，没有人会主动去"择恶"。如果"择善"没有客观标准，"固执"的高尚与否就很难有保证。

撇开善与不善的问题，"择"与"固执"的确是儿子至今的人生主题（我姑且不说是"问题"）。从佛家的观点看，选择的行为出于分别心，有分别心才有选择。没有分别心的话，就不会这个那个地挑；这也可以，那也不错，不强求，不执着，不计成败得失，没所谓，平常心，空有不二，都 Okay 啦。所以，因为固执才要择，择是固执的显现。固执是因，择是果；因果相生，择执相随。择善也好，择不善也好，择本身就是不好，就是固执，就是烦恼的根源。所以，儿子取名为"果"，无论从字面还是象征的层面看，本身就是既可择也可执的事物噗！当初真是始料未及。

不好意思，调子又不自觉地拉高了！这是个很难改掉的坏习惯。在旧欧洲小说中，常常说某人喜欢 philosophizing，高谈阔论，喋喋不休，肤浅单调，枯燥无聊，大概就是上面一大堆话的写照了。我原本是想从一个场面开始的。按照我儿子的文学标准，之前的都可以删去。

我站在上水火车站外面的巴士站。261 号巴士的站牌下面排了十几人。还有十几路其他的巴士，站牌前前后后地排满了整个路边。一望无际的十几条人龙，像玩接龙游戏似的，缩短了又延长，但并未互相纠结，算是乱中有序。在马路上，十几辆巴士首尾相接，轮流靠站和离站；有的心浮气躁，见缝插针，有的气定神闲，痴痴地等。庞然巨兽逐一挨近路边，吐出一堆人，又吞进去一堆人。叮叮咚咚，开门关门。有人及时追上，额手称庆；有人吃了闭门羹，抱怨不断。

这个圣诞节前夕的下午，温暖如初夏，没有气氛，只有废气，以及动机不明的蠢动人群。上水站是个出名混乱的地方。邻近罗湖边境，水货客的集中地；车水马龙，水泄不通，几多陈腔滥调都形容不尽。我掏出手机，打开巴士服务应用程式，查看 261 的到站时间。这时候，儿子传来了即时讯息，问我位置。我问他几时到。他回复：五分钟。甫一关机他又来了电话，劈头便问：

下一班 261 几时到？

三分钟。

有没有 Wi-Fi 的？

有。

再下一班呢？

你为什么不装翻个 App？[1]

下一班几时到？

二十三分钟……你好好的为什么铲走个 App？[2] 然后又来问我？

下一班有没有 Wi-Fi？

没有呀！

那就好了！就坐没 Wi-Fi 这班！

为什么要坐没 Wi-Fi 的？你之前不是专门挑有 Wi-Fi 的来坐的吗？

那些新车坐到厌，到处都是，没意思！这条线上有一款很珍贵的旧车，平时很少有机会坐到。今天一定要试试。

但我已经在排队了，三分钟这班来到我就上。

怎么不等我一起？一起坐下一班不好吗？

我无端端要等二十几分钟——

也只是等一会吧！你时间又不赶。

---

1 翻，回，这里有重新之意。粤语。——编注（本书所有粤语注释均为编注，后从略。）
2 铲，清除。粤语。

我不是已经告诉你了吗？我想早点到，我要去后台探班，又有个访问要做。

也差不了多少吧！时间很早啊！坐下一班也绰绰有余。

我其实想坐的士呀！

怎么可以坐的士？好好的有巴士，261 很快的啊，不用半个钟就到屯门。

我今天不舒服！我中午肚痛，我不想困在巴士上——

怎么突然会肚痛呢？这么多问题！现在有痛吗？

现在没有，是中午。

现在不痛就不是没事吗？坐巴士也可以啊！

我都说有事要早点去做。对面就是的士站，好多的士排住队 ¹ 没人坐呢！

就是啰！没有人想坐的士，都选择坐巴士。

我不想坐巴士！

我不明白巴士有什么问题？

我——总之是不想坐啦！

你完全不讲道理的。

我不讲道理？

你明明说好了一起坐巴士去啊！

算了！算了！没事了！

我挂断了线，离开了人龙，退到行人路边的花槽前。花槽内

1　排住队，排着队。粤语。

种着垂头丧气的残花败柳，泥土上掉满了烟头。我把手机塞进裤袋里，又抽出来，鬼上身似的打开报站程式。刚才预计三分钟到达的那班车消失了，下一班显示十三分钟后到达。据标志显示，没 Wi-Fi 的，所以是旧型号。我连忙关上手机。

我察觉到自己的呼吸有点急促，心跳有点快，胸口有点闷，头有点晕眩。体内隐隐地有一股力量在酝酿着，准备爆发。熟悉而令人不安的感觉向我袭来。那是过去十几年来，环绕着巴士和地铁等公共交通工具所累积的负面记忆，里面有某种跟巴士和地铁本身无关的压迫感；一种说出来也没有人能明白和谅解的，跟眼前的事件完全不相应的恐慌。我尝试把注意力引向更值得期待的事情。

今天下午有一场改编自我的小说的音乐剧，在屯门大会堂上演。儿子乐意去看，有一半是因为可以趁机乘坐往屯门的巴士。那是他平时较少使用的路线。对于他有兴趣看戏，我无论如何也感到欣慰；对于自己答应了跟他一起坐巴士去，我却开始感到后悔了。

儿子的身影在人群中出现。高瘦的他，穿着蓝绿格子衬衫和卡其色长裤。他的衣服一直也是我给他买的，所以风格和我自己相似。他那长短均一犹如黑色球体的头发，也一直是我给他剪的。我今天要在演出结束时上台谢幕，穿得比较庄重一点，没有不小心出现"父子装"的情况。我的发型，当然跟他完全不一样。

果的脑袋好像被某种引力牵扯似的，一边向前移动，一边扭向右侧马路的方向，有点像个滚歪了的保龄球。他同时留意着我的动向，眼神流露出些微的疑虑。待他来到跟前，我晦气地说，上一班车无故取消了，所有排队的人也挤到下一班去。这消息对他造成一定的困扰。我不情愿地跟他排到龙尾。他问我借手机查看最新的行车安排，然后以安抚的口吻说：

唔紧要[1]！下一班没改动，还有希望的！

他的意思是搭到他心仪的巴士型号。我回想起自儿子五六岁开始，陪他在街上等他喜欢的巴士的无数情境。情况就如赌博一样，赌中了固然皆大欢喜，赌不中的话，结果却可以是灾难性的。今天的他不再是往日那个动不动就在街上大发脾气的小孩子了。他已经是个十五岁的少年，长得比我还高。他不会再在公众场所吵闹，学懂了隐藏自己的情绪。只是，他的"择善固执"几乎从来没有改变过。他对于巴士的"善"的标准，显然不是常人可以理解的。对不起，经历了那么多年"与人为善"的日子，我觉得应该轮到我蛮不讲理地任性一番。我决绝地说：

你自己等下去吧，我去搭的士。

他以和平理性的态度，尝试游说我改变主意，说：

车很快就来了，再等一下吧！我保证车程很快，绝不会延误你的时间。

我不舒服，不想坐巴士。

你还肚痛吗？

没有肚痛，是心痛。

1　唔紧要，不要紧。粤语。

不会吧，怎会突然又心痛？做人要放松点，不要太紧张。

我本来没有紧张，是你令我紧张的！

我不自觉地激动起来，排在前面的中年女人八卦地回过头来。儿子显得有点尴尬，说：

细声一点可以吗？控制一下自己的情绪吧。

我快给气炸了。我竭力维持一个讲道理的父亲的形象，但还是没法不提高声线说：

你人已经这么大了，完全可以自己坐车去任何地方。你喜欢挑什么车，也是你的自由，我完全不干涉你。问题是，为什么硬是要我陪你一起做这种无聊事呢？

果露出惊讶的神情，好像我说了什么不合逻辑的狗屁话一样。他一脸无辜地说：

我只是想你也能见识一下巴士的好处啊！

争论的内容跟激烈的态度完全不成比例，产生了强烈的荒谬感。我曾经以为，自己对这荒谬感已经习以为常，驾轻就熟，但原来已经去到忍无可忍的程度。我几乎是大叫出来地说：

不好意思，我已经见识够了！我认为我有权选择适合自己的交通工具。

这时候，巴士到站了。我完全看不出那辆车有什么独特之处，也着实没心情去仔细欣赏。事情已经去到临界点，身体里的安全阀快要被冲破了。笛卡儿认为，人的灵魂和肉体的连接点，就在脑部中央的松果体。真的是这样的话，此刻我的松果体肯定处于即将撕裂的状态，再下去便会发生灵魂与肉体崩离的现象。我知道，如果我坐上了这辆巴士，我平定了一年半的焦虑症一定会发作，所有的治疗将会功亏一篑。

我跟儿子说，我去对面坐的士，大家各自前往，五点钟在屯门大会堂见。

人龙开始向巴士的上车门移动。果一边前行，一边回头，以眼神和手势向我发出问号。我坚决地撇下他，自己跑掉。去到的士站的时候，却偏偏没有的士，也没有候车的乘客，只有一片空荡荡的感觉。在马路对面，刚才的那辆金色巴士，载着我儿子和其他乘客，缓缓地开走了。我没法及时在任何一格窗子里找到他的身影。

等了大约五六分钟，终于有一辆的士进站。上了的士之后，整个人顿即放松下来。纵使身心依然感到有点虚弱，但那种压迫感已经消失了。我的灵魂还好好的跟身体连在一起。松果体的安全暂时得到保障。

的士在粉锦公路上高速前进，去到接近元朗的路段，超过了一辆 261 号巴士。我忍不住拿出手机，向儿子传了个讯息：

你在 KR6080 上面吗？

Yes.

我的的士超过你了。

So?

的士的确比巴士快。

他顿了一下，回复：

你从不懂得尊重巴士！

　　我又火起来了，答道：

　　你从不懂得尊重我！

　　发出讯息之后，我狠狠地关上手机。看看表，时间是四时十五分。我估计，我会比果早十五分钟到达。演出在五时十五分才开始。时间，真的是绰绰有余。但是，那不是时间的问题。

巴士 1

儿子自从幼稚园便迷上了巴士。他首先学会了分辨巴士的类型，然后专挑喜欢的来搭。开始的时候，好恶的分野非常简单：金色就是好，白色就是不好。我这样理解：金色的车比较新，设计比较漂亮；白色的比较旧，设计比较呆板。不过，也许只是因为颜色，无关其他。

偏好渐渐变成了铁律，白色的绝对不能搭，只搭金色。如果强行把他拉上白色巴士，他会誓死反抗，全程斗争，直至照顾者（通常是我）忍受不住其他乘客厌恶的目光，尽速带他逃离车厢。在他宁为玉碎、不作瓦全的策略面前，事先设计好的奖罚制度完全崩溃，父亲最终也败下阵来——下车，等金色的。

到了小学阶段，智力有所增长，对巴士的分辨越加仔细，要求也相应大大提高。除了金色和白色两大类别，各自内部也出现了各种生产商和型号的区分。而在型号之外，又出现了车身有没有包上广告的选择。有特别主题的车身装饰，例如以农历年生肖包装的巴士，是其中重点搜寻的对象。曾几何时，为了追踪蛇年车或龙年车，耗掉了多少汗水和泪水，经历过几多激动的情绪。

再长大一点，到了初中，巴士学问也更为博大精深，开始讲究派车车厂和车牌号码。对于任何特定的一辆巴士行走的路线和调派的情况也了如指掌。遥远看到巴士的身影，便立即能说出它的车牌号码。记得全港巴士路线已属小儿科的知识。讲究车牌的结果，是无故讨厌某些号码而喜爱另一些，出现了特定的幸运号码和不幸号码。再细致一点，甚至会考究到巴士的路线牌模式（由转动的布牌到电子牌，以至电子牌的显示屏颜色）、车灯的大小和位置、窗口的形状、扶手的排列、椅子的图案、楼梯的设计、车门开合的方式、车厢灯光的色泽等等。于常人来说全都差不多的巴士，事实上每一辆也独一无二，拥有特别的个性。

相关资讯的来源，除了日常的亲身体验，还有赖于巴士迷群体在网上发放的消息。于不同区域活动的巴士迷，每天每时每刻都会上载自己的察观所得，例如某路线发现什么特别的安排，或者某个特别的车种在什么地区出没。于是便形成了一个甚为严密的巴士监察系统。另外，就是形形色色的有关巴士的出版物。除了每年的几种巴士年鉴，还有特别的专题，当中的内容颇有重复，但也总有自家独有的资讯，成为了不可错失的理由。这类书籍多由巴士专家或高阶巴士迷编著，内容严谨，资料丰富，图文并茂；于每年的香港书展、农历年宵市场，或者巴士专门店有售。果买齐所有版本，成为了他个人仅有的藏书。

对于巴士的命名或称呼，有几个系统。最先出现的，是儿子自家发明的叫法，例如"麻白""扇白""公公""圆头""尖头""凸头""达标""肿头"等等。当中有些源于巴士外观的印象，有些则是没有意义的随意联想。其次是以生产商和本身的型号称呼，其中两大品牌分别是丹尼士和富豪，占全港巴士的大多数。较少采用的有斯堪尼亚、利奥普兰、佳牌、亚比安等品牌。后来渐渐进入巴士迷的网络世界，得知原来存在共用的巴士种类术语。在包罗万有的"香港巴士大典"网站上，有"巴士型号爱称列表"，罗列了超过一百个巴士迷爱用的别名。试举其中一些例子："龙"（丹尼士巨龙）之下有十多种如"密龙""开龙""长龙"等等；"戟"（丹尼士三叉戟 Trident）之下有"胶戟""龙戟""豪戟""矮戟"等多种；"豪"（富豪奥林比安）之下有"短豪""九头豪""康豪""银豪"等；"猪"或"猪扒"（富豪超级奥林比安 Super）之下有"电猪""胶猪""祸猪"等；"蛋"有"红蛋""橙蛋"。还有许多外人不明所以的叫法，例如："洗衣机""升降机""死鸡乸""你老板""棺材""老鼠""肺痨""铁甲威龙""印度神油""肥婆""鸡车""牛杂"等等。

虽然经常上网参考巴士资讯，儿子是个独行侠，跟其他巴士迷没有交接。参加巴士迷会搞的活动，也由父母陪伴，未有结交志同道合的朋友。一方面他可以说是个典型的巴士迷，但另一方面，他喜欢巴士的方式似乎又有点另类。如果巴士迷在社会上已属另类，果便是另类中的另类了。对于巴士的喜好，他既不多样化，也没有博爱。换句话说，他并非在获取关于巴士的全体知识和体验中得到乐趣，而是像参加博彩游戏一样，试图在一个复杂多变但又有某种规律的系统中，寻求挑战命运的刺激。当然，挑战失败是常有的事情。

在果懂得自己坐巴士之前，我一直陪伴他进行这些疯狂的赌博。最常见的情况是，放学之后在巴士站上一连等了三班都是白色，双方都忍不住情绪爆发。更不幸的情况是，眼巴巴看见之前走了一班好车，或者下车之后发现下一班更好，又或者在行车途中看见心仪的车型在对面马路的相反方向经过；又或者，在同一个站上，其他路线的车型比自己的更好。以或然率看待，几乎各种各样的处境都曾经发生，而当中大部分是低于标准的。总的来说就是，因为预期设定太高，失落的机会便占大多数。但我没法令他降低期望。另一种情况是，假日出行，全部以巴士代步，结果十赌九输；又或者连赢几场，到最后一铺清袋。（最后一次经历主导整体印象，似乎是个普遍心理现象。）大获全胜，班班精彩，在我记忆中绝无仅有。如有的话，也很快便给下次的不幸掩盖。

试举一个经典例子。果大概小二三的时候，有一个星期天，说好了去湿地公园。从上水到天水围的276B，当时有富豪和丹尼士两种金巴行走。儿子一直坚持要坐丹尼士，虽然在我看来，两种巴士的外形几乎一模一样。当天在站上等了三班车都是富豪，我便尝试说服他，也许今天这条线没有丹尼士了。这也并非不可能的事情。他无可奈何便上了下一辆富豪。去到天水围下车，过了行人天桥，一直走到湿地公园门口，一辆丹尼士突然在对面马路扬长驶过。果完全不能接受命运如此地播弄，拒绝进入公园。我的思绪当场瘫痪，安抚又不是，怒骂又不是，只能怨恨时不我与，为什么不走快几步。结果我们回到巴士站，胡乱地上了第一辆到站的丹尼士。那是去金钟的长途车。无缘无故地，原本想去和结果去了的地方天南地北。

由此得出儿子搭巴士的恒常模式，那就是本末倒置。工具变成目的，原本的目的却变得无关重要。无论在目的地玩得多开心，只要乘车经验欠佳，全日的快乐立即烟消云散。作为陪伴他的父母，我们的心情经常是沮丧的。说理、开解、奖赏、惩罚、假装若无其事，什么方法都试过，但都没有效用。他这方面的思想如钢铁一般坚固。

拒绝向命运低头本来是值得敬佩的，但是，把意志浪掷在如此无聊的坚持上，始终令人难以接受。面对这块不能移动的石头，事发当场难免令人抓狂，过后却顶多只是暗自摇头失笑。隔了一段时间回看，甚至会化为饶富趣味的记忆，或者津津乐道的笑谈。毕竟，搭巴士是我和儿子的共同经验的重要部分。不论个中有多少争执和难受，也不论我和他互相理解与否，这就是他最重视的事情，也是他的快乐的最大泉源。

我想起这些年来，曾经和果一起坐巴士去过的地方。几乎全港所有区域的大部分路线，我们都坐过。几多个假日，我们选上一条陌生的路线，看着窗外新鲜的风景，任由巴士把我们带往未知的境地。有些终点甚为偏僻，或者不属于出游的景点，只是寻常人家居住的地区。在不熟悉的总站下车，在冷暖晴雨的不同天气中，像探险一样四处乱碰，寻找可以吃顿饭的店子，或者只是想去个厕所。如此这般，一个牵着爸爸的手的小孩，变成了一个比爸爸还高的青年。他的成长本身，就是一趟巴士之旅。我也许不是个很好的向导。我会迷路，会碰壁。我没把握可以把他引领到更好的方向。也许，其实是他带领我体验不同的旅程。就算路途有过怎样的起伏，我也决不会认为自己上错了车。

　　果小时候避而不坐的白色巴士，已经于去年全数退役。在这之前有称为"热狗巴"的传统红色无空调巴士，亦已于数年前停止服务。可是，去年巴士公司又重新推出复古设计的红色巴士。于是，红巴又成了儿子追捧的对象，把曾经深爱的金巴打入了冷宫。巴士世界千变万化，日新又新，他几时才找到心中真正的至爱？

看书

最近几年，儿子果一进书店就头晕。头晕便找个地方坐下来，玩玩手机，看看短片。我们分头行事，通常约定十五分钟后见。我几乎只是草草绕一圈便作罢。有时他跟在我身边，不停跟我说话，而且通常都是相同的那些话题，我更加没法专心看书，真个是走马看花。所以往往省下了不少钱，纾缓了家里的书满之患。

如果那家书店有关于巴士的书，情况就有点不同。他可以站着打书钉，看得津津有味，半小时不累，头也不晕了。有时看完就放下，纯粹打发时间，有时找到特别精彩的，或者是新出版的，便必定会买下，回家继续细读。在旁人如我看来，巴士书不是都差不多吗？不外乎是记录巴士型号、外观、机件、性能、行走路线，并附以照片等等的资讯吧。这种书为何会层出不穷，历久常新？甚至俨然成为一个类别，占去了大半层书架。由此可知，香港巴士迷群体之庞大，足以支撑此等出版物的市场。香港不但是全世界巴士类型最多的城市，也是有关巴士的资讯最丰富和发达的地方。巴士比文学更普及，是个自然现象。巴士书读者的人数，也肯定比我的书的读者多了。

拜巴士所赐，儿子终于成了一个看书的人。最近一次和果去书店，他一个箭步跑往消闲兴趣的部门，寻找他的至爱，而我则得以偷得半晌的悠闲，细看文学书的区域。发现柄谷行人的《日本近代文学的起源》新出了台湾版，如获至宝，略为翻了一下便决定买下。准备去结账的时候，看见果站在远远的另一边，低着头，眼镜滑落到鼻尖上，如饥似渴地读着什么。不明就里的，会以为他是个好学不倦的高材生。

回家的旅程，巴士自是不二之选。儿子一坐下来，便急不及待地捧读刚买的新版《香港巴士车队》，并不时向我讲解特别有趣的地方。他向我展示两张巴士照片，问我两辆车之间有何分别。我草草地瞄了一眼，觉得两者完全一样。他随即以专家的语气，向我指出下面的一辆在车尾下方，加装了小小的引擎散热风扇。他又对书中的用语表示赞叹，例如"相映成趣""耳目一新""大派用场"等等，认为看巴士书也可以学好中文。在评头品足和啧啧称奇一番之后，他翻到书后附录的现役车牌表，开始研究各种型号的巴士有什么车牌和编号。我瞥见那些密密麻麻的数字，觉得那简直是巴士学中的《尤利西斯》。

我和妻子从儿子很小的时候，已经致力于培养他的阅读兴趣。家中备有大量精美的童书和绘本。妻子每晚饭后都用巧妙的手段，劝诱儿子一起挨在沙发上看书。妻子真是个优秀的说故事者，每每把书本的内容讲得声色俱全，而儿子也往往有天真妙趣的回应。我在一侧旁观，曾经满怀惬意和乐观的心情。甚至出现过听妈妈讲说经典名著《神曲》的奇异场面（原因好像是果想知道什么是地狱），令我有一刻置身于《世说新语》的神童世界的幻觉。不过，最为典型的反应是，当妈妈施展浑身解数保住他的阅读兴趣，儿子会突然指着书页角落说：为什么这本书的页码跟上一本的字体不同？

我的口才显然跟妻子差很远，说故事的能力也很低。（是的，虽然我是个小说家。）由我来伴读的时刻，儿子很快便想溜走，或者忍不住合上眼皮。如果是读学校的指定故事书，那简直是一件苦差。说的辛苦，听的难过；不但字词未有过目，连声音也根本未有进耳。从那时候开始，我便知道自己没有资格再公开谈论任何关于"如何引导孩子阅读"或者"如何提升孩子的阅读兴趣"之类的题目了。

我很怀疑"耳濡目染"这个说法。我和妻子都是爱书人，我们家本身便是个图书馆。一个在读书家庭长大的孩子，却完全不喜欢看书，只能用物极必反去解释。如果对家里的书没有感觉，那便试试换个环境，带他到外面看书去吧。

儿子对图书馆并不抗拒，但显然因为喜欢"去图书馆"这个行为多于真的看书。后来便变成了一系列的指定动作，例如一进图书馆便去找那两三本相同的书，坐在相同的位置，从头到尾翻一次，指出相同的东西，在相同的笑位发笑，然后便合上书离开。

算不上是看书而只是一个仪式。不过，这样的仪式还是教人回味的。那时候我和他一次又一次地看的，包括莫里斯·桑达克的《在那遥远的地方》和海伦·华德与伟恩·安德森的《锡森林》。

《在那遥远的地方》是大江健三郎的小说《换取的孩子》的蓝本，是很受文学人喜爱的儿童绘本。儿子最喜欢看书中偷换婴儿的没脸小妖精，和掉包的冰婴儿融解时的恐怖模样，对故事中的姐姐如何救回妹妹则没有兴趣。他似乎也颇为关心，故事中的爸爸为何离家和去了哪里。《锡森林》也是个非常优美的故事。一个住在垃圾堆中的孤独老人，梦想着置身于充满生机的森林。老人于是着手用废弃金属打造成森林里的树木和动物。但是，老人依然是郁郁不乐。直至有一天，一只鸟儿带来了一颗种子。种子长出了花，花长成了植物。其他的动物也陆续出现了。真假森林混合在一起，自然与人为的事物交杂。不知为何，每一次和果看这本书，心底里都冒起深深的哀伤。这些对我来说无比珍贵的内容，他大概已经忘得一干二净了吧。

除了图书馆，书店也是假日必去的地方。大书店都有儿童图书部，很多孩子把那里当作图书馆，拿了喜欢的书便坐在地上看起来，气氛相当热闹。儿子当然不愿意自己一个人看，总要拉着爸爸或妈妈给他讲。他挑的几乎都是汤马士火车头的书。（小时候的他还未完全对巴士情有独钟，对火车也甚感兴趣。）Thomas、James、Gordan、Percy等等一大堆火车头人物，轮流地看了又看，讲了又讲。那时候他已经念初小。那些小书也没有多少字，都是看图画的。想帮他拓展一下兴趣，挑些别的题材，他都不为所动。

对启发他阅读这回事，有时难免感到气馁。

有一次，我突然忍不住发火了。之前好像发生过什么麻烦事，令我的心情不佳。可能是"扭蛋"（扭出来的塑胶蛋里头又是一部迷你扭蛋机）扭不到他喜欢的颜色（他偏爱绿色），便不停地抱怨，嚷着要再扭；又可能是闹着和公共交通工具有关的别扭。总之，我对于有名无实的"看书"沮丧到极点，便把书本丢在地上，站起身走开。儿子随后追上来，似是有点给我的脾气吓到了。（这个招数到他中学时代已经完全无效。）我便乘势训了他一顿，说他无心向学，对什么都没有兴趣，只顾执着无聊的事情。儿子自然不会温驯地挨骂，鼓起他那不及三寸的不烂之舌，有理无理地反驳。于是书店便上演了一幕父子唇枪舌剑的滑稽剧，供其他顾客免费观赏了。两人在书架间且战且走，不经不觉来到宗教书区。在我稍事喘息的时候，儿子指着他面前书架上的一本书，一本正经地说：

爹地，你看看这本书吧！

我弯下身子看清楚书脊上的题目，那是一行禅师的《你可以不生气》。

父子俩当即忍不住一起笑了出来。

星之孩子

　　很少父母会希望子女是平庸的。在子女的成长过程中，父母总会寻找他们在哪些方面有过人之处。我自然也不能免俗，竭尽所能地发掘儿子的天赋。最终我的发现是，所谓的天赋也真的是天之所赋，有便有，没有便没有，跟孩子吃什么奶粉（或者吃母乳与否），和父母提供什么教育，是没有必然关系的。

　　说孩子出生是一张白纸，写上什么完全是环境和培养所致，这样的文化养成论是站不住脚的。没错，条件和机会对一个人的成长和学习产生极大影响。任凭你有怎样的天才，如果你在经济、社会和文化方面没有合适的环境，那潜在的才能便可能会被终身埋没。但是，当一个人有幸获得学习不同事物的机会，这便代表他可以无往而不利吗？当然也不是。我于是倾向认为，每一个人也有自身的"原厂设定"。你的设定里面没有的东西，你最好不要强求；而你有的东西，你也不要忽视或逃避。所谓的个性，大概就是这回事。当然，最大的难题是，我们怎知道自己的设定里有什么，没有什么？

我并不是主张绝对的生物决定论，以及随之而来的优生学和生物性歧视。所谓的设定或者倾向，通常是复杂多样的。一个人的设定总有强弱优劣的不同组合，到头来还是认识自己和发挥所长的老生常谈。在大部分情况，对大部分人来说，各种能力的可塑性还是相当大的。天才和蠢材毕竟只占极少数。这就是为什么我们需要学习和教育。

至于所谓"原厂设定"虽然存在，但其实也是一件不好说的事情。那显然不是把人归为各种类型，或者区分成各种模式就可以解释的。更加不是由出生地点和时辰，或者什么星际法力所左右的。（我一向不信星座，对近年流行的 Human Design 那一套也保持高度怀疑。）遗传学是唯一的合理解释，但因为实际运作太复杂，所以最终还是无解。至少在今天，我们还未能通过分析 DNA 去部署自己的生涯规划。

孩子出生之时，不会附送一份出厂说明书，让你预先了解他的功能和设计。所以父母便只能不断地猜想和摸索了。最靠近实际的，是根据父母双方的性格和能力特征来作出预计。不过，结果往往会出人意表，原因也许是遗传的可能组合实在太多，或者父母对自己的认识太少。就算父母并没有过于不切实际的幻想，错误的期望也几乎成为常态。所以为人父母者不但不要有任何望子成龙、望女成凤的奢望，更要有孩子永远不会以你期望的方式成长的心理准备。

话虽如此，父母还是最死缠烂打的一类人。我们不会放过任何机会，"为子女的未来做到最好"。当今父母的完美主义（或对失职的恐慌），已经到了病态的地步。

果婴儿期的时候，我每晚都在他床边播放音乐哄他入睡。那是大江健三郎的儿子大江光创作的乐曲，曲风轻盈、活泼、悦耳、简洁，比过于复杂的古典音乐更适合幼儿。我到现在还清楚记得那些晚上，在关了灯的房间里，在婴儿床的旁边，在柔和乐曲的配衬下，轻轻拍着小儿子的背，在昏暗中看着那双小眼慢慢合上的时光。我可能高估了潜移默化的威力。我们很快便发现，音乐对他起不了多大作用。学乐器每次也只是浅尝即止，不出三堂课便知道不必浪费时间。在学校曾经被老师挑选加入歌咏团，但不到两个月就因为缺席练习而失去资格。十岁之前，他基本上对音乐绝缘。到了十几岁，开始自己上网听歌。他的品味相当独特，除了一般的流行曲，还特别喜爱连我也嫌老套的怀旧金曲。另外最欣赏的是广告歌和政府宣传歌。

绘画的情况也差不多。儿子从来不会主动拿起笔来画东西。带他去绘画班，他只是拿着画笔发呆，连胡乱涂鸦也欠奉。学校的美术堂，经常拿回来潦草的几笔，甚至是白纸一张。高小的时候上过一个另类画班，算是画出了两三幅大型画作，颇有点印象派的色彩，令人振奋了一阵子，但很快又无以为继。他唯一主动画过的就只有巴士，想不到笔触相当精细准确；又曾经重画大富翁之类的纸版游戏，把街道和地名全部改成他喜欢的新加坡。画东西对他来说似乎只有功能性的作用，远远谈不上创作。去艺术馆看画展的时候，他却喜欢冒充专家，把作品评头品足一番。

六岁的时候，果被妈妈骗去学过一阵子芭蕾舞。作为班中唯一男孩，自是特别受到注视和宠爱，但也加深了他的抗拒。他一向跟同龄孩子保持距离，甚少一起玩耍。肢体动作更加是他的弱项。不难想象，大胆尝试的父母很快便铩羽而归。学跳舞可能有点夸张，但就算是一般的运动，也很难吸引他的兴趣。需要身体高度协调的球类运动，对他来说是个不可能的任务。游泳连续学了几年，连教练也差不多要投降，最后总算能以不太标准的泳姿游毕五十米的距离。单车到了十几岁也学懂了，但技巧一般，也算不上是热衷。最集中训练过的是攀石，前后总共一年多，每周去攀石场上课。曾经有过不错的表现，以为终于找到至爱的运动，怎料热情还是渐渐冷却。后来不知怎的染上了远足瘾，每星期也要行山，每次行不同的山径，弄到我和妻子疲于奔命。父母没空就自己偷偷去行，大半天不见了人影，害家人着急得坐立不宁。这个人做事老是矫枉过正，要不就不做，一做就疯狂，要按也按不住。而且喜欢行山并不等于热爱大自然，讨厌昆虫和害怕动物的性格不变。往往对来回山间的车程更为重视，这又是另一个奇异点。

对于别人的子女，大家总是有些好心而错误的假设。说儿子不喜欢音乐，人们就会说一定是喜欢绘画；说他对绘画没兴趣，人们就会说那就应该是擅长运动吧；再说他最讨厌运动，人们就更加肯定地说：那一定是个读书人嗱！果的学业成绩在整个小学生涯几乎都是给同学们包底。六年来做功课温书我一定陪伴左右，但无论我如何循循善诱或者严厉训斥，结果也无分毫寸进。直至中三那年，他无法再忍受自己的沉疴，突发蛮劲读书，逐步升到中游位置，甚至朝中上进发，学期终还破天荒地拿了个进步奖。个中的教训非常明显——子女的成就完全靠他／她自己的觉悟，父母怎么干预也是徒劳无功的。

　　好的，就算艺术不行，运动欠佳，兴趣缺乏，学业亦一般，那也没关系。父亲是作家嘛，母亲又是中文系教授，儿子拥有语言天分几乎是注定的派彩。坦白说，在我的私心里，也一直是这样想的。将来当医生、律师或者什么专业人士，全都不在我眼里。果很早就懂说话，而且说得很完整，像大人的语气，几乎没有说过婴儿话。我以为是语言早熟的征兆。两岁半的时候，跟他念些唐诗，就算意思完全不懂，他也几乎立即记住，当是游戏般背诵出来。最高纪录可以背三十几首。在亲戚朋友面前表演，博得许多掌声，令父亲也有点沾沾自喜。不消半年，突然不肯再念，然后就全部忘光了。念诗一事原来只是虚火一场。长大了对文学也不见得有多少热情，书也不看，字也不写，但无厘头会上网看文学讲座录影，失惊无神背出一首饮江的诗。升中三的暑假，忽然埋头写了十几篇短文，自己编排打印，订起来成为一本散文集。还在家里搞了个新书发布会，广邀亲朋戚友参加，作了一小时的演讲，之后是卖书和签书，每本盛惠港币二十五元。大家都以为他的文学基因终于爆发，但结果证实只是烟雾弹。不过，这其实并非坏事。在文学这个范畴，极少成功继承甚至超越的例子。我并不是说自己有什么了不起，我只是担心后代在文学这个不确定的事业上虚度人生。写得不好固然是痛苦，写得好也不见得会快乐。在令人失望和自己失望之间，文学是条布满地雷的道路。

不过，说自己对儿子完全没有期望是假的。有时难免向人抱怨几句，像是买了件有问题但又不能退货的产品。在那些问题还比较新鲜的时候，有一次跟一位文化界朋友提起，他皱起眉头，严肃地说：其实你有没有想过，并不是你儿子有问题呢？这类小朋友是一个特殊现象。我太太刚巧在做这方面的研究，所以我也略知一二。据她的说法就是，这类小朋友具有超乎常人的智慧和感知能力，因为无法适应这个平庸的世界，而被当成是异常和有问题的儿童。你跟你妻子说，你们其实生了个救世主呢！说罢，这位友人哈哈大笑起来。我不知道他是认真的还是开玩笑。

最近在中学同学聚会中，聊到了儿子的成长状况。其中一位旧同学对神秘主义、新纪元和灵性课题深有研究，事后给我传来了好几条影片，其中一条是关于新人类和超心智孩子的。影片是一场演讲的录影，主讲的西方女士是这方面的专家。演讲不算有条理，由许多引用的人物和事例所组成，观点亦颇为重复，但可能就是这样，有一种近似催眠的效果。重点很简单：人类是由外星人经过基因改造而产生的；外星人一直在监察人类的活动，亦有外星人曾经统治某些古文明；在最近几十年，外星人在地球的活动愈趋频繁，与人类接触的个案大幅增加；在接触外星人的"经验者"当中，有很多是儿童和青少年；这些儿童其实拥有人类和外星人的基因，是混种（hybrid）；因此，他们拥有多种超能力，例如遥距沟通、读心术、超感官感知、多维度感知、时间穿越等等；这些能力其实所有人类也具备，但受到三维世界的物质条件和人类思维习惯的限制而被压抑，要通过特别的启动程序才能恢复；这种 DNA 功能或灵魂的启动，称为觉醒；人类已经进入觉醒的时代，如果能实现集体觉醒，将会带来演化的跃进；在这场觉醒运动之中，"星之孩子"（Star Children）扮演重要角色，因为他们是外星人派遣来地球拯救人类的使者；所以，请父母们注意，你的孩子可能并不真的是你的，而是外星人暂托在你家里的；当你发现自己的孩子在各方面都跟自己和配偶不相似，他很可能是外星人和地球人的混种；家长不能以传统的方式对待"星之孩子"，不能以人类的教育妨碍他们的成长和发挥；他们比父母懂得更多，更有智慧，能力也更强；这类孩子，常常被人类社会标记为异类，如自闭症、亚士保加症[1]、过度活跃症患者，这只是因为，他们的功能实在太强，也太特异，所以难以适应三维存在的种种限制。总结起来约略如此。

我记得，我曾经开玩笑地跟果说过，他可能是外星人。在他来自的国度，所有事物都有绝对的规律和秩序，没有混乱和偶然，也因此不会出现不能掌握的随机性事件。又或者，因为能够超越时空的限制，而没有不能预见的局面。在那里，一定会坐到自己喜欢的巴士，不会受到无法预测的调动和意外所愚弄，也不会错失任何机会。那是个完美的系统化的世界。我又问他，如果有一

1　即阿斯伯格综合征。

天有外星人来找他，说要接他回真正的家，他会不会跟对方走。我不记得他怎样回答了。可能是：如果外星真的那么完美，当然是回去啦。不过也会挂念你们的，有机会便回来看你们吧。似乎是没有断然否定这样的可能。想到这里就有点伤心。

想起果的模样，头大而浑圆、脸尖、眼大而吊梢、颈长、身高而瘦削，跟某族外星人真的颇为相似。（据那些网上影片所说，ET 原来不止一种，"已知"的有十多种，来自宇宙中不同的星系，有不同的外形、名称和品性。）他的个性跟我和妻子的差别又那么大，完全不像得到我们的遗传。哎呀！这不是证据确凿了吗？不过，倒是从没察觉到他拥有什么超能力，或者过人的天才；也没有听过他说见到什么奇怪的东西，或者去过什么奇怪的地方。他既没有突然在钢琴上弹出美妙的乐章，也没有无故在纸张上绘画出神秘的图案，或者开口说出不知是什么星球的语言。老实说，在能力方面他是个颇平常的地球人。不过，也说不定，这只是因为他的超能力基因还未被启动。那么，他的外星族人会什么时候来给他启动呢？

我选了个机会，和果一起去吃回转寿司的时候，漫不经意地问他说：

最近有没有见到什么特别的东西？

什么特别的东西？

例如，一些陌生的人。

你看，四处也是陌生人啊。

我的意思是，有点奇怪的人，来找你，说些奇怪的事。

有啊！

真的？

你啰！你现在跟我说这些，真是有点奇怪！

有没有发梦 [1]，去到什么有趣的地方，例如太空船之类的，或者外太空星球？

发梦？昨晚好像发了个梦，我在家楼下等巴士。来的竟然是一辆从未见过的劲靓的彩虹色巴士。我上了巴士，坐了下来。车厢里面一切都很先进，比现在的先进得多。坐了不久，巴士就离地飞了起来。我看着窗外的景物，感觉就像坐飞机一样。最后巴士飞到一个地方停了下来，那里有许多外形新奇的巴士。我想，那应该是一个巨型车厂。

人呢？巴士司机呢？样子是怎样的？

这个嘛，倒没有留意。应该是像普通司机差不多的吧。

巴士上除你之外，还有没有其他人？

有呀，一些巴士迷啰！大家都在兴奋地谈论着，还不停地拍照，说回去要放在巴士网上。

那些巴士迷，都是后生仔 [2]？

当然啦。像我一样，十几岁。

哎呀！是真的呀！

只是发梦吧，怎会是真的？

1　发梦，做梦。粤语。

2　后生仔，年轻人。粤语。

在那巨型车厂里，有没有发生什么事？有没有人教你们什么？例如基因改造，或者心灵感应之类的？

那个部分，不记得了，很模糊。可能有些介绍吧。就像平时去参观车厂一样。

那么，你醒来之后，有没有什么特别的感觉？

有啊！很累！真的不想起床去上学。

是的，是这样的。

是这样的？爹地你今晚说话真是古怪。

26475 乘 39681 是多少？

怎么啦？你的话题很跳跃，我怀疑你有专注力缺乏症。

你算！是多少？

我怎么知道答案？你以为我是数学神童吗？

你真的算不出来？

果开始对我感到不耐烦，皱了皱眉，啃了件三文鱼寿司。我却松了一口气，伸手从回转带上拿了碟油甘鱼刺身，低声自语说：

嗯……看来，还未启动呢！

回转带上五颜六色的碟子在不停转动，有点像外星人的飞碟队伍。看着看着，不期然又心慌起来。

董氏企业有限公司

据儿子的记忆，董氏企业有限公司成立于 2012 年 9 月，当时他十岁，念小五。念头源于他在晚间电视剧看到办公室的情节，当中有个喜欢胡乱骂人的上司，令他觉得很有趣，于是便决定在家中成立一间公司，学模学样地当起主管来。当人家的孩子都患上渴求宠爱的公主病和王子病，我家小儿却得了个主管狂，也真的不知是祸是福。

儿子模仿起一件事情来是绝不儿戏的，简直是当作真实一般看待。董氏企业有限公司在成立之初便确定了不同部门的分工，以及各部门员工的分派。公司的总经理当然是果自己。（经理的称谓显然有点过时，现在都叫行政总裁，但他却偏爱这个怀旧的叫法。）母亲最初是研究及发展部主任，后来又变成了兼任司机。祖父负责的是资源及维修部，祖母负责的是伙食及清洁部。（祖父母就住在附近，每天傍晚也会到我家帮忙煮食及料理家务，然后一起吃晚饭。）身为父亲的我，为了维护家长的权威，坚持自己不是员工，而是公司的老板，即是最高话事人。当然，老板一般不会介入实际行政和管理工作，只是担任监察者的角色。后来因为人手不足，又招募了叔叔担任财务顾问（最终还是沦为司机），以及婶婶担任计划开发和管理之类的职位。（果还有一位姑姑，因为脾性比较强横，见面也较少，他一直不太敢招惹。）总之，就俨然是一盘家族生意了。

经理、R＆D主管（母亲）和老板（我）都有自己的办公室，门上贴上职衔和本人名称。后来经理又向各员工发出了工作证，上面印有照片和编号等资料，制作可谓一丝不苟。每一位公司成员都获得一份聘任书，当中列明职责范围和薪酬待遇，并由雇主（即经理）及受聘人签署作实，程序非常严谨。试以祖父母的合约举例说明。"薪酬：每月 $5,400；工作规则：准时 18:55 上班（迟到 5 分钟扣人工）、进入经理房间先敲门、做任何事都要小心、最迟 21:30 下班、态度要温和、星期六及特别情况经批准放假、星期日在度假村工作（即祖父母自己的住所，对间中在那里留宿的孙子来说则是度假村）；服务（以客户的身份）：谈天机会、免费饭餐和看电视；优惠及福利：无条件额外提供零用钱。"须知道在大部分情况下，雇员和顾客（经营者和消费者）是同一批人，身份随时重叠和变换。

至于办公室内的守则，当初以英文撰写，译成中文为："1. 坐立姿势正确；2. 有礼待人；3. 进经理房间前请敲门；4. 小心工作，别犯错；5. 每次犯错从薪金中扣 $6，首次可获宽免；6. 晚饭后所有员工只许休息至 21:35，之后继续工作；7. 除星期六及特别安排，没有假期；8. 不准毁坏物品及偷窃；9. 每次回到办公室，向他人说'嗨'；10. 开会时轮流说话。"附带鼓励语"So simple, you can do it."及哈哈笑一个。守则内容部分与雇员合约有冲突，可能是英语表达有误。其中几条特别适用于经理本人。

好了，说了一大堆公司的架构和运作，究竟它是经营什么业务的呢？又是靠什么赚钱的呢？简单地说，公司的资产就是由父母所提供的物质条件和金钱支出，例如祖父母的"工资"事实上是每月的伙食费和供养费。至于服务或产品的顾客，往往同时是雇员自己。在公司成立的初期，也即是头两年，业务是相对地简单和粗枝大叶的。记忆所及，最先开设的是所谓"董氏精品店"，其实就是把家里抽屉底一直藏着没用的东西，统统都翻出来标价发售。其中包括信纸、纸巾、颜色笔、锁匙扣、纸牌、贴纸等等杂物，好些还是用过的。后来因为销路太差，进行改革，推出了自家制作的产品，包括以几张白纸为内页，外面以蓝色 A4 纸为封面，以订书机订在一起，有点像学校功课簿的，称为"多功能笔记簿"的小本子（每本售价 $15）（之所以称为"多功能"据说是因为里面是全空白的，用来写什么都可以）；以蓝色纸把普通铅笔包裹起来的"董氏铅笔"（单支 $5，三支 $12）；预订"董氏美妙回忆照相簿"（$40）（喜庆节日家庭合照）。除此以外，客厅设有特别舒适的"头等位"供客人选择（每次 $5）。椅子附有投币收费箱，多年来帮衬者寥寥。后来再推出一百元全年任坐优惠，当然也不可能有顾客。

业务运行不久，经理又构思出接驳专车服务，即在三个经营点之间（自己家、祖父母家和叔叔家），以私家车接送其他成员，必须按路线收费。专车包括自家的车子和叔叔的车子，司机分别是母亲和叔叔。两人也须填写入职表格，并签署合约。合约上订明几条不同路线组合的收费方式，以及司机与公司之间的分账比例。收费约以每位乘客几元至十几元不等，其中长者及会员（会员制稍后介绍）有折扣优惠。路线及专车均获派编号，行车时须把行车证和路线牌在车窗当眼地方张贴。所有服务及收费均有纪录，以便按月结账。

果升上中学之后，董氏企业有限公司的业务越趋多样化，大展宏图的决心也更炽热。其中一个主要收入来源，是举办大型活动。活动包括节日庆祝晚会、游戏开放日，以及特设的专题展览。游戏日印象中举办过两次，每次都耗费二三百元的物资费，和好几天的准备工夫。主要是用在制作游戏摊位道具，诸如抛波入洞、弹珠机、掷钱币之类的有奖游戏。形式模仿学校开放日或一般游乐场的游戏设计。游戏机或摊位的制作手工略嫌粗糙，但也有几分像真。加上计分法和奖赠制度等等，也是件颇伤脑筋的事情。游戏日除了收取入场费，每个游戏也要购买游戏券。奖品则是没有多少价值和用处的糖果或小文具之类。值得一提的是，入场门票和游戏券也是先在电脑上精心设计，以打印机印出，用人手逐张贴上不同的编号，再以扫描器复印而成。这些工作全都由经理一手包办，老板负责出资，母亲当义工，其他家庭成员则扮演顾客。（每有这类大型活动，顾客对象会扩大到母亲家族的亲戚，包括大人小孩等十几人，数目颇为可观。）

除了游戏日，董经理还举办过三场水准超高的活动。先是一个模仿外间称为"黑暗中的对话"的活动。果跟学校参加过这个活动，印象深刻，回来便着手在自己房间打造类似的装置。首先是必须把房间完全密封，不让半点光线漏入，造成完全黑暗的效果。然后在房间的不同位置，布置不同的场景，模拟草地、树林、河流等不同的感官体验。有的是用摸的，有的是用听的，有的是用闻的；总之，就是在没有视觉的情况下，去感受不同的事物。旅程的尾声，还有一个摸黑付钱买零食的环节。这个活动的原意，是带领参加者体验失明人士的生活。他把人家整个数千平方尺场地的设置，微缩在自己几十平方尺的睡房里，竟也复制得似模似样。至少，参加过的亲友也赞不绝口，大呼有趣。当然，活动是收费的，每位盛惠二十元。

在升中三的暑假，看到作家在书展开新书发布会，觉得在观众面前高谈阔论很过瘾，突然又想模仿起来。但是，向来也很少看书，更没有写作习惯，哪来作品开新书会呢？董经理于大发神威，用了十几天的时间，埋头写出了二十几篇短文。在电脑上排好版，配上图画，打印出来，订装在一起，火速制作出《董新果散文集》二十本，每本定价港币二十五元。订了个时间在家里举行新书发布会，广邀亲友出席，结果竟然来了十几人，挤满整客厅。这边一张长桌子，桌后坐着作者本人，桌上放着名牌、文集和水杯，另一边两列凳子椅子，余或席地而坐，或站在后排，熙熙攘攘的一群读者。事先已购董氏大作，每人手中一本，边看边听，反应甚为踊跃。作者侃侃而谈创作理念，重点分析其中几篇得意之作的手法，一口气演讲了一个钟头。之后观众举手发问，台上台下来来往往又是半个钟头。热烈鼓掌后大家还做足全套排队拿签名，完全不似开玩笑。我这个作家父亲全程站在一旁，暗暗汗颜。

第二年暑假，董经理再创新猷，在自己的睡房办了个香港钱币展览。这两三年来，果爱上了收集旧钱币，亲友得知，纷纷把自家的珍稀收藏送赠给他。加上他平时生活上找换回来的，以及我破费给他从钱币收藏店买回来的，一时间藏品也颇为可观。展览题目叫作"2017专题展览：香港钞票历史文化"。他根据网上的资料，整理出一个简单的香港钱币发展史，用电脑制作出一系列图文并茂的展板，把家中走廊陈设成一条"时间廊"。正式的展馆则设于他的睡房内。墙上张贴的展板，分别介绍了十元、二十元、五十元、一百元、五百元，以至一千元面额钞票的沿革和样式。在玻璃窗上，则张贴关于防伪技术的专题，借助光线透视钞票上的防伪特征。在书桌平面上陈列着自己收藏的珍品，十几张以透明胶套保护的罕有旧钞，颇具气势地整齐排列。另外还有已停止流通的钞票的资料，以及其他关于钱币的趣事。经理本人除了一手包办所有展览制作，还亲自担任导赏员向参观者即场讲解。为此他私下做了多次练习。这次的入场费为十元，略微便宜，据说只能刚好达到收支平衡。至于口碑，就真是有口皆碑了。

出于对钞票的兴趣，儿子收藏了大量纸币，宣布董氏企业有限公司要兼营银行业务。其中包括农历新年换新钞封利是[1]的服务，以及发行纪念钞票。前者因为乏人问津，大量不够体面的"迎（仍）新钞"都由我来啃掉，埋没良心地放进利是封里派了出去。至于后者，近似于一场伪钞制造行动，由董经理参照真实的汇丰银行一百五十周年纪念钞的样式，亲笔设计和绘画出二百五十元面值的新纪念钞。（二百五十周年？）他甚至连纪念钞的封套也一同制作出来，再在外面以透明胶套包装，看起来相当专业。在以木颜色笔绘画的原稿上，贴上顺序的编号逐张复印，总共制作出二十五套纪念钞票，每套售价四百六十元。如此工程浩大的制作，却得不到买家的青睐，最终只售出三套，包括由老板我自行回购的一套。从企图心和创意来说，的确是个大手笔的举动，但从生意的角度看，则不得不承认是个失败的项目了。

　　相反，最容易赚钱的，其实是开设会籍，可以说是无本生利。不过，说到会籍之前，先要交代公司历时最长，投放资源最多，但也最扰民的一项措施——员工培训。员工培训的制度不是一下子就确立的，而是不经不觉地演变出来的。在公司成立之初，因为经理对文书工作的癖好，不断向员工发出通告和问卷。问卷收集之后由经理批改和评分，性质慢慢变成了测验或考卷。对于部分年长员工"表现"欠佳，经理认为需要加强培训，于是便出现了"上课"的环节。课堂在自家（公司）和祖父母家（度假村）

1　封利是，包红包。粤语。

两个场地举行，每周三次至四次不等。学员只有祖父和祖母两名，由于能力所限，只适合上中文课。[有一段时间好像是上过数学的，但因为老人家难以应付，兼且老师（经理）本人的数学亦甚不济，很快便无以为继。]两老初时见孙子那么热心教学，觉得无妨陪他一玩，说不定对他的学业也有助益，便很合作地坐下来听他宣讲。两人的身份也就同时兼任了员工和学生，但却偏偏失去了长辈的位置了。

　　培训课堂的内容变得越来越深，要求也变得越来越严格。除了每周三四个课节，还有越来越多的功课和温习。课程内容跟果自己在校所学的相同，包括课文讲说、阅读理解、写作练习、说话训练、语文常识、背诵和默书等。繁重的功课和测验，令老人叫苦连天。那边厢小老师却乐此不疲，沉醉于课程编写、工作纸设计、测验和考试出题，以及批改、评分和记录成绩等工作，以至废寝忘餐，通宵达旦，连自己真正的学业也大受影响。学生反复投诉，老板也多番介入，试图刹停这个失控的活动。但是，对果来说，教书瘾已经深入骨髓，难以戒断。多次在学期结束之后，大家进行谈判，达到终止课堂的共识，但老师的兴趣很快又死灰复燃。首先以做问卷为掩饰，继而增加互动的分量，偷龙转凤渗入教学内容。老人们心肠一软，最后又回到上课的模式。

　　如此这般的拉锯，持续了三年之久。直至那个秋天，阿爷因肺炎诱发心脏病入院，在鬼门关前大步跨过，出院后身体健康大不如前。两个学生只剩一个，课堂也无法支撑下去。果终于认同，这个游戏到了应该收手的时候了。不过，以他难以变通的个性，他需要一个下台阶，或者一个外在的理由。所谓的会籍应运而生。他设计出一个会员制度，订定了复杂的条款。简单来说，就是如果成为会员，会获得豁免培训的优惠。当然，会费是不能少的。标准会籍（一年期）$200，特级会籍（五年期）$900，钻石会籍（终身）$1400。老板为了一尽孝心（或赎罪），自掏腰包给父母买了标准会籍，以后每年续会。上课的纠缠终于告一段落。

由于员工培训是公司的主要业务，一旦结束便令公司的运作陷于停顿。经理曾经尝试把公司改组，易名为 Active Transport，并且撰写了一份十分详细的计划书，希望专注于交通方面的知识传播。可是，因为范围过于专门，业务难以开展，不久便不了了之。董氏企业有限公司虽然没有正式结业，但基本上已经停止运作。极其量也只是每年一度的暑期大计，才重新提醒大家它的存在吧。

另一项运作最久但却不具生产力的工作，就是公司的内部投诉机制。理论上公司内任何人员也可以就其不满作出投诉，但实际上曾经运用这个权利的只有经理一人。阿爷自从健康状况变差，不能胜任其他工作，便被委派为投诉处理专员，负责听取投诉并予以确认。虽然不算是一份优差，但好处是没有什么难度。作出投诉必须填写特定的投诉表格，标明投诉的事项和对象。经理的投诉密度大约每年二十五至三十次，内容多半关乎其他员工的工作态度；亦有不少跟公司业务无关，纯属个人恩怨和不满。在每年的投诉纪录表上，老板的名字也高踞榜首，至少超过十次。这说明了什么，大家可以自行判断。

　　作为一个文书工作狂和官僚主义者，董经理对公司过往的资料保存得十分完整。我写本章的时候，参考了他提供的文献，对公司架构、业务内容、活动细节和发展时序方面，作出许多核实。除了一般的通告、表格、章程、问卷和课程资料，经理每年也会撰写年度报告，总结公司各部门的业务表现，并且邀请专职人员（通常是母亲或姊姊）就报告内容作出回应，并对未来发展作出建议。回应都做得相当认真，绝不敷衍了事，但在建议方面，倾向减省公司业务，或者取消某些环节，目标就是朝一家空壳公司迈进了。

　　在公司的档案夹里，数量最多的是问卷。乍看来会以为经理十分乐于听取意见。试抽取其中一份问卷为例（填写人为祖母），让读者窥知董氏企业有限公司文化之一斑：

董氏企业有限公司
问卷 5（一月份）

姓名：　何惠芝　　　　　　　　　日期：　8/1/2014　

一、回答以下问题（课堂）

1. 经理有没有用心讲解课堂资料？

　　经理有用心讲解　　　√

2. 你能学习到中文的内容吗？

　　我能学习到中文内容　　　√

3. 上课时导师的态度如何？

　　导师的态度很好　　　√

4. 课程中的工作纸／教材是否充足？

　　工作纸充足　　　√

5. 你有没有留心听讲？

　　我有留心听讲　　　√

二、其他时候（把字母圈起来）

1. 你在公司的情绪是（　　　）

　　A. 低落　　B. 作闷　　Ⓒ 开朗　　D. 兴高采烈　　E. 其他：　　√

2. 你在公司里的朋友是（　　　）个

　　A. 0-1　　B. 1-2　　C. 3-4　　Ⓓ 全部　　√

3. 我们给你的功课量（　　　）

　　A. 少　　B. OK　　Ⓒ 多　　√

4. 我们公司里的设施（　　　）

　　Ⓐ 不足　　B. 充足　　C. 太多　　√

三、你对他人的评分

　　经理：（3/5）√

　　同事：（3/5）√

　　老板：（4/5）√

　　老板娘：（4/5）√

　　自己：（4/5）√

四：其他意见

　　Ⓝ 没有　×　　　　改正（没）√

你的意见很重要，是我们改善的目标！

多谢你的意见。

☺ — 问卷完毕 — ☺

　　问卷以红色原子笔打钩，并在右上角写上"Seen"字。

　　左侧边缘垂直写上红色大字评语："真的吗？只是为了讨好我吗？"

贝贝的文字冒险

只有女儿的父母，总会想象如果有儿子会怎样；只有儿子的父母，也多半会想象如果有女儿的光景。这是为人父母很自然的反应吧。至于有儿又有女的，那就没有什么悬念了。是吗？也不一定的。无论有儿还是有女，或者儿女俱全，要想象的话，总会有永无穷尽的可能性；总会有无数的如果，像还未发芽的种子，蕴藏不一样的未来。常言道：每一个孩子都是独一无二的。那么，如果再来一个妹妹，一个弟弟，她或他会跟姐姐、哥哥有什么不同？不过，撇开女性生育的生理极限不说，在现今的社会条件和价值观下，儿女的数目一般不会超过两个。实现想象的机会非常有限。

当上父亲的头几年，跟我不太熟悉的人常常以为我生的是女儿。这大概是受到贝贝这个人物的影响。贝贝作为一个女儿的形象，在我的多部作品中出现过，最早的是《贝贝的文字冒险》。写这本书的时候，我和妻子结婚三年，还未当父母，对此也没有很明确的计划。那时候开始了密集的写作教学生涯，萌起了写一本教授创作的小书的念头，对象是高小至初中学生。不想硬邦邦地写部教科书模样的东西，便决定用小说的形式，一边说故事，一边带出写作的道理。也许在当时潜意识里，当父亲的欲望已经蠢蠢欲动，所以便浮现出亲子关系的构想。虽然没有说这个父亲就是我自己，但自我的投射可谓欲盖弥彰。至于为什么是女儿而不是儿子，也很可能是潜意识的投射吧。

故事的女主角叫作贝贝，是个十二岁上下的小女孩。为什么想到"贝贝"这个名字，已经无从稽考。也许是因为我对贝壳情有独钟。贝壳（化石）的意象，之后多次在我的长篇小说中出现。两个"贝"字下面再加个"女"，便是"婴"字。所以贝贝也可以说是我想象中的女儿的原型吧。（后来渔护处在元朗山贝河抓到一条小湾鳄，把它叫作贝贝，养在湿地公园里。小鳄鱼比我的女主角出名，害我教写作班一讲到贝贝的故事，那些孩子就大笑出来，我的原创性也受到很大的质疑。）好了，贝贝是个怎样的女孩呢？当然是个不爱写作的女孩了，要不故事就没有什么好说。如何令一个不爱写作的女孩，变成一个热爱写作、相信写作的女孩，这就是我要讲的故事了。

贝贝的爸爸在故事中是缺席的。他因为工作的缘故长期留在海外。贝贝一方面挂念爸爸，一方面抱怨他花太少时间陪伴自己。这个爸爸是干什么职业的，我没有交代，但他显然是个有文学素养的人。他常常写电邮给女儿，和她谈读书和写作。小说的现实部分，大概是这个模样。至于主体部分，是一个冒险旅程。那时候刚开始流行《哈利·波特》，我便有点厚颜地借用了魔法的概念。有一天，贝贝收到一封奇怪的电邮，标题是"植物咒语的奥秘"，内文是一首类似诗歌的东西。看得莫名其妙的贝贝，触动了电邮附带的链接，立即中了魔咒，掉进了"符号王国"的奇幻世界。在那个古怪的地方，贝贝首先遇到貌似三岁小男孩、身上挂着铁皮鼓、说话却非常老成的奥斯卡，还有跟家中小狗里安纳度非常相似的机械狗达文西。然后，大魔头黑骑士便出场了。这位头戴黑色礼帽，身穿黑色燕尾礼服，脚踏红色高跟鞋，粉白的脸上涂着艳红的唇膏的怪客，自称是世界上最邪恶的文字魔法师。他最可怕的地方，就是喜欢用写作来折磨人。他宣布贝贝必须接受一连串的写作考验，如果无法通过，就要永远留在符号王国不得回家。贝贝要面对的考验总共有十个，分别涉及十个有关写作的主题。在奥斯卡的协助下，贝贝一一克服难关，并且在旅途中结交到一群可爱又有趣的朋友。

很明显，黑骑士就是爸爸的分身。不过这个分身不但样子滑稽（他只是故作邪恶），说话阴阳怪气，而且其实是个失败者（他自己并没有写作才能）。不过，他带给贝贝创作的启迪。这样子的设计大概可以减少说教的成分。贝贝的领悟并不是听从了什么权威的训导，而是出于她的自我发现。爸爸的角色只是在旁边做些提示而已。当然，为了写作学习的用途，我还是不得不煞有介事地做了些讲解，并且提供了相关的练习建议。但是无论是在写作的当下，以至多年后的今天，故事的部分才是我最珍重的地方。当中除了有父女之情，也有夫妻之情，因为在有爱女之前，必先有爱妻。最后一章"狗尾摇摆的河堤"，便是我对妻子的爱情的寄意。一家三口的画面是如此的完美，如此的动人！

在写出《贝贝的文字冒险》之后两年，我的儿子出生。儿子不适合叫"贝"，我给他起名为"果"。十五年过去了，并没有出现第二个孩子，不论男女。女儿贝贝只存在于文字之中，永远在符号王国里冒险。儿子本来不知道贝贝的事，也不需要知。贝贝是个没有实现的可能性，只此而已。

两年前，一个剧团把《贝贝的文字冒险》改编为音乐剧，对象是初小学生和学生家长，即是亲子或合家欢演出。我起先还有点担心观众年龄太小，看不懂当中的含义。跟几岁大的孩子谈什么感官描写、意象、观点与角度等等，是不是有点太深奥？但剧团却照样去处理这些主题，觉得没有必要降低要求。幸好原本人物和剧情的构思也很卡通化，以儿童剧的方式演出完全没有问题。加上演员经验丰富，演绎生猛谐趣，音乐和歌曲也非常动听，就算未必理解背后的题旨，只当一个历险故事来看，观赏性还是相当可人的。

不过我当时的心情其实是有点纠结的。我在场刊"作者的话"写下了这样的感想：

　　　　我写贝贝的时候，还未当上父亲。那时候想象，自己如果有一个女儿，会是怎的一个模样。所以，当中的父

女关系，只是想当然耳。两年之后，真的当了父亲，生的
却是一个儿子。儿子渐渐长大，却不太愿意看书，更不要
说写作了。当初的想象，真是有点一厢情愿。这令我明白
到，孩子的人生冒险，不是父母能给他们预先安排的。真
正的冒险，无论是哪一个范畴的，都应该发自本心，而冒
险的结果，也应该由自己承担。父母所能做的，就是鼓励
孩子去冒险而已。

　　说的虽然都是事实，但看在熟悉的人眼中，难免有点唏嘘的
意味。这当然只是我个人的体验和感想，对作品的解读没有影响，
于读者和观众来说也没有半点相干。

　　事隔两年，贝贝音乐剧重演了。同样的剧团，同样的导演
（十年前这位大哥在《天工开物·栩栩如真》的剧场改编里扮演董
铣，即是我"爸爸"的角色）；演员除黑骑士之外大部分都更换
了，歌曲和剧情也做了调整，音乐则改为现场乐团演奏。今次我
在场刊如此写道：

　　　　贝贝这个人物，跟我十七年前创作她的时候一样，依
　　然是个小女孩，依然那么倔强，但也依然是那么愿意接
　　受挑战。她好像从未长大，但她其实已经经历了多次的变
　　化。每一次被演绎，贝贝也增添了新的特质，呈现出新的
　　形象。同样，每一次被不同的读者阅读，被不同的观众观
　　看，贝贝也不断演变和重生。我们都是贝贝，都是贝贝的

创作者，也因此进行着自我创造。所以贝贝历久常新。

如果我真的有一个叫作贝贝的女儿，她应该已经是个二十多岁的年轻女子。她很可能会成为一个年轻母亲，然后又诞下自己的儿女。在现实中，贝贝会和所有人一样成长和老去。但是，那存在于每一个人心中的想象的贝贝却始终如一。无论何时，都会是同样年轻，充满爱和生命力，因为，她就是创造本身。

对于那不曾在现实中存在的女儿贝贝，我依然念念不忘，但我尝试在另一个层次寻找她的踪迹。

今次饰演贝贝的演员跟上次不同，但也很有说服力。无论是撒娇还是抒情都是个心肝宝贝的模样。开场不久，独自在家的贝贝唱起挂念爸爸的歌曲。她一开腔，泪水就在我的眼眶里打转。到了最后一场，贝贝跟文字世界的朋友说再见，众人一起唱出了那依依不舍的终曲，泪水便哗啦啦地涌出来了。完场后在外面碰见一位剧场旧友，听他既感激又有点尴尬地说，看戏的时候忍不住"流了马尿"。相信不少爸爸观众也有中招吧——无论是有女儿的或者没有女儿的。后来在扮演贝贝的女演员的脸书上看到，她知道我当晚会去看，心里觉得好像爸爸来看自己演出一样，格外兴奋和紧张。在年纪上我还未至于可以当她爸爸，但在想象中，那真是一句甜蜜的说话啊！我有一刹那的当上有女儿的爸爸的幸福感。

儿子两次演出也有去看。出乎意料的是，他也很喜欢。虽然他品味上不喜欢孩子气的东西，又无法代入女儿的角度，兼且对写作缺乏兴趣和体会，但是大概是歌曲和演绎也很精彩，所以连他也给打动了。我后来听他说，剧终一幕是他看过的所有电影和表演中最感人的地方。当然，他看过的演出和电影不算很多。再者他心目中"感人"的意思，可能跟别人有点不一样，至少远远未达到热泪盈眶的地步。（我怀疑有没有任何场面可以对他造成这样的效果。）他所谓的"感人"，大概就是有点模糊的心头一凛、毛管一凓[1]的感官反应吧。怎样也好，这还是值得欣慰的事情。

可是，这第二次的一同观赏贝贝音乐剧，正正就是发生"261事件"的当天。约好一同乘搭261号巴士去屯门，原是为了去看演出。我在巴士到站之际弃他而去，自己跑去坐的士，对他来说不但匪夷所思，更加令他大失所望。所以在看戏的当儿，并肩而坐的我和他，心里其实处于未曾和谈的战争状态。也许，这更令我感受到想象的女儿和现实的儿子之间的反差，因而加倍潸然泪下吧。

1　毛管一凓，寒毛竖立。粤语。

文人所生

儿子有过两次灵感爆发奋笔写作的经验。

第一次是十岁的时候。那年的圣诞节假期，原本计划了一家三口去台湾中部山区清境旅行，但我竟然连护照快到期也没察觉，结果便只有由妻子带着儿子出发，而我则独自留在香港。据妻子旅行期间的报告，为了让果打发时间，给他买了一本小画簿，让他觉得无聊时胡乱画点东西。想不到他却突然兴起了把旅程所见记录下来的念头，一有空就埋头疾书，用的却是旅游指南的语气，把几天的去处（小瑞士花园、青青草原、合欢山、音乐城堡）、居住的民宿和特色的饮食（养生锅、窑烤薄饼、泡茶），也做了详尽而生动的介绍。依妈妈的看法，此举（扮写书）是挂念没法同行的爸爸的表现。小册子图文并茂，配上自己绘画的地图和插图，最后一页不忘注明由"董氏企业有限公司"出版。至于书题，取名为《清境之光》。

　　也许是对自己的写作能力信心大增，儿子回来后不久，又心痒痒的想动笔。只是一向不写字的他，一时间要找题材也不容易。一天不知为何有感而发，写了一篇题为《生命》的文章。简单的几行，乍看以为是诗句，其实是类似格言的东西，完全符合他喜欢说理的性格。另外附以解释，再来一段补充，有点像给古籍做笺注。兹引述如下：

　　　　生命是有开始的，生命也是有终结的。
　　　　解释：凡事有开始就有结尾，不用过度欢乐或悲伤。

　　　　生命是不可选择的，但快乐是可选择的。
　　　　解释：可以选择的事，就当然可以选择喜欢的。不可选择的事，就要勇于面对。

　　　　生命有如意的时候，也有不如意的时候。
　　　　解释：不要奢求天赐给你的全都是"如意"。应知道"不幸"及"不如意"是人生路的其中一部分。

　　　　经过这三篇短短的文章，希望你知道"生命"是没有人可以控制的。你可以从不幸、不如意及失败中找出希望，但你也应有心理上的预备——失望、扫兴。所以这显现出"有希望就当然有失望"，这是理所当然的。如果一个人不能受到挫折的话，那个就是一个未长大的人。

这些不就是过往无数次和他一起等巴士的时候，我一直在他耳边唠叨的话吗？想不到原来搭巴士可以悟人生。老实说，他是写得相当精准而通透的，问题只是能不能实践而已。往后的经验显示，他距离成为一个"长大的人"还有一段路途。

大概是受到了父亲是作家的事实所影响，果一写起文章来，纵使年纪小小，经验全无，也会用上作家的语气。他没有习作的概念，一下笔就觉得是可以发表的作品；也立即预设了读者的存在，直接向读者讲解和说教。也许因为听到我说《生命》太短，不能称为一篇文章，他立即写出了一篇回应，讨论文章长短的问题。一看题目，我大吃一惊，感觉好像是冲着我来写似的。文章照录如下：

写文章不一定要长

有时，做作家的会觉得他们写的文章一定要是"长"，才可以令读者喜欢阅读他们的文章。但其实写一篇很短而有教育意义的文章，就已经可以令读者从中领悟到道理了。正如董新果写的《生命》一文，就已经教导了我们做人的道理了。

当然，我不是说写文章一定要短，我是在教人写文章不要为长而长，一心为了长，而失去了意义。当然你也许可以写一篇长而又有教育意义的文章，好像董启章写的

《同代人》一文，也有道理给读者去领悟。而我——董新
果也用这篇短短的文章，去教导作家写文章不一定要长。
当然这只是我的意见，不是要求。

　　这篇一语中的的评论，令人额角冒汗。最要命的是"不一定"
三个字。换了是"不应"，就站不住脚，可以全盘拉倒了。现在来
个"不一定"，语气很像叫我自己好好反思似的。老实说，真的不
是没有感受到压力的。

　　很可惜，在竭力为"不一定要长"的短文辩护之后，儿子却
没有坚持下去的动力，连短文也写不出来了。文字创作如昙花一
现，很快便打回原形，只剩下只言片语成为一时的佳话。我怀疑
果并不是喜爱写作本身，而是受到写作这个行为，以及作家这个
身份所吸引。他的所谓写作，其实是作家角色的扮演，也即是对
我的模仿，或者挑战。

　　写作梦潜伏了三年，到了中二升中三的暑假，果突然宣布即
将"出书"的计划。事缘书展的时候，他跟我去过文学前辈所办
的《中学生文艺杂志》的摊位。前辈见这个小子高高瘦瘦，斯斯
文文，又是我的儿子，没有理由不会舞文弄墨，便热情地邀请他
加入杂志所办的小作家计划。计划要求参加者每周交出三百字的
文章，不论刊登与否每篇也有五十元的稿费。被认定为一个"小
作家"，对儿子颇有激励作用，当然每月共二百元的稿费也是令他
动心的原因。但是，一想到要写关于学校的题材，又要定期出来
开会和分享，却又有点迟疑不决。思前想后，结果他没有答应参

加，但对于写作和发表一事，却又跃跃欲试。于是，他又使出了那套"有样学样"的招式——自己的书自己出。

在短短一个月内，儿子呕心沥血地写出了二十篇文章，自己打字、设计、排版、配图、列印和订装，出版了《董新果散文集》。文集印了二十本，每本定价二十五元。作为最现成的读者，我首当其冲，立即掏腰包买了一本。然后便轮到他的母亲和祖父母做出奉献。新进作者本人当然不会满足于这样有限的销售对象。在暑假完结前，他在家中举办了一场隆重的新书发布会，广邀亲朋戚友出席。结果文集全部售罄，一纸难求，稍后才风闻其事的朋友，便只能向隅兴叹了。虽然整件事情近于写作的扮演，多于真正的写作，但文集的内容和制作，还是很值得细赏的。

首先说说封面和封底设计。封面所用的图片，是小时候妈妈给他画的一幅水彩头像，寥寥数笔却相当传神。头像上方印着书名，下方是出版资料和售价。因为限量印刷二十本，所以每本标明编号，由 001 开始，俨如值得收藏的珍品。当然少不了董氏企业有限公司的版权标记。至于封底，用了一张自己站在家中落地玻璃窗前的自拍照。照片只见朦胧的背影，窗外是长空和远山，木地板上倒着长长的影子，意境甚佳。

翻开第一页，印有四句文集精髓的总结："借感人的事，说深奥的理""没有最真，只有更真的情""做事及为人的基本功"和"值得参考的流畅字句"。（最后一项似乎说得过于自信。）旁边是目录页，首先是自序，然后是二十篇散文的题目。文章分为五大范畴，兹抄录如下：

　　为人法则：《说信用》《运气在于懂得欣赏》《原则》《年龄歧视》

　　办事法则：《如何发掘兴趣》《做好一件事情》《写作的本质》《多写为妙》

　　借事说理、抒情：《镜子——言谈有感》《抗癌的日子——从早期癌症患者中所得到的启发》

　　借景抒情：《巴士游河》《维多利亚港》

　　落在香港：《牙牙学语》《文人所生》《粉岭生活》《完善交通》《普及教育》《名胜古迹》《港式美食》《自由社会》

　　在自序里，作者首先交代了写作这批散文的缘起，对文坛前辈关梦南先生表示了感谢。（虽然他没有参加对方的写作计划，而是另起炉灶。）然后他简介了文集内的文章的创作意念和分类方法。最后，他感谢了为他担任编辑和校对的黄念欣小姐（也即是他的母亲）。整篇序言也没有提及当作家的父亲。

　　对于一个几乎从来不写作也很少看书的少年来说，能在一个月内密集地写出接近三千字的二十篇短文，就算不是个奇迹，也肯定是一件令人惊喜的事情。受个性所限，文章多半是说理性的，较少抒情、叙事和描写。而兴趣方面也呈现出较为狭窄的倾向。这些原也是无妨的。令我出乎意料的是，除了谈他喜欢的交通工具，竟然也有不少篇幅谈到写作——一件他差不多完全没有经验和概念的事情。

　　翻看目录立即赫然入目的，是一篇名为《写作的本质》的文章。

这是个连我也不敢胡乱下笔的题目。且看看董新果先生是怎么说的：

> 作为新手散文作家，我常常思考一个问题：究竟写作的本质是什么呢？有人说是去赚取金钱或奖项，有人说是去提高自信心，答案多不胜数，但我认为写作的本质，就是把心里所想的带给读者，以及提升个人与读者的写作能力。
>
> 写作，固然是想把心里所想的带给读者。但要有效地把讯息传递，当中所遇到的难题，并不是一般人想象中那么简单的。首先，要考虑道理是否说得通，若果道理说不通，文句多通畅也是白费。第二，要确保没有自相矛盾的地方，否则读者将无法明白你的立场。第三，要了解题目的深度，以举出合适的例子做配合。最后，要尽量多以词语（成语）及四字词来写作，以提高文章的流畅度。我必须跟着上述各条件，才算自己的文章为合格之作，可见写作外表看似容易，但实际上亦须考虑周详。

虽然我对写作的本质有不同的看法，但他所提出的大体上没有错。当中有两个可以商榷的地方：一、说写作的本质是提升写作能力，逻辑似乎有点错置。本质和能力是不同层次的事情；能力是实现某事情的本质的所需，不能同时是实现的目标。当然，在努力实现写作本质的过程中，写作能力也会有所提升。他这样理解写作，其实是从学生的观点出发——多写作为的是提升写作能力。但到了一个作家的层次，改善写作能力就不会被视为写作所追求的目的。二、我一向不同意必须多用成语和四字词才是好文章。
虽然，我并不反对用成语和四字词，而我自己也经常用成语和四字
词。运用成语和四字词不能以多取胜，而应该以是否准确、贴切或
合符情景效果（例如反讽）来判定的。不过这些都只是细节而已。
公正地说，他对写作本质所给出的定义，是建基于学生作文的理解
上的。如果要求他说到文学创作的层次，就是吹毛求疵了。

　　另一篇吸引我注目的，是《文人所生》。这是我第一次发现，
一向跟文学无缘的儿子，原来对作为"文人之子"有特别的感受。
身为作家的父亲，也第一次正式在他的文章中出现了。不过，效
果似乎是倾向于谐趣的。他分享的都是一些"可（好）笑且还历
历在目的片段"。其中他记得很清楚的，是他五岁的时候，我带
他到牛棚艺术村的前进进戏剧工作坊，看《天工开物·栩栩如真》
的剧场改编的排练。因为年纪太小，完全看不懂演员们在做什么，
便突然大声说："我第日一定唔会做呢啲嘢！[1]"惹得在场的人也啼
笑皆非。事隔七年，我带他去同一个地方看《后殖民食神之歌》
的预演（改编自也斯的小说），虽然也不完全看懂，但这次他却赞
不绝口，特别欣赏当中的歌曲演绎。剧场的人还记得他当年说的
那句话，说是一个"经典"。当然，到了今天，那句无忌的童言依
然没有修订或改变。所谓"呢啲嘢"其实不单指剧场，也包含所
有形式的艺术创作。那意味着儿子极可能走一条跟父亲完全不同
的路。文章的结语是这样的："作为'文人之子'，我很想把各位

1　整句意为：我以后一定不会做这些事。粤语。

作家对文学的那份热诚流传下去，让下一辈，甚至是再下一辈，也会赏析文学。"这番话读来当然温暖我心，但我也知道，很大程度只是为文造情，不必看得过于认真。

我继续搜寻文集中提到我的地方。在《粉岭生活》中，我发现自己终于成为主角。儿子谈及的日常生活记忆，几乎全都跟我有关，因为我是他童年时代的主要照顾者。学前时期我每天带他到附近的公园玩耍，幼稚园时带他坐巴士上学和放学，假日带他坐火车去中大荷花池，又到崇基书院饭堂吃菠萝包，星期天带他去联和墟圣堂望弥撒。其中提到他两岁之前是个胖子，在公园遇到友善的晨运客，都会惊叹这个"大肥仔"很可爱。但他说："这些情景我全都忘记了，只是从父亲的口中听回来的。"所以，这些幼儿期的记忆，其实是大人重新"灌输"给他，然后他再重构出来的。他真的记得多少，已经很难证实。当他写道："每天上学前和父亲道别的那依依不舍的心情，我仍然记着。"我便会想，那可能只是想当然而已。记得更清楚的，应该是我。父母与子女的记忆并不是对等的，特别在最初的几年。

想起子女注定要忘记人生初期与父母共处的亲密时刻，心情不免有点黯然。特别是到了子女的青少年期，亲密感往往被疏离感所代替。儿子写《巴士游河》，记的是初中的事情了。开头的部分是这样的：

> 正值大考的时期，今天是一个天气潮湿的星期天。联想到明天所考核的是不用温习的中文写作，我的雅兴立即有

所提高：前往尖沙咀吃乌冬午饭，过一个写意的下午吧！

容许我这样说："我父亲是一个挺唠叨的人"，若被他发现我于这非常时期过一些如此轻松的生活，一定会说个不停。

于是，我预早十分钟步行前往上一个巴士站，避免碰上吃完午饭快要从街上回来的父亲。

抵达巴士站时，我如常地候车，心情还是那么高涨，想着沿途会不会遇见父亲。但是，在这刻，我眼前一亮，一辆不寻常的巴士驶过来，是一部我从来没有乘坐过的欧盟五型（新 Facelift MKII 车身）的巴士！

这时我已经忘记了父亲了。

这是多么的教人伤心的文字啊！他接着兴致勃勃地描写，坐着心爱的巴士所经过的沿路风光。去到文章末段，他终于要下车了。那个依依不舍的对象，也由从前送他上学的父亲，变成今天的新型号 Facelift 巴士了。这就是一个父亲所必须面对的命运。

那之后又两年了，儿子不见有再次提笔的迹象。说那本文集已经成为绝响，可能言之尚早，但我的确没有特别渴望儿子会喜欢写作，更不要说成为作家。如果他能够终身不忘"文人所生"的因缘，我已经感到莫大的安慰。我不是说自己是个怎样伟大的作家。我只是想，那是一种不可多得的父子关系——就算"我父亲是位作家"带给他的回忆，只是一些"可（好）笑且还历历在目的片段"。

巴士 2

　　那天黄昏看到新闻报导说，一辆双层巴士在大埔公路翻侧，造成十九人即场死亡，六十多人受伤。当时儿子出外未返，我第一个反应是想到他有没有可能在车上。再仔细看新闻，发现那是由沙田马场到大埔的巴士，乘客主要是马迷，儿子搭上的可能性极低。但是，看着那些恐怖的画面——巴士车头尽毁上层破开、路旁躺满用布盖着的遗体——心里还是暗暗惊栗。

　　稍后儿子回家，我告诉他发生了这样的车祸。他立即辨出那辆废铁一样的巴士是什么型号，还说那是他喜欢的车种，又略带惊恐地说以后也不坐巴士。他最近跟巴士交恶，对巴士服务感到极度不满，正酝酿着罢搭。这宗意外强化了他对巴士的负面感受。

　　根据生还乘客的供词，肇事车长在开车前曾跟站长争执，迟了十分钟开车，并因此招至大排长龙的乘客责骂。车长怀疑因为沉不住气，在山路上疯狂加速，在转弯时发生意外。车祸后只受轻伤的车长自行爬出，呆站路旁，被逃出的乘客辱骂和追打。

之后两天，新闻披露了更多细节。涉事司机三十岁，曾为全职车长，后转为兼职。有网民揭出他是一名巴士迷，活跃于网上巴士群组，甚至曾经购入一辆退役的旧式"热狗巴"（无空调巴士）。据同厂车长表示，此人甚少跟同事聊天，偶有交接，谈的都是对乘客的抱怨，例如截车不举手、下车不按铃之类的。他曾在入职之初发生意外，被判不小心驾驶，遭罚款和扣分。据说平日开车态度甚为轻率，速度甚快，不时追及前面的班车。

记者追踪"巴士迷"这条线索，指出在巴士公司兼职车长之中，除了经验丰富的年长退休司机，有部分是年轻巴士迷。这类车长被认为性格自我和欠缺责任感，不少人因而遭到解雇。我记得儿子说过，一些巴士迷为了过开巴士瘾，当上兼职车长，专责假日开行的特别路线，甚至会挑选平时难得一见的珍稀车种，而另一些巴士迷则部署在路上的有利位置拍照。

这是近十年本城死伤最惨重的巴士意外，事后一片要求有关方面负责和检讨的声音，连政府也立即成立专责小组调查。不过，就算未有正式调查结果，表面的证据似乎已经颇为清晰，最直接的祸因是车长的驾驶态度。十九名死者和几十名伤者，背后还有更多受影响的亲属，全因为一个人的过失而陷入惨痛的境遇，自是令人悲伤。但是，那个被报纸头条称为"冷血车长"的年轻司机，面临误杀控罪而有可能被囚终身，同样令我心有戚然。为什么呢？因为换了一个时空，闯下大祸的可能就是我的儿子。

　　果小时候的梦想是当巴士司机。直至十几岁，他还是这样想的。开着自己喜爱的型号的巴士在路上驰骋，是每一个巴士迷梦寐以求的事情。收入多少，前途如何，完全不在考虑之列。对他们来说，巴士引擎的转动、车厢的摇晃、车门的开合、车灯的明暗、路线牌的调整等等，全都是人生中的最高享受，甚至是极乐状态。巴士的内在美（机件性能）和外在美（外观），都是巴士迷为之痴心的因素。大至车身的长度和高度，小至一条扶手、一个窗框、一个车轮盖的设计，都有无尽的学问和趣味。那是我们普通人所无法明白的。

　　曾经多次陪儿子参加巴士迷的活动，见识过这群清一色是男生的狂热分子，一聚头除了巴士之外就没有其他话题，而内容就如外星语言一样，是我完全听不懂的。对他们来说，巴士并不是一种服务大众的交通工具，而是一个内在自足的世界。这个世界有它自己的秩序和系统，跟现实世界的混沌和偶然完全两样。工具成为了目的，过程取代了结果，坐巴士不是为了要去的地方，而是为了巴士本身。我并不是说，有着这样的性格和喜好的巴士迷，不适合当真正的车长。事实上也有巴士迷当上优秀车长，甚至在巴士公司内晋升至管理层的例子。我想说的是，这样的一个巴士热爱者，一个完美世界的追求者，在现实中适应不了当车长的庸常考验，而在一时冲动之下把数十条人命以及自己的人生也毁掉，那是多么的教人惋惜的事情。

　　可能是我想多了，因为儿子的关系。从前想到儿子长大后当上巴士司机，脑海里便会出现交通意外的画面。不是撞死人，便是撞死自己，或者两者一起。也不是开车本身有什么问题，而是觉得以儿子的性情和能力，绝对不是当司机的材料。要在马路上安全地行车，除了技术，态度和情绪同样重要。大意和暴躁是驾驶者的致命伤。

幸好儿子已经放弃了开巴士的念头。但他最近又矫枉过正，突然讨厌起巴士来。曾几何时陪他一起等巴士的时候，他拒绝乘搭的一些较旧型号的巴士，现在竟然变成了极度渴求的珍品；那些他曾经苦苦守候过的较新的型号，却变成了不屑一顾的劣货。那就像曾经热恋的对象，忽然变成了不共戴天的仇敌，而曾经弃之不惜的垃圾，却忽然变成了价值连城的宝物。我完全无法理解当中的逻辑，只能以"物以罕为贵"和"吃不到的葡萄是酸的"来解释。

我一直怀疑，单凭这一点看，果不是个典型的巴士迷。一般的巴士迷，就算在种类上有所偏爱，对其他巴士也会采取专家的态度，而表示一定程度的关注和喜好。果对巴士的喜爱肯定不够广泛和欠缺包容。这不是出于普通的主观心理，而是建基于强烈的分别心和排他性。就算他尝试去解释为什么觉得某一种车比较漂亮，而另一种丑陋不堪，那些因素几乎都不具任何内在的必然性。也许他的所谓好坏，说到底只是对生命的偶然的不服气，也即是想要的偏偏没有，不想要的却偏偏遇见。这是一种自我中心的世界观，认为自己所想所求的事情，世界必然知晓并且加以回应；而如果世界的回应是不如所愿的，便肯定是有心针对。这个针对者，有时是巴士司机，有时是巴士公司，有时是巴士这个概念；广而言之，就是非我的外部世界。因为我与世界之间的结构性对立，看似芝麻绿豆的小事，也会膨胀为宇宙层级的灾难，以及无间地狱般的痛苦。这，在理念上，我是明白的。但是，在实际上，我还是无法接受，人的情绪应该受到巴士主导——人生的快乐和幸福，全盘建立在自己每天遇到什么巴士的或然率上。对于他的这个心结，我也感到痛苦，但却是为了跟他不同的原因。

果曾经为了区内的巴士无法令他满意，而嚷着要搬到别处。我和妻子却觉得，以巴士的款式而不是广义的交通便利与否来决定居住地点是荒谬的。更何况我认为比交通更重要的是居住环境，而我非常喜欢现在这个住了二十年的地区。不过，我最主要的反对理由是，只要他带着这种心魔，无论搬到哪里，结果也只会是一样的——巴士永远是别区的更好。

细心想想，那其实并不是果个人的问题。觉得别人比自己更幸运的想法，是人类的普遍心病。对自己拥有的东西，很快便失去新鲜感和满足感；别人总是拥有自己没有的东西；世界老是优待别人，亏待自己。于是，人家的房子更大，人家的金钱更多，人家的工作更好，人家的享受更高级，人家的老婆更漂亮，人家的老公更有型……诸如此类的比较，令人没有一刻的安宁。我尝试向儿子举出这些例子，他反问说：

你想说，就算人家的老婆比你老婆漂亮，你也要接受现实吗？

我一怔，说：

不，不是这么消极的！我是说，无论人家的老婆如何，我也觉得自家的老婆漂亮。

你这样不是也很主观吗？

无论任何人，只要懂得欣赏，也有她漂亮的地方。

那么，只要不欣赏，也自然会找到挑剔的地方吧。

或者是，漂亮与否，其实并不重要。

你觉得妈妈不漂亮也没所谓？

我没有说你妈妈不漂亮。我是说，不要有分别心！

那即是你老婆跟别人老婆其实没有分别？

唉！不是这个意思！你为什么点极都唔明？[1]

我不明白巴士跟老婆有什么相似点。

就是不可以贪新忘旧啊！

我现在不是已经倒过来，贪旧忘新吗？或者索性放弃巴士，改去坐港铁啰！

我没有叫你放弃什么，没有叫你反过来讨厌巴士。我是说不要挑剔，不要固执，放开自己的心怀，坐巴士又可以，坐港铁又可以。

但你并不是这个女人又可以，那个女人又可以，而是执着于一个老婆啊！

好的，好的，就当我这个比喻做得不好吧。

早该这样说啦！你令人很混淆！

总之，我只是希望，你的喜好带给自己的是快乐，而不是反

1　意为：你为什么怎么说都不明白？粤语。

过来带给自己烦恼和痛苦。如果变成了后者，何苦呢？

　　果似乎没有听进去。

　　我在想，如果那位年轻车长当时能够想想，开巴士也不过是自己的兴趣吧，用不着为任何小事跟乘客过不去，也不值得为了一口气而破坏自己的喜好，一场悲剧是否可以避免？

小时不佳

　　儿子的小学成绩一直徘徊在全级的最后几名，有一次还要经过补考才能升班。这跟我们当初的预期很不一样。我和妻子在学时都是成绩优异之人，从未尝过考试包尾的滋味。考第一是家常便饭，考第二是一时大意，考第三基本上不能原谅。记得四年级时曾经破天荒数学仅仅不及格，老师对我的失常大为紧张，立即约见家长。一向严厉的母亲不但没有责骂，还破例请我去红宝石餐厅食红豆冰，大概是担心我受不了打击。

　　虽然从竞争性的学制出来，而且是当中的成功者，但我和妻子并没有对背后的理念照单全收。果幼稚园的时候，给他挑了一间就近的学校，功课很少，游戏很多，老师也很有爱心。那时候，除了他上课很被动，也不大跟同学玩，学习上完全没有问题。我们对果没有在学校交上朋友有点担心，开始带他参加外面的机构

举办的社交小组。但是整体而言，他的幼稚园生活过得相当愉快，
没有值得抱怨的地方。

在机缘巧合之下，升小学的时候，我们带了他去一间市区的
名校面试。传统名校之中，这间小学学风相当自由，并不刻意催
谷[1]成绩，特别重视学生的课外活动，在音乐和体育上也有很出色
的表现。另一个优点是，小学部跟中学部采取一条龙制度，不必
为了升中问题而烦恼。考核制度所造成的负面影响，可以减到最
低。儿子多年来成绩欠佳，也没有收过老师的投诉。当然学校也
不是放任不管。科目考试不及格的同学，必须参加水平提升计划，
也即是补习班。

从小一开始，果便是补习班的常客。每个学期至少两科，每
周至少两次。补习班放学较晚，去接他的时候，留校的学生都在
参加课外活动，不是剑击就是打球，也有童军训练，或者兴趣小
组。总之看起来全都是文武全才、活泼起劲的孩子。抬头一望，
我儿子和几个同样没精打彩的同学，在老师的带领下，拖着散漫
的步伐从楼梯走下来，感觉就像一群士气涣散的残兵。和我一样
去接补习班放学的家长，都好像有点抬不起头来，互相也不太敢
望向对方。如是者六年，大家见惯见熟，但从没有打招呼。补习
班也似乎没有丝毫提升过参加者的水准。

幸好儿子拥有超强的自尊心，似乎没有受到成绩问题的困扰。
对他来说，念书和上学只是例行公事，马马虎虎地混过去就可以，

1　摧谷，督促。粤语。

无须过于紧张。我自问不是那种望子成龙的父亲，也不认为读书是唯一的出路。如果儿子的志愿是当运动员、漫画家或者厨师，我是完全没有问题的。但是，看着儿子除了巴士之外兴趣全无，既不能文，也不能武，心里便难免有点焦急。扪心自问，自己和妻子也不是没有给予他足够的机会，接触不同的事物，无奈他就是没有反应。于是便只能以老生常谈安慰自己：孩子是迫不来的，耐心点等待吧！他始终会找到自己想做的事的！

纵使口里说不会强求他在学业上拿到什么成绩，但落实到具体的功课和考试，心里还是盼望他做得好一点的。我们的要求已经调整到相当低，在学业上只希望他及格和升班，在学业外从不强迫他参加任何活动或者学习任何手艺。至于最基本的功课和温习，做父母的始终不能袖手旁观，任由孩子自生自灭。只是一接下这可怕的任务，就算是世界上最富有耐性和爱心的人，也会不能自已地变得疯狂和暴戾。

陪儿子读书是我人生中最沮丧的经验之一。这一刻跟他讲解过的东西，下一刻可以忘得一干二净；今天听他复述得头头是道的内容，明天却可以好像从没有听过；同样的数学原理或者语文法则，连续几年地给他重复解释，每一次他都好像接触到新鲜事物。在这些时刻，我完全体会到何为徒劳无功、白费心机。而每当想到自己放弃了宝贵的写作时间，把精力虚耗在这样的互相折磨中，心情便低落到极点，脾气也难免变得暴躁。像我这样的一个从不跟人争执的温文人，在那几年间把发怒的限额全部用尽，甚至远远过头了。我人生中第一次觉得，自己的情绪管理出现问题。到后来甚至严重到，一坐在儿子的功课面前，便会立即胸口发闷、呼吸困难。

儿子的学习障碍，显然不是因为智力问题。他从小就机巧好辩，口若悬河。三岁的时候，妈妈帮他洗澡，他突然爆出"半途而废和功亏一篑有什么分别"这样的问题，可见他对语言是相当敏感的。那也是他的念诗期，只听一次就能把诗歌记住，照样背诵，让我们曾经一度以为他是文学天才。不过，他的语言天分最常派上用场的，是和大人辩驳。他犯上什么错处，从不乖乖挨骂，一定会出言反驳，反抗到底。我和妻子都是能言善辩之人，深信以理服人之道，对孩子不能只靠强权，于是便常常跟他展开论战。论知识、论技巧、论口才，小儿子当然不是父母的对手，很快就暴露出前后矛盾、逻辑不通的弱点。不过，他每次给我击破之后，立即便重整旗鼓，极速吸收我的论点和方法，很快便能还施彼身，害我有时也有点招架不住。

当然，道理最终还是道理，辩论通常都是我胜出的。问题是，纵使我能在道理上驳倒他，我却没有能力改变他的思想。他就像个不倒翁一样，下一次又再重复相同的观点。至于我的榜样，似乎也不足以成为他的学习对象。无论言教或身教，也没有立竿见影的效果，长远而言就不知道了。在他的思想核心，有一个固若金汤的堡垒，是无论如何也不会被攻破的。到了后来，我必须承认，在父子之间，有些事情是永远也不可能互相理解，更莫说互相说服的了。

现在回想，念书的问题其实并不如当初所感觉的那么严重。

那不过是欠缺动机而导致的心不在焉而已。按照专家的说法，那是专注力缺乏症的征状。但我不想用药物去解决问题。在儿子高幼至初小的两三年，我曾经带他频密地参加各种感知训练活动，学过多种多样的方法和理论，参考过无数相关的书籍。那些方法和理论，有些有效，有些没有。有效的也不是完全地和持久地有效，而只是局部地和短暂地有效。我绝对不是低估这些支援对儿子的益处。对于曾经有一段时间得到许多专家的帮助，我心里是永远感恩的。至于后来我无法善用适当的方法，导致许多激烈的摩擦和对立，错失了一些改善的机会，甚至对自己的身心也失去控制，这些都是我应负上的责任。当然，我也学懂了不要对自己过于苛刻。

　　不如我们所料，果在校的语文表现并不突出。由于没法养成阅读兴趣，无论中文和英文的进展也不甚理想。任凭我们如何抽空陪他读书，也没法把语言养分硬塞进他的脑袋里。不过，重灾区是数学科。我必须承认，数学是一门非常依赖天分的学科。欠缺数学头脑的话，无论多努力也是徒然的。在儿子的整个小学期，数学几乎没有及格过。我自己当然不是数学天才，但念书的时候并不觉得数学太难。放弃数理念文科，不是能力问题，而是兴趣的使然。偏偏儿子对数学全无感悟，不是完全弄不懂，就是粗心大意，做完草算都可以把答案抄错。陪他做数学功课，就像在干旱的泥土里插秧，不要说揠苗助长，简直是寸草不生呢！

　　我不会把问题完全归咎于教育制度。我关心的不是分数和成绩，而是学习这回事本身，所必然面对的困难和挫败。无痛学习是个理想境界，就如儿子小时候念诗一样，因为觉得好玩，所以不费吹灰之力，但转眼间也可以忘记得了无痕迹。兴趣和动机对学习固然重要，但过程中还是不得不付出一定的努力，甚至辛劳。就算是天生异禀，如果好逸恶劳的话，成就肯定是极为有限的。

数学的噩梦到升中之后愈加恐怖。望着那些连我也要绞尽脑汁才能破解的数学题，我终于崩溃了。我们请了一位补习老师，每周上门三次。当然情况不会就此一帆风顺。果的数学成绩依然一直在及格边缘徘徊，但至少我可以卸去这方面的重责。这是我放手儿子功课的第一步。我渐渐发现，多年来积压的情绪，不但来自儿子的表现不如期望，也来自一个拥有高等教育程度、具有丰富教学经验，而且富有责任感的父亲，对无法好好教养自己的儿子的挫败感。失败者是我而不是他。我坚持不让儿子吃药，到头来要吃药的是我自己。

有一天晚上，听见儿子跟数学补习老师聊到了中文科，问对方"小时了了，大未必佳"的意思。（这时期他正在家里向祖父母开授中文班，用的是自己学校的教材。）补习老师含糊其词，说中文科最好还是问他的父母。补习完结，送走了老师之后，我在饭厅一角的小黑板上，看到儿子用粉笔写下的八个字："小时不佳，大当了了。"

读书声

　　"你好醒醒定定呀吓！就算边都冇情讲呀！点样都要做晒呢份卷先可以休息！[1]"

　　"又错！咁低级嘅问题点解都可以一错再错？你答之前唔可以先谂清楚嘅咩？[2]"

　　"太离谱喇！你要我讲几多次先至记得？俾多次机会你，今次系最后一次！[3]"

　　"够喇，咁样落去仲边度够时间？你唔系要用半粒钟嚟做呢一

1　大意是：你当心啊，就算累也不能通融，怎样都要做完这份试卷才能休息。粤语。

2　大意是：又错！如此低级的问题怎么可以一错再错？你答之前不能先想清楚吗？粤语。

3　大意是：太离谱了！你要我说多少次才会记得？给你那么多机会，这次是最后一次。粤语。

题呀嘛？[1]”

　　果的睡房经常传出这样的问答。那不是他和补习老师的对话。房间里只有他自己一个。在这些严厉的训斥之后，便会听到他朗声讲出功课的内容。管他是中文、英文、数学、化学、生物，还是地理，都统统像单口相声一样形诸生动的语言。

　　儿子的学业在中三的时候发生逆转。由于小学成绩欠佳，初中分流时被编进最低的组别，跟其他因运动杰出而被招揽回来的同学同班。这群学生一心只在于帮学校拿体育奖项，对读书一点兴趣也没有。上课七国咁乱，功课有拖有欠，考试全部肥佬。[2]果在其中混到中三，突然觉悟自己如果要转换更佳的学习环境，便必须努力读书。

　　在一间男校里，所谓较佳的班别即是理科班。文科班永远是失败者的收容所。这种重理轻文的情况，在我年少的时代早已如此，所以我很明白儿子的心情。我和他的分别是，我当年以尖子的成绩，主动选修文科，大有“我不入地狱，谁入地狱”的意味。相反，他极力要逃出这个深渊，好像那将会决定他一生的前途似的。他有他的理由，我不怪他这样做。他本身对文科没有兴趣，尤其讨厌历史，每次温习那些朝代更替和治乱兴衰便痛苦万分。（仿佛是命运的讽刺，我预科的时候，选的正正是中史、西史和中

1　大意是：够了，这样下去时间哪里够？你不是要用半小时来做这一题吧？粤语。
2　咁，这么。考试肥佬，考试不及格。粤语。

国文学。）为了选修理科，果痛下决心埋头苦读，结果成绩慢慢攀升到中游位置，顺利进入心仪的班别。

可是，读书讲求方法，不是使足盲劲往死里打就可以的。他中一的时候，我还经常陪他温习，但程度变深，双方也非常吃力。到他中二以后，我身心俱疲，决定完全放手。初时他还未学懂自己温习，陷入无政府状态，完全跟不上进度，考试之前才临渴掘井，向我紧急求助，结果当然是神仙难救。我曾经一度对他学懂自主温习感到绝望。

后来不知怎的，他自己发明了独门读书方式——关上房门，大声把书本内容讲出来。他自己一人分饰两角，轮流扮演老师和学生，自我问答和对话。另外，又自己出习作和试卷自我考核。作为一个注重形式、秩序和系统的人，他需要亲自演绎整套的教学程序，才能够把内容消化和吸收。这方法听来虽然有点笨拙，但却颇为奏效，至少真的令学业成绩有所提升。

回想起来，朗声读书的方法其实不是无中生有的。在这之前两三年，他一直在家里玩教书游戏，强逼祖父母当学生，自己则当起老师来，拿着亲自制作的教材，站在黑板前面大讲特讲。这个经验现在终于大派用场，用在自己身上，解决了难以专注的毛病。世事难料，之前所做的令人困扰的无聊事，想不到后来却成了自己的救命符。

自此以后，他在读书方面便完全独立了，再没有需要我插手的地方。当然，现在我们要忍受他的大声朗读，听他在房间里像人格分裂似的自言自语，甚至自己教训自己。他似乎也不介意隔墙有耳，尽情地投入他的单人活剧。爱尔兰诗人叶慈说：“在跟他人的争论中，我们创造修辞；在跟自己的争论中，我们创造诗歌。”果的读书剧场似乎没有多少诗意，但听在旁人的耳里，确实是令人莞尔的。

有人说在西方古代，人们读书都是出声的。相传公元四世纪的圣安波罗修（St. Ambrose）是第一个发明默读的人。年轻时代的奥古斯汀，看见前辈安波罗修一声不响、静默地阅读的样子，大大地吓了一跳。后来人们都转为默读，出声读书反而变成了没有教养的表现。默读被视为跟内在世界连接，探索精神价值的方式。再后来，默读又反过来被指责为现代文章死板生硬、失去活力的元凶，而朗读则被捧为值得追慕的古风和必须恢复的美德。默读和朗读，究竟何者更佳，真是人言人殊。不过，也有人指出，整件事从一开始便是个神话。有不少证据显示，古希腊人和罗马人也有沉默地阅读的例子。只凭圣奥古斯汀的说法，认为古人逢阅读必出声，似乎过于武断。无论事实如何，果大声读书的习惯的确有点老派，而且效率不高，但是只要他觉得有用，就是个好方法了。

不过，果的读书转折，于我有喜有悲。喜者，如愿以偿选修喜欢的科目，而且全靠一己之力，怎样说也是一项小小的成就。悲者，他视历史、文学等为无用之物，避之则吉，弃之而后快。在读书方面他是个功利主义者，为的是将来找到比较好的工作，选的科目当然也要有实用价值。这是他发奋读书的原动力。这样的心态，跟文学肯定是绝缘的了。

　　他不读书时，我要求他读书；到他肯读书时，我又来挑剔他读书的动机，似乎有点吹毛求疵。但我很难认同他对文科的评价，尤其是对历史科的误解。读历史，其实是要知道天下事的根源和脉络，取鉴过去，明辨今天，修备未来。可是，被迅速更替的当下感完全充斥的新一代，已经很难明白过去的事情有何值得留恋，更不要说去理解和探讨。历史对他来说只是书本上的日期和名词，和自己的生命完全无关。一个无关系、无意义、无用处的学科，为什么还要去读它呢？面对着这些质疑，我哑口无言。原来读历史不只需要理性的认知，还需要感觉。对历史没有感觉的人，你是没法以道理说服他历史有何意义的。

　　我很怀疑，那是想象力的问题。无论是历史，还是文学，都要求我们想象不同的世界。一个无法进入想象世界的人，很难读历史和文学。不过，相比起品格上的问题，不喜欢文学，不喜欢历史，并不是一件错事，也不是人生的重大缺失。那只是一个喜欢文学也重视历史的父亲的个人遗憾而已。

　　有一天晚饭的时候，果聊到最近的地理科测验。我会考时也修过地理，便说了点温习的心得。说着说着，不知怎的他又批评起历史科来，说地理不像历史那么沉闷，那么没有用处。我知道他又来那套实用主义，但却懒得再向他晓以大义。饭后我回到书房写作，他却探头进来，意犹未尽地想继续对文科的批判。

　　其实你写这些书有什么用？

　　我一边假装在思索字句，一边答他说：

　　文学不是讲用处的。

不讲用处讲什么?

讲意义。

没有用的东西也有意义吗?

当然有。

但你写书赚不到钱啊!

不是赚到钱的才算有意义。

赚不到钱即是没有工作,即是无所事事。我将来一定不会做赚不到钱的事情。

我继续盯着电脑屏幕,但文思已经给他打断。我顺势问:

那你将来想做什么?

教书吧。

你想教书? 教书不算很赚钱的工作啊!

至少比写作赚钱。

你想教什么?

教什么都可以,总之是教书。

那就是为教书而教书了。

你也是为写作而写作啊。

我担心你会误人子弟。

我很懂教书的。我会教到学生很明白。

一个不读书的人,怎样去教书?

我有读书,我只是读教科书。

读教科书不算读书。

课外书读来有什么用? 又不用考的。

人需要很多知识，和知识以外的东西。

我只要学识教科书的内容，就足够去教书。

好吧……但打算教什么都应该有个目标吧？

那就教理科吧，生物或者化学，地理都好。理科够实在，可以清楚解释，不像文科……

你又来了！

我没有说错啊！看看你写的书，真的完全不明白你说些什么。

阅读能力是要慢慢培养的。

一篇文章读不明白，一定是作者的问题，是作者写得不好。

一个不读书的人，没有资格去评论作品的水平。

要读几多书才有资格去评论？

那很难说，但越多越好。

多就是好吗？你藏了这么多书，我猜你多数也没有看过。书架上的书九成也是没用的吧？白白占用空间，碍手碍脚，应该统统丢掉。

你别管我看什么书。

儿子从我身后的书架上随意抽出一本书，说：

不行！我来考你，说不出作者来的，证明你根本没有看过，要丢进垃圾桶去！

你好烦！别骚扰我写东西可以吗？

他没理会我的抗议，开始了对我的口头考核：

好，这本叫《道草》的，作者是谁？

我没好气，答道：

夏目漱石。

对！下一本，《天演论》是谁写的。

严复啰！其实是译自赫胥黎的。

竟然给你讲中！那么……《静静的生活》呢？

大江健三郎。

没可能的，怎么都记得？再来，这本叫《十三夜》的，一定不知道吧？

樋口一叶。

可恶！《哲学的起源》呢？

柄谷行人。

有冇搞错！统统都记得？果然不是胡乱买回来充撑场面的。这次放过你吧！下次再来考你，答不出来的书要丢进垃圾桶！

儿子有点难以置信，又有点不服气，但也不得不撤退了。看来他对读书这回事真的太缺乏了解。

果回到自己的房间，关上门，里面随即响起朗朗的声音：

"好喇！时间无多喇！好快手啲喇！今晚要温完呢个 chapter 先可以瞓觉！知道未？之前已经讲过，呢个部分嘅重点系……[1]"

无论如何，听到他的读书声，始终是令人感到安慰的。

1　大意是：好了！时间不多了！要快一点了！今晚要看完这章才可以睡觉！知道吗？之前已经说过，这个部分的重点是……。粤语。

黄金少年

果自小就是个漂亮的人儿。只看照片，不必跟他相处的话，真是可爱得无话可说。浑圆的脑袋，精致的五官，灵动的神情，完全没有棱角，任谁看了也赞叹不绝，觉得一定是个又聪明又乖巧的孩子。就算间中流露出恶作剧的意图，也不会减少惹人喜爱的程度。换句话说，是那种跟真实性格存在距离，欺骗指数相当高的外貌。当然，他也不是存心骗人的。谁叫自己的样子生得那么讨人欢心呢！

唯一美中不足的，是身材太瘦，而且越大越明显。十岁前瘦还是可以的，毕竟是个小孩子；进入青年期，瘦到一枝竹那样，连他自己也不能满意。加上一直长高，比例上就有点失衡，基本上就是一个火柴人的模样了。问题是食量不大，又懒做运动，既不长肌肉，也不长脂肪。告诉他婴儿时期曾经是个大胖子，他死也不肯相信。就算有照片为证，也觉得那只小乳猪跟自己毫无关系。

儿子出生便属重磅，胃口极佳，很快便肥肉横生，眼耳口鼻和手脚关节都消失不见。抱着他去公园，人人见到都忍不住过来逗他，叫他"肥仔"。然后望望我这个瘦子父亲，好像怀疑是不是我亲生似的。天天抱住个肥仔也真是累，但觉男人之家推着婴儿车样子很"娘"，便唯有强作孔武有力之人，把巨婴搬运于双臂之间了。那时候自己的体能也真是不错，练就了某种铁人赛选手似的耐力。就算儿子去到两三岁，也可以单臂抱着熟睡的他，由市区一直站着挤火车回到粉岭家。不过，十几年下来，后遗症便统统出现了，浑身筋骨关节没有哪一处不是伤的。

肥仔也肥不了多少年。大概三岁以后，变得拣饮择食起来，而且甚为严重，体重也因此急速下降，终成了今天的道骨仙风的模样。一直没变的，是那个保龄球似的又大又圆又硬的脑袋。出生时就是因为头颅太大，医生建议开刀，错失了自然分娩的经历。妻子说，当时在医院育婴室里，初生婴儿样子都差不多，但只要找头最大的那个，就是自己的儿子了。大头果长大的过程中，智力甚佳，鬼主意也很多，就是欠缺某些人之常情的思维。质和量往往不是相辅相成的。

纵使人变瘦了，但因为头大，所以抱起来还是很重。儿子小时和我很亲，上小学后依然常有搂抱。在街上牵着他的手走路，去到小学五年班左右。他喜欢像小动物一样把脸往我的怀里钻，有时候不小心一头撞过来，胸口会像给大石击中。随着牵手的终止，拥抱也慢慢不再。父子的身体接触，在十几岁之后便成往事。进入青年期的他，稍微碰一下也很大反应。骨肉之情，便剩下了口头上的沟通。到了连说话也不投机，更进一步的疏离便在所难免了。不过，下一代的成长必须从远离父母开始，原也是生命的常态，所以也不用过分唏嘘的。

儿子的头发，从小就是我给他剪的。其实也无须怎样的功夫，只要买一个电动修发器，调到所需的长度（一般是九公分），贴着脑壳像剪草似的推进就可以。因为他的头形浑圆，很适合这种简单的剪法，看上去也不觉得土气。他在十五岁之前，也很满意我的手艺，又或者是完全不在意自己的容貌。近来想是在学校交了较好的朋友，对自我形象这回事开了窍，突然觉得我一直给他剪的发型不堪入目。于是破天荒要求到外面发型屋去剪。剪了个时尚发型回来，整个人的样子也变了，好像不再是从前那个懵懂的小孩，而是个活脱脱的醒目青年了。我的那套破旧的剪发工具，也可以退役了。

老谚语常言"身体发肤，受之父母"，本来是要提醒儿辈对父母感恩，但是在实际生活中，通常还是父母紧张儿辈的发肤居多。发型也许只是外观的问题，牙齿除了观瞻，也牵涉到咀嚼和吸收。儿子的牙齿天生多灾多难。三四岁的时候，乳齿已经蛀蚀得七零八落，去到要大规模修补的地步。到了小三四，又出现了下颚生长过快，牙齿出现"倒及"的现象。于是又要进行矫正，在上排牙齿装上胶套，再用橡筋扣连一个戴在脸上的支架，慢慢把上颚拉出。整个过程需时两年，期间嚼食和说话多少受到影响。到了终于成功把腭骨调整，又因为长期配戴牙套的缘故，导致牙齿严重不齐。按牙医的建议，下一步便要进行俗称"箍牙"的程序，并且得先拔掉四颗牙齿。

当时儿子已经念中一，不再轻易被人摆布。当他听到"箍牙"的目的主要是为了"靓仔啲[1]"，他便立即拒绝了。他觉得生一口乱牙完全没有问题。我和妻子也没有强迫他，任由他自己做决定。一来是因为儿子性格倔强，没有足够理据（例如危及健康）很难说服他。二来我自己的牙齿也不整齐，但从来不觉得有什么大不了。再加上读到日本小说家谷崎润一郎的怪论，认为现代西方式的洁白整齐牙齿肤浅俗气，满口烂牙乱牙才具有东方式的美感，便加倍放胆抛开父亲的责任，让儿子任性妄为了。没料到的是，果最近主动提出，这个暑假想去"箍牙"。快要十六岁的他，似乎开始注重仪容起来了。我当然也不会坚持要他保留东方式的美感。

牙齿虽然不佳，儿子的眼睛却一直是极好的。直至初中，一点近视也没有，视力近乎完美。我曾经怀疑这是他不看书和不看电视的后果，也不知应该感到庆幸还是无奈。他优良的视力都用在看巴士和火车之上。距离很远便看到巴士的路线和型号，所有的细节都逃不过他的法眼。他甚至可以从粉岭站看到上水站停靠的列车是新款还是旧款。不过，去到中二视力便变差，在学校看不清楚黑板，在街上也看不清楚巴士了。（他关心的无疑是后者多于前者。）验出了患上一百五十度近视，虽不算严重，但对生活也有影

1　靓仔啲，好看一点。粤语。

响。配了眼镜却又不愿意戴，不知是嫌不舒服还是不好看。唯有上课坐前排，伸着脖子，眯着眼睛，让老师以为他很好学和专注。

　　说到为儿子的身体发肤而心痛，最难忘的莫过于他小三时跌断了右上臂骨。那是傍晚六点左右，我从公园步行回来，洗了澡，在睡房用电风筒吹干头发的时候，果突然跑进来，大喊很痛很痛。我起先以为只是戏耍，但见他在床上滚动，状甚痛苦，才心知不妙。一问之下，原来他刚才偷偷溜进我的书房，爬到书桌上玩弄书桌灯（他最近常常这样做），一不小心往后掉了下来，右臂着地。我试着触摸他臂上的痛处，但他立即弹开，看来情况相当严重。于是便立即送他到附近的公立医院。急症室照例大排长龙，轮候时间至少三个钟头。只是安排他照了 X 光片，还未轮他到见医生，便送他回家吃晚饭。晚饭和着泪水吞下，待到时间差不多，又回到医院去。终于进诊疗室了，医生以为又是大惊小怪、动不动便送孩子来急症室的家长，起先态度有点轻率。一看 X 光片，神色一变，凝重地说："原来真的断了啊！"

　　办理好入院安排，果被送到一楼病房，已经是深夜十二点。来了一位学生模样的男性骨科医生，跟我们解释说，儿子的右上臂受到的是 Greenstick Fracture（青枝骨折）。因为孩子骨骼柔软，骨折时往往有如细嫩的植物枝条，弯曲但不完全断开。治疗方法是徒手复位，也即是用外部的手法把弯曲的部位移正。虽然不用做手术是个好消息，但只要想想孩子要忍着痛，让医生把折断的臂骨拗直，心里就觉得恐怖。年轻医生请我们到外面等候。我在走廊上踱步，浑身在颤抖着，准备随时听到儿子的尖叫声。但是，病房却出奇地平静。过了一会，医生从容地走出来，说复位已经完成了。往下要打石膏固定手臂，不要让患处再移位。到里面一看，儿子静静地挨在床上，好像很舒服的样子，没有哭喊过的痕迹。果这个人，从小到大，除了婴儿期和刚跌断手臂的几小时，从未流过眼泪。

　　成长中的儿童，骨骼特别容易康复。过了两个月，果的手臂便完全无碍了。虽然人不长肉，但骨骼却高速生长。中三的时候，长到跟我一样高。到了中四，高度已经超过了我。站着跟他说话，我要抬起头来；一起拍照显得我很矮。他的脸形变尖了，鼻子变高了，眼睛变长了，发型也变成熟了。再架上眼镜的话，跟以前稚气的样子已经完全两样了。看着他高瘦的身影，顿觉时光的飞逝，自己的心境也忽然变老了。他不再是那个让我抱在臂里，高高地抬起的小孩，我也不再是那个可以在体力上支持他，保护他的壮年男子了。当他的发肤和神志日渐茁壮，我便进入了下坡的阶段。纵使离终结还有一段距离，毕竟已是末路风光了。

　　我记起果六年级尾声的时候，我最后陪他放学的日子。我和他说好了，升上中学之后，他便要自己坐车上学和放学了。那天他特别幸运，坐到了他喜欢的巴士。是什么型号我已经不记得了。我们在家对面马路下车，下车后要经过行人天桥。他急步跑到行人天桥中央，在栏杆前停下来，伸着脖子，从路旁丰硕的大树的枝叶间，盯着下面的回旋处。我们刚坐过的那辆巴士，在绕进旁边的屋邨后，会再经过这个回旋处，才开往上水的方向。初夏的阳光穿透无人的天桥，栏杆的疏影横斜在地上。栏杆外簇满了青嫩的新绿，在微风中一晃一晃。那个在我前面十数步的小人，穿着白色短袖衬衫和灰色短裤，有着浑圆的头，精巧的脸，和轻盈的肢身，整个儿的沐浴在夕阳的金光里。我意识到这是我最后一次接他放学了。他很快便是一个中学生，一个少年。一辆金光闪闪的巴士绕过回旋处。少年的目光，也随之而打转。他的脸上，有非常满足和幸福的笑容。一个灿烂的、无忧的，黄金少年。

舒适圈

　　我很讨厌人说 comfort zone。总是觉得，说的人不是带着教训别人的口吻，便是有点自以为是，也即是刻意地强调，自己正正就是敢于走出 comfort zone，才增长了人生体验，获取了事业生涯上重大的成功。自认为闯出了舒适圈的人，对被认为退缩在舒适圈里的人，就算表现出一派热情勉励或者循循善诱的态度，心底里始终潜藏着某程度的看不起。但是，我自己终于还是忍不住用"跳出 comfort zone"来告诫我儿子。

　　儿子对于出门远行带有戒心。不是说他抗拒旅行，不喜欢旅行。自从他四岁带他去过东京，之后每逢暑假也会举家外游，甚至发展至圣诞节或复活节假期也不放过，或者是暑假去两次不同的地方。单看出游的频密程度，果没有理由不是一个喜欢旅行的孩子。虽然都是父母安排的，但也同时出于他主动的要求。长假期必须离开香港到外面去，似乎已成了这一代孩子的习惯。回想自己年少时最远只是坐火车去广州探亲，第一次坐飞机是二十四岁，便觉得在条件许可下，早点多让儿子看看外面的世界，体验不同的风土民情，应该是件有益的事情。

对果来说，旅行的一大吸引力，应该是外地崭新的交通体验。在他年幼时的火车时期，铁道王国日本自然是不二之选。五岁时带他从东京坐长途巴士去富士山脚下的富士急游乐场，为的是里面那个规模细小的汤马士小火车头儿童乐园。六岁时带他去位于东京近郊的大宫 JR 铁道博物馆，从明治时期的蒸气火车头，到二战之后的新干线子弹火车，几十辆不同时代和类型的古董火车，像穿越时光隧道的机械幽灵，聚集在当下的时空中，场面不只壮观，简直就是超现实了。就算是待在东京，林林总总的电铁型号，也够这个小铁道痴饱餐个够。

不过，随着年纪渐长，孩子的区别力越强，要求也越高。旅行时坐地铁和电车便变成了一场疯狂的赌博。他几乎在到埗后不到两天，就能弄懂不同的路线走向和列车款式的细微差别，诸如车头的形状、车身的颜色、窗子的大小、显示牌的光暗、椅子的排列和物料等等。有差别就有好恶，有好恶就有为有不为，有搭有不搭。于是，在香港的挑车习惯，以及随之而来的喜剧和悲剧，很快就会在异地上演。同样的事情，后来又发生在世界各地的巴士身上。这变成了每一趟旅行的磨难，但隔着时间的距离回看，也不能不说是某种不情愿的另类乐趣。至少我们作为父母的如此自我安慰。

"交通执"发展到极致，就是在每一次旅行的评估中，交通的部分占上不成比例的分量。果会在事后制作一个评分表，以一百分为满分，当中旅游当地的交通占二十分，天气占二十分，而观光游玩本身只占十分。至于另外那占全体一半之巨的五十分，竟然是在香港来回于家与机场之间的两程巴士！只要在这两次车程中稍有差错，整个旅行基本上就不会合格了。这对苦心安排行程的家长来说，无疑是个不幸的消息。我相信，世界上再没有"本末倒置"的更佳事例。

我当然明白，就如在香港的日常生活中一样，儿子只不过是在寻找完美的秩序。而我们知道，就算在高度规格化的系统中，依然存在无数不均的变化因素，令所谓的秩序既不可知，也不可测。虽然听起来好像很琐碎无聊，但认真细想，这样的执着不下于一场堂吉诃德式的、渺小个体跟巨兽体系之间的对抗，而事情的性质也立即由滑稽提升为悲壮。风萧萧兮易水寒，我和妻子作为小壮士的护送者，能做的也只有放声悲歌一曲了。

我后来才理解，这可能是儿子身处陌生的异地所不自觉采取的自我保护机制——把熟悉的习惯套用于不熟悉的环境中。在他小时候，在许多的社交小组活动上，听过一些类似的意见，说在带孩子去一个新的地方之前，必须先跟他详细讲解将会遇到的状况，甚至某程度模拟预演一次，以消除他对陌生环境的焦虑。记得有一个案例说，孩子将要参加柔道训练班，家长在之前的两星期，每晚给儿子穿上柔道服，让他熟习那种感觉，到了真正去上课的当天，焦虑感会大为降低。某程度上，这样的做法就是把他的舒适圈尽量扩大，让他利用已然熟习的经验，去把握未曾遇见过的处境。贸然把他丢到舒适圈以外，结果可以是灾难性的。

在很多事情上，果还算可以自行调整。当然，他的调整方式可以是非常奇怪，甚至是极度恼人的。例如自从他拥有自己的手机之后，每次在旅途中除了打电玩，就是重复看一些超无聊的短片。那些甚至不是完整的短片，而是在 YouTube 上搜到的一些旧电视剧集的片段。他平日最爱看的节目，不是卡通片，也不是连续剧，而是《警讯》。除了每周定时在电视上追看，也经常重温旧的片子。此节目的内容，不外乎是些贼人犯罪的模拟片段或者案件重演，但大都是街头行骗、店铺盗窃、商业欺诈之类的偷鸡摸狗的小事，旨在提醒公众人士提高警觉，勿让坏人得逞。可想而知，那些戏剧部分也只是功能性的样板戏，就是那种扮事主的都懵懵懂懂，扮坏人的都挤眉弄眼，唯恐你不知道他在作恶的那种演技。可是，儿子却看得津津有味，乐不可支，到了要在网上剪辑精华片段，时时反复品尝，甚至是逐格欣赏的程度，好像那些都是经典名片、金像巨制似的。而当我们身处异国，在别的旅客都抱着新鲜好奇的心情，观赏各种文化遗产、历史古迹、艺术瑰宝、绮丽风光、奇风异俗的时候，我们的儿子却像活在另一个国度似的，百看不厌地在手机上重播那些品味怪异的片段。看着他对新经验的拒绝程度，我们也只能摇头苦笑，低头叹息。

果升中四那年暑假，我们特地安排了一趟十六天的欧洲之旅，为历来最长和最远，期望此行能让他大开眼界。他之前去的都是亚洲地区，而且主要是大城市，也去过几次在郊区的大型度假村。

城市大都先进发达，井井有条，令人安心；度假村自成一国，除了间中受到野生猴子和热带昆虫的骚扰，也算是安全舒适，玩乐无忧。最恶劣的一次经验发生在桂林阳朔。那天包了辆计程车外游，开头坐艇子游漓江还算可以忍受，到了司机带我们去吃一家农家菜，突然风云变色，天昏地暗起来。火锅还未开吃，外面便已经狂风暴雨，雷电交加。店子忽然停电，屋顶多处如瀑布下泻，沙尘也被大风吹落锅中。我们勉强吃到一半，便想提早离开，但司机却说天气太差，不宜开车。我们被困在那乡郊小店里，满脸愁容，但对儿子还要强颜欢笑，装出一副趣味盎然的样子，深怕他给吓坏。雨终于稍歇，我们便要求司机上路，怎料祸不单行，一出市区便遇上大塞车。窗外有人潮像洪水一样，在路上朝同一个方向涌去。司机说那是去看张艺谋导演的一出什么著名旅游景点剧场。我们给堵在陌生而昏暗的夜路上，半个小时没分毫寸进，情绪紧绷了整天的儿子终于崩溃了。那是一次歇斯底里的发作，过程我就不说了。总之，是令那位当地司机也吓得不知所措的发作。至于我自己，也处于恐慌症爆发的边缘，非常吃力才撑住了。几年后和儿子说起这件事，他却一点也记不起来。原来，有些创伤只会留在父母心上。

　　所以，当儿子后来发现了新加坡，我和妻子也松了一口气，不作他想，三年间和他去了六次。那是一个一定不会发生意外，绝对不会令你发狂的，近乎完美的可以预测的城市。它的地铁和巴士也让儿子很满意。果认为新加坡一切都比香港好，但我觉得只是因为它在所有地方中跟香港最相似。它比香港更干净、整齐、光洁、明亮，像个精心设计的虚拟城市。那里没有混乱，没有失序，没有危险，没有忧虑，只要你乖乖遵守规矩。那是一个建立在最脆弱的地点上的 comfort zone。如此说来，新加坡无疑是个人间天堂。

说回那次欧洲之行，它是历来评分最低的旅程。与我年轻时第一次当背包客欧游相比，今天的行程已经远为舒适安稳。去的是伦敦、巴黎和柏林几个大城市，都是世界文明的重镇，但在儿子眼中却只需用三个字去形容——旧、脏、乱。当然，因为欧洲物价较贵，我们住的不是亚洲的大酒店，吃的也不是高级餐厅。但是，这些都是最富有历史文化气息的地方，是我们所钟爱的欧洲文学艺术的温床。我们并不期待一个十五岁的少年能多懂得欣赏欧洲，但至少希望他会感到好奇，留有美好的印象，将来长大后再继续深入探索。可是，他从第一天开始，不是嚷着要回香港，就是看着手机上那些垃圾影片。还有就是，老是嚷着要坐巴士，就算时间和路程不许可。我终于忍无可忍，在临离开伦敦之前，在海德公园外面发了大火，把行李箱狠狠地掷在行人路上，为一切的徒劳大声吼叫。果忍耐了余下四分之三的行程，但我知道他一点也不享受。我自己的文化熏陶，至少有一半来自欧洲。但是，正如我没法强迫他喜爱文学，我也没法强迫他喜爱欧洲。这意味着，我至少有一半的自己跟儿子绝缘；或者，远远超过一半。

在欧洲的惨痛一役后，第二年夏天我们去了韩国首尔。也许因为有了去年的恶劣经验作对照，果对首尔的感觉奇佳，评价也是历年旅行之冠。当然，他依然需要在旅程中启动他的心理防护机制，不停在手机上播放新近剪辑的《警讯》片段，但是，整体气氛是轻松愉快的。去年的噩梦变成了挂在口边的笑谈，包括我在海德公园外砸行李的一幕。然后我便以教诲的口吻，说他不应该故步自封，停留在 comfort zone 内，不敢开放自己，去见识和尝试不同的事物。怎料他还理直气壮地说：其实我每次去旅行，都是把它当作一个考验去克服的。这句说话，在亚洲的首善之都首尔说出，感觉好像有点荒谬。我还他一句：考验？你去旅行都是父母安排的，既不用粗心，又不用冒险，何来考验？然后，我便又像长气¹老人似的，想当年起来，说自己以前旅行如何如何……

　　也许我低估了他，或者高估了自己。我在旅行中，甚至是在人生中，又何尝遇过什么真正的考验？在首尔的第一天，果的肠胃不适，食欲欠佳。聊起来才知道，他在飞机上因为担心高空的气流，精神过度紧张。我这才意会到，对一般人稀松寻常的事情，对他来说可能真的有生理上的不适反应。然后我又想到，其实自己几年前也有过相似的焦虑症状。我也试过坐飞机时恐慌症发作。在骨子里，我其实也是个很容易对陌生环境和不可预测的事情感到不安，喜欢躲在既定的生活规律中，尽量避免冒险和面对未明的状况的人。所以，当果说他怀疑自己遗传了我的神经体质的时候，我无可否认，甚至感到愧疚。原来我和他一样，都是个留恋于 comfort zone 的人。

1　长气，啰唆。粤语。

也许是性格决定品味，我所喜欢的作家，都是"闭门造车型"的。普鲁斯特是个典型的成长于舒适圈的少爷。年轻时是个花花公子，出入于上流社会，交往的都是贵族和名人。偶尔接触低下阶层，对他来说已经是非常刺激的冒险。他的旅游经验不多，童年时去法国乡间和海边度假，成年后最远去过威尼斯。自从开始创作长篇小说，普鲁斯特便变得深居简出，后来更因为严重的哮喘，终日躺在睡房床上写作。他在书中说："真正的发现之旅，不在于亲身探访异地，而在于拥有他人的眼睛，从千百人的眼睛中，观看千百个不同的宇宙。"他说的是艺术创作对观赏者的意义，但也肯定是一个隐蔽者的心声。

卡夫卡的生活圈子比普鲁斯特更为狭小。除了生命晚期为了医治肺病而到过柏林和维也纳疗养，大部分时间住在出生地布拉格，过着日间上班晚上写作的单调生活。他的舒适圈也许并不舒适，要不就不会呈现为笔下的"城堡"和"迷宫"。一个生活在捷克、运用德语写作的犹太人，文化上的边缘和少数，终身寂寂无名，死时遗愿为烧毁所有手稿。这样的一个孤独者，在自我的小牢房里，想象遥远的"中国长城"和"亚美利坚"，但那广阔的外面并不是美好新世界，而只是法网难逃的"流放地"。根本就不存在舒适圈内外的分野。既非此处是天堂，他方是地狱；也非此处是地狱，他方是天堂。在异化的时代，所有地方也是异地，包括家乡。

佩索亚生于里斯本，七岁随改嫁的母亲移居南非生活，十七岁回归故城之后，便没有再离开。他生活在自己最熟悉的街区，日间处理商务文书维生，晚上把自己分裂成七十多个角色，独力创造出整个文学宇宙。对于经验，他认为不假外求。他在《不安之书》中说，旅行是最令人恶心而且毫无意义的事情。我们无须舟车劳顿，便可以获得强烈的感受，因为感官不在外物，而在我们自己的身体内。我们没法超越自己的感官，所以我们也没法从自我出游。带着既有的自我，就算去到哪里也没有分别。相反，在自我的想象里，我们可以像皇帝出巡一样，君临自己创造的世界。所以，最美妙的旅行不是外在的旅行，而是内在的旅行。

巴黎之于普鲁斯特，布拉格之于卡夫卡，里斯本之于佩索亚，就是他们的 comfort zone。无论是情愿还是不情愿，是保护还是困锁，他们在外人看来内向幽闭的生活中，肆意进行无远弗届的精神冒险。

我好像扯远了。我无法分清楚，我心目中的欧洲，究竟是我曾经多次踏足和亲睹的地方，还是我在文字游历中的虚构。我不知道，自己可曾踏出过自己，或者这样做有没有可能。所以，我也不宜用"舒适圈"的说法来评断你。不过，读文学作品和看《警讯》，还是有差别的。我只希望有一天，你可以突破某种圈圈的束缚，更自由地闯荡。又或者，证明本来就没有圈圈这回事。那，就是真逍遥了。

命子

人到了最后，通常也有遗言留给后人，向子女交代后事，或者加以劝勉。如果还未到最后，又恐怕真的到了最后之时没机会说出，可以预先写定遗书。

我对遗书这种东西，没有什么禁忌。广义地说，所有曾经写下的东西都会变成遗书，所有曾经说过的话都会变成遗言。那何不开宗明义地写它一写呢？可是，遗书这东西，真的要写起来也不是那么容易的。因为没有写遗书的习惯——不好意思，应该说是写遗书的训练——也不是——正确来说，是欠缺这方面的经验——下起笔来似乎不像写小说那样得心应手。也许，我应该先来研究一下遗书的本质。

谈到遗书，首先可能是想到自杀。一个人好端端的，一般不会想到自己会死，更不会想到自己死后有什么话要说给别人知道。

因为有轻生的念头，才会想到留下遗言；可能是解释自我了断的原因，可能是对世界作出控诉，可能是对亲爱的人说再见，也可能纯粹只是不想自己的死过于不明不白，算是对自己的行为负最后的责任。连几句遗言也不留下来便自杀，抛给世界一个永远无法解答的谜团，是对人生最狠辣的否定，也是对生者最无情的背弃。我正在做的，并不是属于这个类型。但是，我也不是由于年老或者身患恶疾，深感来日无多，而兴起了立下遗书的念头。我甚至也不是居安思危，提早做好准备，或者精神过敏，觉得死神随时不请自来。我只是很好奇，写遗书是怎样的滋味。

很明显，遗书是写给别人看，而不是给自己看的。（"给自己的情书"还可以，毕竟自恋是人性的自然现象，"给自己的遗书"却很明显歪悖常理。）那么，遗书的目标读者究竟是谁？除了未亡人、人生的另一半、我的爱妻之外，当然就是我的下一代、我的继承人、我的儿子了。对于儿子的未来，我当然是关注的。我还未至于像古人一样，故意"有子不留金"，让他自己一无所有地去打拼。不过，事实不是我有金不留，而是我没金可留。很遗憾地，我手头并没有任何生意、物业、投资和储蓄，可以让儿子去继承。那点每年结算两次的微薄版税，只可以算是对儿子的一点心意吧。但是这些老本大概也吃不了多久。出乎意料地赢得死后的名声，即所谓的"咸鱼翻身"，作品被大量再版和重印，卖个铺天盖地的盘满钵满，或者从我的抽屉底翻出一部还未发表的惊世巨著……哈哈！儿子，我希望你有心理准备，那样的事情只会在小说中发生。如果你有能耐把我的作品炒作起来图利，那是你的本事。但与其花这些无谓的力气，我建议你不如自己去开创一番新事业好了。

　　比较没趣而且毫无疑义的是，遗书是写给遗书执行者看的，无论那是家人、好友，还是指定的法律工作者。我既然是个完全没有财产的人，也并未拥有什么足以传世的珍宝，也就不会像那些有钱人一样要劳动律师了。况且，近乎一无所有的我，需要执行的遗愿并不很多，也不复杂，只要简单地说明一下就可以。我试试把它们列举出来：

　　一、把身上任何用得着的器官捐赠给有需要的人。

　　二、丧礼从简，有没有宗教仪式也可，但挽词千万不要用"哲人其萎""天丧斯文""流芳百世""安息主怀"之类的套语。我唯一想用的，是"纵浪大化"四个字。至于挽联，如果有文友慷慨相赠，内容如何我都非常乐意。如果没有的话，也不必勉强。

　　三、让狐狸和刺猬陪我上路。最好置于棺木里遗体的两侧，让人瞻仰遗容的时候可以看到它们可爱的样子，增添趣味，减少悲伤和过于严肃的气氛。

　　四、在丧礼上如播放音乐，可选巴哈《马太受难曲》中的咏叹调"Erbarme dich, mein Gott"（我的上主，求祢怜悯），最好是Sir Georg Solti 或者 John Eliot Gardiner 指挥的版本。另外，还有Glenn Gould 弹奏的巴哈《郭德堡变奏曲》（1981 年录音版）开首的咏叹调。

　　五、采取火化形式，骨灰（连同狐狸和刺猬）撒在山上（现在称为"绿色殡葬"），实现"托体同山阿"的愿望。干干净净，爽爽快快，免去后人年年要登高拜山扫墓之苦。到时勉强而行，徒具形式，不去又内心不安。不去而又没有不安的，就更不好了。彻底消失，不留半点痕迹，是万全之策。

严格来说，遗嘱跟遗书不是同一回事。遗书是个比较广泛的概念，当中可以有嘱咐，有交托，有指示，也可以没有。遗嘱则是一种法律文件，交代的是实际事务的安排，不带情感，或者把情感隐藏在条文后面。正式的具有法律效力的遗嘱，成立的时候须有第三者在场作证，然后交由律师保管。遗嘱的英文是 will，和"意志"相同。人的意志真不简单，可以延续到死后还发生效用。但是，对于身后事想得太多，太想延伸自己的意志，试图控制后人的行为，或者主宰后人对自己的看法，其实也是一种无益的执着。

对像我这样的文人来说，物质是其次，名声才是千秋万代的事情。但是身后名这回事，既非自己能够左右，更非自己可以享有，比自己在世能做的徒劳万倍。正如陶渊明在《形影神》三首的《神释》中说："立善常所欣，谁当为汝誉？甚念伤吾生，正宜委运去。纵浪大化中，不喜亦不惧，应尽便须尽，无复独多虑。"又或如《自祭文》所言："廓兮已灭，慨焉已遐，不封不树，日月遂过。匪贵前誉，孰重后歌，人生实难，死如之何。"如此看来，写什么遗书，企图去布置自己身后的事情，最终也是多余之举。不过，试写遗书一篇，也勉强可以比附古人的"自挽诗"，认真地跟死亡开个玩笑吧！

昔日陶渊明生长子俨，写下《命子》一诗，先讲述家族祖上功德，然后期望儿子能长大成才，有所谓"既见其生，实欲其可"以及"夙兴夜寐，愿尔斯才"之语。不过，说到最后，补了一句："尔之不才，亦已焉哉。"意思即是：假如你真的是不成才的话，那也就只能如此，没有办法了。另外又有《责子》一诗，以豁达的心胸看待儿子们的不肖：

> 白发被两鬓，肌肤不复实。虽有五男儿，总不好纸笔。阿舒已二八，懒惰故无匹。阿宣行志学，而不爱文术。雍端年十三，不识六与七。通子垂九龄，但觅梨与栗。天运苟如此，且进杯中物。

做父亲的哪会对儿子没有期望？但是儿子的禀赋和取向，却不是父亲可以强求和主宰的。而且，时代已经大大不同了，"命"和"责"都有点不合时宜。如果对儿子还有什么嘱咐的话，无非就是"好好做人"四个字。看似很简单，实则极深奥。但我也不适宜再絮絮叨叨，留给我儿自己慢慢领略吧。所谓"遗言"，就写到这里好了。

平安夜

剧终，我偷偷拿纸巾擦了擦眼睛，小声地和旁边的果说好在外面等，便以原著作者的身份上台谢幕了。谢幕后，我跟导演和演出者们回到后台，自是一番互相赞赏、感谢和拍照留念。扰攘了半天，我被叫到剧场入口给观众签书。想不到已经排了好几十人，父母带着子女的，手里拿着刚买的原著小说。我不肯定孩子们对演出有多明白和多喜欢，但家长们却显然相当称心，也期待孩子从那本书里学到什么东西。我几乎是带着歉意似的一一在扉页上签名，多次因听不清楚孩子的话而写错对方的名字。

人群终于散去后，我抬头一望，又高又瘦的儿子还站远远的角落，有点无聊地等着。曾几何时，他跟刚才的孩童们差不多高大，我也像刚才那些家长一样，满心期待地带他去看舞台演出。第一次大概是一个揉合了魔术、杂技和巨型木偶的著名外国儿童剧团吧。小观众们都看得欢天喜地、兴奋大叫，儿子还未到中段便睡着了，而且很香甜的一直睡到完场。这对初为人父的我不能不说是个小小的打击。

一起步下楼梯到大堂的时候，我问儿子觉得演出怎样。他说：不错。跟上次比较，歌曲增加了，歌词也丰富了，演员的演绎也有进步。我会加分！一副头头是道的样子，突然话题一转，说：但是你就太过分了！要扣分！

我不想再次挑起争端，伸出橄榄枝说：坐巴士去元朗那边吃饭好吗？今晚是平安夜，请你吃圣诞大餐！

他没那么容易上钩，冷淡地回答说：

53号半个钟头一班。刚走了一班，等下一班白费时间。

没有其他巴士吗？

现在才来坐有什么意思？还是坐轻铁吧。

儿子提出更方便的方案，我没理由不从。妻子方面早已约好，她完成工作后前往元朗，在新开的购物广场会合。我给她传了个讯息，确认我们会八点半左右到达。

轻铁站不远，就在屯门大会堂对面。我们下了天桥，在昏暗的夜色中寻找正确的月台。我眯着眼看着资讯板上五颜六色的路线图，果说：不用看了，坐614可以直接去到元朗。

说时迟那时快，一辆614便进站了。只有一个车厢的，车身白色，有青色、深紫和浅紫色横纹，车窗顶部红色；跟另一种双车厢的，车身银灰，车门红色，窗框周围蓝色的不同。我条件反射地看了看果的反应，见他脸上没有异样，脚步已经朝上车处移动，便猜想这辆车是合符要求的了。进了车厢，竟然还有相连的位子。坐下来没几秒，他便急不及待地打开那个一直憋在心里的话题，说：

你有什么理由来的时候不坐巴士？

我已经说过很多遍，我今天不舒服，不想坐巴士。

你哪像不舒服？你现在看来完全没事。

我为演出的事紧张嘛！那是我的书的改编啊！就等于自己的作品一样。现在顺利完成，才终于可以放松下来。

会这样的紧张吗？我不明白有什么好紧张。

你体会不到，我也没有办法。

但当时 261 已经来到你面前，只要即刻上车，很快就到目的地，怎会那时候才走开？这样的行为完全不合理。

我对坐巴士这回事感到很压抑。我知道我坐了上去，情绪会忍受不住。

有什么忍受不住？那是很特别的一种巴士，数目很少，平时很难见到，只有在 261 才找到。那是千载难得的机会啊！你这样子也不懂得珍惜！

先生！你是巴士迷，我不是。你觉得珍贵的东西，对我来说没有任何意义。对当时的我来说，最重要是平稳和快捷地到达目的地。

你根本就不懂得尊重巴士！

巴士只是一种交通工具，有什么尊重不尊重？我对巴士没有敌意，但也没有特别的好感。一切视乎当时的需要。

但当时的巴士完全切合你的需要，又快又方便，而且是那么经典的型号。

　　你又来了！我对它是什么型号没有兴趣。是你令我对搭巴士感到很大压力，所以我才无法说服自己坐到巴士上去。

　　怎样会有压力呢？那巴士很舒服啊！我就是知道它那么好、那么难得，才希望你也有机会享受到，见识到。你为什么不给自己机会呢？

　　哎呀！多谢你呀！但我不用见识了。从你几岁到现在，我已经陪你坐过无数巴士，见识和享受过无数的靓车了！当然遇上所谓的烂车而见证你大发脾气也不在少数！我做父亲的在这方面已经仁至义尽了！你现在大个仔，可以自己坐车，不用大人陪伴，那很好啊！你喜欢坐哪条线，挑哪个款，你有完全的自由，没有人会干涉你。如果你碰到喜欢的车，我真心地替你高兴。但是，请你不要再强迫我陪你去面对这些挑战。我的精神承受力已经去到极限了！

　　我哪有迫你？我只是想跟你分享我对巴士的喜爱啊！

　　OK, OK！我明白你的好意，但是，恕我没法像你一样欣赏巴士的好处。那就像我没法叫你喜欢看书、喜欢写作、喜欢文学一样！

　　儿子静了下来，没有回话。我有点激动起来，禁不住提高声线说：

　　你知道刚才那出戏讲的是什么吗？你知道我这本书的创作背景吗？我写这本书的时候，离你出世还有两年。那时候我在想，如果我成为爸爸，有一个女儿，我会怎样给她知道写作的美妙，知道文学的好处。我会把我最喜爱、最重视的东西跟她分享，希望她也会喜爱，也会重视。好了，结果我生了个儿子。那也没要紧。但是，偏偏这个儿子对我最重视最珍惜的东西一点兴趣也没有。我一直很想跟他分享，但他却无动于衷。于是，我终于明白，我没法强迫他喜欢我自己喜欢的东西。好吧！那就让他自由选择吧！他喜欢巴士，不喜欢文学也没有所谓。我不能迫你钟意文学，正如你不能迫我钟意巴士。就是这么简单的一回事！

果露出震撼的表情，说：

原来是这样的吗？原来你写这本书有这样的意思吗？我一直也不知道啊！我到现在才知道，原来你对我感到那么失望！

"失望"这个词，是我一直告诫自己不能用的。但是，现在他却直接说出来了。这使我感到心痛。我尝试解释说：

我没有对你感到失望，只是跟期望不一样而已。

我不知道这说法有什么不同。幸好果没有深究下去，只是好像想通了什么似的，总结说：

原来我们重视的东西是那么的不同。我不明白你为什么喜爱文学，就像你不明白我为什么热爱巴士。看来，我们是永远没法明白对方的了。

也许是这样吧。但是，就算互相不明白，也可以尊重对方的选择嘛！这才是真正的尊重啊！

尊重别人跟自己的不同？

无法互相理解，也就唯有如此吧。

果的心情好像安静下来了。在轻铁车厢的左右摇晃中，我们默默无言地坐到元朗总站。

妻子已经在一间北欧餐厅找了位子。大型玻璃窗外面，是交通要道来来往往的车子。打着漂亮灯光的各式巴士络绎于途，老实说是颇为可观的。儿子一坐下来，便忍不住向妈妈讲述午间的261事件，并且不停地数落我的不是。刚才在轻铁上得来不易的和解好像立即给推翻了，但我已经没有那么焦躁不安。他毕竟是我熟悉的儿子。我换上老花眼镜，慢慢看着餐牌，觉得这家店的圣诞套餐满有特色。妻子一边听儿子的投诉，一边以笑话安抚他。虽然不断重复对我的质疑和不满，但当中的火药味已经大为减弱了。久而久之，甚至散发出喜剧的趣味来。

　　饭后我们一起坐了巴士。先坐276从元朗到上水，再转279X从上水回粉岭。过程无风无浪，尚算惬意。

　　回到家里，儿子嚷着要把圣诞袜挂在窗前。十五岁人了，居然还相信有圣诞老人派礼物这回事。他不会不知道，每年的礼物都是我偷偷放进袜子里去的吧。他也不是没有这样的怀疑的，但每次我也矢口否认。妻子则提醒他说：你不是小孩子了，圣诞老人今年不会来的了。他还有很多真正的小孩子要照顾啊！

　　半夜醒来，比闹钟预设的时间早。我摸黑下床，先去个厕所，然后从衣柜抽屉掏出一个盒子。轻轻打开儿子的房门，踏着悄悄的脚步，伸手到窗前，把预先准备好的东西放进袜子里。儿子像个酣睡中的婴儿，一点也没有察觉。我蹑手蹑脚地回到自己的睡房，在妻子旁边躺了下来，嘘一口气，沉沉地回到梦乡去。

　　圣诞老人今年的礼物是什么呢？是一辆红色的复古双层巴士微缩模型。

笛卡儿的女儿

笛卡儿[1]走进房间的时候，跟镜子中的自己打了个照面。镜子中的他先是条件反射地向后微微一缩，定下神来后，嘴角有点不耐烦地往下弯了弯，正有点心急地别过身子，却又回头站住，盯住了那个站在房门口的自己，好像跟一个带有敌意的人对峙一样。

　　昏暗的房间里点着两支蜡烛，一支在书桌上，一支在一个矮柜上，刚好把镜中人的右边脸照得较为清晰。此人身穿一身黑袍子，露出大大的向下翻的白色衬衫领子，左手抱着刚摘下来的黑色阔边帽子。头上留着不厚的黑发，两边鬈曲而零乱地下垂到肩部。那有点斑白的眉毛和上唇的胡子，却暴露出已经不小的年纪。炯炯有神的鹰钩鼻，完全被浮肿的眼袋和疲累的眼神所抵销了。看起来有点滑稽的样子，竟然跟早前在不情愿之下被画的那幅人像画肖似。他不由得苦笑了出来。

　　笛卡儿再靠近镜子一点，拈起脸旁的一撮发丝跟胡子比对了

1　笛卡尔（René Descartes）。

一下，嘀咕着说：看来要换一个浅色一点的假发了。自从年过四十，为了头发日渐稀薄和变灰，也为了冬天保暖，他便一直戴假发，而且定期更换以配衬眉毛和胡子的颜色。假发都是从巴黎选购的上好货色，这方面他是挺执着的。但对于衣着打扮，他却全不在意。在联合省份旅居接近二十年，外表跟一个普通荷兰市民没有分别，如果不开口说那带有法语口音的荷兰话，完全看不出是个法国人。[1]

今天确实是回来晚了。明明说了很多遍，第二天一早便要上船，朋友们却一直依依不舍地拉着他不放，在酒馆喝了一杯又一杯，之后还大伙儿跑到码头上吹风。真是吃不消，累他现在还头昏脑涨。幸好舒路特那小子没有偷懒，不但一直在守着，待他一回来就机灵地开了门，没有吵醒主人家，还立即跑到楼上的卧房给他点好了蜡烛。当初向皮柯借这个德裔小子作仆从一用，听说他好像有点不愿意跑到老远的瑞典。[2] 不过，这两三天看来，这孩子还算是尽忠职守的。那仆从的问题就可以安心了。

笛卡儿搁下帽子，在书桌前坐下来，慢慢地伸展了一下腰身。忍不住回头又去望了那面镜子一眼。从这个角度，已经看不见自己的倒影。然后，又以有点僵硬的姿势，环顾了一下这间卧室，

---

1 联合省份（The United Provinces）指由荷兰、乌特勒支等七个省份合组而成的新兴共和国，也称为尼德兰斯（the Netherlands）七省共和。

2 克洛德·皮柯（Claude Picot），笛卡儿的法国友人，曾往荷兰探访笛卡儿，《哲学原理》法语版译者，受笛卡儿委托代理其在法国的财产和法律事务。德裔青年享利·舒路特（Henry Schluter）原是皮柯的仆人，笛卡儿向皮柯借取作为瑞典之行的仆人。

心里计算着，自己是多少年前在这里住过的。应该是十五年前吧。这是书商友人汤马士·萨金特寓所里的客房。[1] 书桌、衣柜和睡床的摆放，跟当年完全一样，只是不知道为什么在对着门口的墙壁上放了一面长镜子，好像是随便搁在那里然后被遗忘的东西，但又好像有某种刻意的企图。萨金特知道他要来阿姆斯特丹待几天，坚持请他再到房子里住。盛情难却，笛卡儿便答应了。但是，不知为什么，一住进来，他便感到有点后悔。也许，未至于后悔这么严重，但总之就是浑身不自在。不过，也算了吧，反正明天就要起程了。

　　虽然感到眼皮很重，头也有点痛，但笛卡儿并没有睡意。该不会是对航程感到紧张吧？他以目视确认了一下行李的状况。两个载御寒衣物和日用品的大皮箱已经整齐地放在衣柜前面，床边挂着另一套供明早替换出门的衣服。从成年开始便离乡背井，过着旅居生活，轻装上路已是习惯。单是在荷兰，也不知搬过多少次住处。但是，近年他对旅行却感到越来越厌倦，去年回巴黎一趟更加是心神不定，待了没多久便心急想回到荷兰北部的荒僻小镇。几天前离开居住了差不多五年的艾格蒙特的时候，心情竟像跟清静悠闲的生活永别似的，格外地舍不得。[2] 产生这样的依恋，可能是自己迈入老年的征兆。想到这里便觉得很不痛快。

　　在出发之前，已经写信给在巴黎的皮柯，交代了万一他在瑞

1　汤马士·萨金特（Thomas Sergeant）是一位书商，从 1634 年至 1635 年招待笛卡儿住在他位于阿姆斯特丹的家中。

2　笛卡儿自 1629 年移居联合省份，往后二十年多次搬家，在最后五年定居于荷兰北部海边的艾格蒙特-边宁（Egmond-Binnen）。

典之行中遇到什么不测，请对方代为处理在法国的一些法律和财务上的后事。然后特意南下到莱顿，把一个皮匣子委托给多年好友范·荷格兰特，里面主要是一些手稿和历年来其他人写给他的书信。[1]他慎重地告诉范·荷格兰特，如果他不幸身故，请他把所有书信烧掉，除了其中一封必须保留下来。那是当年他的死对头，乌特勒支大学的加尔文教派神学家沃修斯写给巴黎的梅森神父，向他套取笛卡儿是无神论者的证据的恶毒信件。[2]虽然他和沃修斯的争议好像已经平息，但他觉得必须留下这封信作为历史证据，让后人知道此人的卑鄙。不过，他最后向范·荷格兰特补充说：如果经你的判断，认为有价值留下来的信件，也可以不烧掉。老朋友听罢，向他会心地点了点头。

笛卡儿就是这样带着赴死的心情，起程前往斯德哥尔摩。在一些不那么敏感的朋友的眼中，他的心态实在有点夸张和可笑。那一向性情和行径一点也不像神父的布鲁马特，就说他只是在讲

1　康尼利斯·范·荷格兰特（Cornelius van Hogelande）是天主教医生，曾为笛卡儿提供免费居所，是笛卡儿最信任的荷兰籍朋友。

2　吉贝尔图斯·沃修斯（Gisbertus Voetius）是荷兰加尔文教派神学家，在担任乌特勒支大学院长期间，大力打压笛卡儿哲学的传播，与笛卡儿展开长期笔战，并试图证明笛卡儿为无神论者。

　　马兰·梅森（Marin Mersenne）是法国最小兄弟会（the Minim Friars）神父，对自然科学有广泛研究，并精于数学，与当代各国学者有紧密联络，有"欧洲邮箱"之称。居于巴黎的梅森，是隐居荷兰的笛卡儿的主要联络人，为他提供最新学术出版消息，报告学术界人事动态，也为笛卡儿拉拢关系和作学术推广。

风凉话。[1] 明明是被年轻的瑞典女皇克里斯蒂娜重金礼聘，成为她尊贵的私人哲学导师，简直就是找到了一座黄金造的靠山，怎么还挂出一副上刑场去的哭丧脸？[2] 有了这个强大的赞助者为后盾，以后发表学说就不怕受到敌人的挑战。笛卡儿心想，这家伙真是有点头脑简单。可是，在多番推搪和拖延之后，为什么终于决定接受邀请，连笛卡儿自己也不很清楚。

到他启航前一天，范·荷格兰特和尚·纪洛从莱顿过来阿姆斯特丹，与几个本地朋友一起为笛卡儿饯别。[3] 想不到当天早上，当笛卡儿还赖在床上（他近年习惯睡到接近中午），也不等仆人舒路特的通传，胖嘟嘟的布鲁马特便突然闯进来，把还在梦中的他硬生生地拉起来，说要带他去画像。笛卡儿从来也没有画过画像，对绘画也完全不感兴趣，但布鲁马特却说找的是当代人像画大师弗兰斯·哈尔斯，很难才预约到时间，不能不去。[4] 万分不情

1　奥古斯汀·布鲁马特（Augustine Bloemaert）是服务哈伦区天主教徒的神父，是笛卡儿的长年好友。

2　克里斯蒂娜女皇（Queen Christina of Sweden）是一位对哲学、科学和艺术有广泛兴趣的女性统治者，曾极力招揽欧洲当代顶尖学人。笛卡儿自 1649 年 10 月初抵达斯德哥尔摩，至 1650 年 2 月 11 日死于肺炎，只与女皇会面四至五次讨论哲学，且都在严冬清晨五点进行。

3　尚·纪洛（Jean Gillot）曾经是笛卡儿的男仆，因天资甚佳，为笛卡儿所赏识，亲授数学。后自立成为数学家，亦为笛卡儿长期好友及追随者。

4　弗兰斯·哈尔斯（Frans Hals）为荷兰黄金时代肖像画家，绘有笛卡儿的唯一肖像。现在最广为流传的笛卡儿画像，多取自法国罗浮宫收藏的版本，但馆方断定此乃复制本，非哈尔斯本人所画。学界倾向认定，收藏于丹麦哥本哈根、由丹麦国家美术馆所拥有的，才是哈尔斯的真迹。后者比前者尺寸较小、画工较粗糙，似是速写，很少被引用为大哲学家的肖像。

愿地，笛卡儿换了衣服，跟着这位过分热心的朋友坐马车去了哈伦。据说哈尔斯从不离开哈伦，要画画像的话，必须到他的画室去。笛卡儿心想，好大派头的画家呢，就看看他何方神圣吧。

用了大半天从阿姆斯特丹跑去哈伦，又从哈伦跑回阿姆斯特丹，得来的是一幅笛卡儿认为相当儿戏的画像。那位老哈尔斯就像个唇舌也不愿多费的江湖郎中，或者是接客过多而变得麻木的娼妇，以熟练得近乎马虎的手笔，草草地给这位被介绍为当代最伟大的哲学家的法国人画了幅肖像画。前后也不过用了一个多钟头的时间。拿过那幅尺寸不大、绘在木版上的画像一看，笛卡儿立即哭笑不得。那不就是一幅小孩涂鸦吗？头发像被大风吹乱似的翘起，双眼又大又肿看起来像只青蛙，耸起的弯弯的眉毛犹如小丑，唇上的那两撇胡须简直是恶作剧的效果，整体看起来完全是个脑袋有问题的疯汉。他也懒得理会布鲁马特向大画家付了多少钱，亦不愿意对这恶意的污蔑再看一眼。想不到在晚上的饯别宴上，胖神父把画像拿出来给朋友们欣赏，大家竟然都赞不绝口，大叹活生生地捕捉到大哲学家的神髓，绝对是名家手笔，甚至比著名的荷兰同行林布兰特[1]更胜一筹。在众人的喧闹中，笛卡儿一声不响，径自在喝闷酒。

奇怪的是，现在回想起来，那幅粗糙的画像竟跟刚才进门时在镜中碰到的自己十分相似。然后又想起，人生中第一次画画像，感觉却有点像画遗像。又不免想到，在一百、二百，甚至是几百

1　伦勃朗（Rembrandt）。

年后，如果未来的人类还知道笛卡儿的哲学贡献，会不会就以这幅滑稽肖像来纪念他的姿容？想到这里就有点后悔，好像不慎为自己辉煌的一生留下了污点似的。

　　笛卡儿继续坐在书桌前，双肘支着桌面，以双手掌心揉搓双眼。在黑暗一片的视野中，出现了隐约的变幻的光彩。这是他从小就留意到的奇妙现象。为什么在闭上眼睛的漆黑中会看到色彩呢？那跟他提出的人体理论完全一致。视觉并不是如亚里士多德和经院哲学家所说那样，由一些在空中飞来飞去的"形像"进入眼睛所造成的。眼睛接收到的只是一些光线和色彩的感官刺激，而把这些刺激的讯息传送到脑袋去，在那里经过处理，所出现的就是所谓的视觉影像。所以，就算是闭着眼睛，眼球内部的神经纤维还是会继续受到微弱的刺激，而产生类似看到颜色的反应。他张开双眼，把右拳击打在左掌心上，心想：

　　一定要把这一点补进《论人》里！[1]

　　这篇写于十六年前的论文，连同物理学论述《论光》的草稿，现在就藏在书桌上的一个旧皮箱里。在最先的构思中，这两篇论文分别属于《世界》的第一和第二部分。[2]当初笛卡儿满满的自信，

1　《论人》(*Traité de l'homme*)是笛卡儿早期自然科学著作《世界》(*Le Monde*)的第二部分，当中提出了人体机械观和灵魂与身体二元论。

2　《世界》(*Le Monde*)初稿写作于1629至1633年，第一部分《论光》(*Traité de la Lumière*)以宇宙机械论为基础，推论了宇宙及其中的星体，以至于各种物质的形成。第二部分《论人》，则集中探究人体的构造和运作。笛卡儿生前一直拒绝发表《世界》，只把部分内容简化，融入其他作品中。于笛卡儿死后，经后人整理，拉丁文版《论人》于1662年出版；法文版《世界》及《论人》(从前者独立出来)于1664年出版。

这部自然哲学著作会令他一举成名，震惊世界，但他却因为得知伽利略的《关于两大世界体系的对话》被罗马宗教裁判所谴责和查禁，而立即停止了写作，并且取消了出版计划。[1]他甚至考虑过把手稿烧毁，最后决定严密地收藏起来。多年来无论学术界的朋友们怎样劝诱他，他也拒绝把它公开。这部他曾经向梅森称声，"埋藏在我死后一百年也没有人找得出来的地方"的书，现在就在他的随身小皮箱里。《论人》的部分内容，后来还是陆陆续续地以其他形式发表了，但认同日心说的《世界》，到今天依然是个不能公开的禁忌。除非有一天伽利略得到平反吧。年轻时曾经致力研究自然科学现象的他，为了回避宗教压迫，后来转而谈起价值不大的神学和形而上学来，真是始料未及。难道一生最重要的发现，所做的最重要的功夫，就这样白费了吗？

　　自从五年前，雄心勃勃地出版了希望可以取代经院哲学，成为学校教本的《哲学原理》，但却遭到法国耶稣会和索邦神学家们的冷待，写作的动力已经大大降低了。[2]有一段时间，甚至觉得以后也不要写任何东西了。在未到五十岁之前，想在当代思想界

1　《关于两大世界体系的对话》(*Dialogo sopra i due massimi sistemi del mondo*)是意大利科学家伽利略发表于 1632 年的论著，当中比较了托勒密和哥白尼的地心说和日心说，前者为教会所认可的正统学说，而后者被视为异端。此书于 1633 年被罗马宗教裁判所断定为违反信仰与道德，予以烧毁及禁止出版，伽利略本人亦遭到终身软禁。

2　《哲学原理》(*Principia Philosophiæ*)出版于 1644 年，以当时典型的教科书方式，简明地讲解笛卡儿的形而上学及自然哲学大要。

索邦书院(Collège de Sorbonne)是巴黎大学内的神学院，其学者在法国拥有神学意见上的最高权威。

取得成就，已经感到有点心灰意冷。虽然对《世界》依然充满信心，但却下不了不顾安危和名声，完全豁出去的决心。他不想做真理的殉道者，但漫长的等待令他的意志日渐消磨。这段日子的最大得着，就是跟伊丽莎白公主的交谈和通信中，讨论到灵魂的passions 的性质，以及身体和心灵的关系的问题。[1] 多亏这位聪敏过人的年轻公主的尖锐提问，笛卡儿逐渐整理出一套关于 passions 的理论，并且给公主写成了一份初稿。也因为看到了这份初稿，瑞典女皇克里斯蒂娜才会对笛卡儿哲学感到兴趣，并且多番邀请他亲身到访。

　　在到达阿姆斯特丹的第一天，笛卡儿便去找印刷商路易·艾思维尔，商讨出版新作《灵魂的激情》(Les Passions de l'âme) 的事宜。[2] 书稿早已在今年春天完成修订，如无意外，将于 11 月印妥，并在荷兰公开销售。到时也会把样书寄到斯德哥尔摩给作者本人。艾思维尔也答应把部分成书运送巴黎，换上不同的封面，

1　伊丽莎白公主一般称为 Elisabeth of the Palatinate 或 Elisabeth of Bohemia。其父腓特烈五世（Frederick V）为神圣罗马帝国的选帝侯，一度被拥戴为波希米亚国王，失势后与家族流亡荷兰。伊丽莎白自小接受广泛而良好的教育，对哲学及自然科学深感兴趣。自 1643 起与笛卡儿通信，直至 1650 年笛卡儿去世。后进入路德会修道院，并成为院长。

2　路易·艾思维尔（Louis Elzevier）是当时荷兰的著名出版及印刷商。

　　《灵魂的激情》(Les Passions de l'âme) 为字面译法，与原意有甚大偏差。在 17 世纪以及在笛卡儿的用法中，"passion" 一词并非后世所指的"激情"或"热情"，而更接近于一般的"emotion"（情绪）。基于在笛卡儿的理论中，"passion" 一词带有"被动""被影响"的意思，和意志所主导的"action"相对，所以文中会采用原文"passion"一字而不予翻译。

由当地的享利·莱·格拉斯出版。[1]确认好书本的出版安排后，笛卡儿放下了另一块心头大石。除了证明自己还能著书立说，说不定自己的研究可以在新环境找到转机，他的物理学在新赞助人的支持下，也可以得到面世的一天。这样一想，心情又没有那么沮丧了。

笛卡儿依然在书桌前坐着不动，神情呆滞地抚着饱胀的胃部。今晚不经不觉吃多了，又喝多了。他想起和伊丽莎白公主讨论 passions 的时候，提出过心情不佳反而食欲增加的理论。当时公主便质疑说，她自己的情况刚好相反。如果他的推论没错的话，难道自己现在正陷入悲伤的情绪，因而造成了血脉的过度活动，激活了肠胃的过度吸收？

他其实早就想回来休息。从酒馆出来，纪洛提议到码头那边逛逛，散散酒气。不知怎的，和一生仅有的几个朋友站在街头，心头突然浮起永别的兴味，便依了他们的意思。几个人边走边聊，布鲁马特还大声唱歌，完全是个酒肉和尚的模样。抬头看天，天很清，可以看见漫天星辉。在东边低角度处有一颗大星，不闪动的，凭肉眼也可以辨别是行星。都有点醉的众人便七嘴八舌地争论那是火星、木星，还是土星。笛卡儿心想，那颗星色泽并不偏红，也不呈椭圆形，面积又很大，一定是木星。范·荷格兰特语带惋惜地说：如果有伽利略的望远镜就好了。笛卡儿曾经写信向梅森神父问过，伽利略的望远镜是否真的能看到木星的月亮。据

---

1 享利·莱·格拉斯（Henri Le Gras）为法国出版商。

说这望远镜当时落在笛卡儿的死敌伽桑狄的手上。[1]去年在巴黎的时候，笛卡儿给一个中间人勉强拉去拜访伽桑伙，算是跟这家伙和好了。当时这老狐狸却并不主动把望远镜拿出来让他观赏，他也不屑低声下气开口去问，结果便错过了这样难得的机会。

来到码头，想不到深夜时分像白天一样熙熙攘攘，岸边泊满船只，货物上落不绝。阿姆斯特丹真不愧为欧洲的新兴经济活动枢纽。见他们一行人一直抬头向着夜空指指点点，有水手用荷兰语说，明天北海会有大风暴。见天色这么清朗，众人都不信，但水手却说得十分坚决，甚至因为自己的专业判断被质疑而有点生起气来。醉客们也口没遮拦，出言嘲讽，双方差点便大打出手。站在一旁的笛卡儿却不由得心里一沉。海难的情景又在他的心头冒现。

书桌前的他把脸埋在双手里，试图克服对航海的恐惧。这种恐惧是从前未曾有过的。除了担心遇上海难，还有北国严寒的冬天，一想起来就浑身打战。他伸手拿过桌上的小皮箱，打开来，掏出里面的一叠信件。那是七年来伊丽莎白公主写给他的书信。他把它们全部带在身边，好像是某种护身之物似的。除了公主的信、《世界》和其他未完成的手稿，行李中就只有几本书。从年轻时开始，他就不喜欢看书。他情愿四处周游，观察世界，或者独自思索，以自身的理性探究问题。世界上的书本十之八九不但是

1　皮埃尔·伽桑伙（Pierre Gassendi）为法国哲学家、数学家、天文学家及神父，因曾对笛卡儿的《沉思集》作出严厉而嘲讽的批评，而与笛卡儿交恶。

没用的，甚至是有害无益的。成为有点名气的哲学家之后，不读书成了他出名的习惯。别人寄赠给他的学术著作，他大半连看都不看，或者只是略翻一翻，便予以完全否定。所以他家中几乎没有藏书，旅行时更加不会带书。这次他旅居瑞典，因为害怕严冬的郁闷，算是带了几本书作消闲之用，但都是古人的著作。当中有一本塞内卡的《论美好生活》，虽然内容没怎么样，但因为是之前给伊丽莎白公主导读过的书，所以便带上了，作为心灵的寄托。[1]

有人轻轻地敲了敲门。笛卡儿从浮想中回过神来。门后传来舒路特带有德语口音的法语，小声地问：

先生，还未睡吗？明天很早便要出发啊！

笛卡儿清了清喉咙，压低声线说：

有点事还要处理。你先睡吧！

先生没有别的吩咐了吗？

没有。

好的，先生。

随着蹑足走开的脚步声，门缝下漏进的光也消失了。

他还有什么事要处理呢？他自己也不知道。这几天一直想着要不要在上船前写封信给伊丽莎白公主。虽然早前已经告知她自己前往瑞典的决定，也得到了她的大方允许，但是心情始终有点七上八下。公主真的不会因为他投向克里斯蒂娜女皇而心生妒忌

1　卢修斯·阿奈乌斯·塞内卡（Lucius Annaeus Seneca）是古罗马哲学家、政治家及剧作家，《论美好生活》（*De Vita Beata*）（英译 *On the Happy Life*）是其著作之一。

吗？而且公主去年便表示过，自己曾经为了家族的前途，考虑亲自到瑞典一趟，争取女皇的支持。行程后来因为种种波折而取消了。在她和瑞典皇室之间，应该存在某种难以言喻的复杂关系吧。现在公主究竟是身处克罗森还是柏林呢？和公主最后一次见面，已经是三年前的 8 月她被迫离开海牙的时候了。可怜的伊丽莎白公主，父亲在神圣罗马帝国的王位争夺中失败，后来更战死沙场，留下来的王室亲族成员，之后一直流离失所，寄人篱下。所谓的王族身份，只是虚衔一个，实际上生活拮据，但在礼仪上还是要充撑场面，心情之不堪可想而知。加上今年 2 月，她的叔叔英格兰国王查里士一世，因为输掉了内战而落得被公开斩首的下场，对公主也肯定是个难以承受的打击。在这个她最需要精神支持的时候，笛卡儿这位亦师亦友的多年相交，却投靠地位更为显赫而且也更为年轻的瑞典女皇，这能不让伊丽莎白感到心酸吗？当然，这样的心情她一定不会表露出来，对笛卡儿此行亦万般祝福。笛卡儿觉得，在临行前必须向公主表明一点心意，或者作出一点让她宽心的暗示。

　　书桌上已经放着几天来他用过的信纸、鹅毛笔和墨水。笛卡儿调整了一下蜡烛和信纸的角度，拿起笔，蘸了墨水，身子前躬，伏在案上，眯着眼睛，开始写起信来：

　　女士，

　　　　自从月前去信殿下，未有收到她的回复，深怕递送过程出现延误，或因我近日的奔波而错过，心里一直记挂不安，唯恐对殿下的指示有所疏失。虽然早已向殿下禀告我的瑞典行程，但在临出发之际还愿再次向她表明，我没有忘记她一直对我的信任和关怀，并感激她以宽大慷慨之心，鼓励我继续寻求研究学问的机会。为此，我定必以更卓越的成果回馈殿下多年来的恩惠。我即将谒见的女皇素有聪敏好学的名声，亦具治理国务机要的才能。我期待此行可以竭尽所能向女皇献上我的服务，特别是分享由殿下所启发和完善的关于 passions 的理论。为此殿下将一直被铭记于我的言行之中，作为我困难时刻的支持和迷途之际的明灯，助我渡过旅程的险阻和陌生北国的考验。正如我在上次的信件中所承诺，假若殿下在协进家族安康的事务上和女皇有所交接，而我在此中以卑微的角色能够略尽绵力，请她不要碍于温厚的个性和对臣民的爱护，迟疑于向我发出相关的指令。为了殿下及其亲族的福祉，我乐意竭诚付出最大的努力，即使粉身碎骨也在所不辞。至于瑞典之行的期限，其实到目前为止仍没有固定的计划，一切也有赖于抵达之后的实际情况，特别是我对女皇所能作出的侍奉，是否有效、有用和切合她的要求。所以依然存在于冬天过后便拜别女皇结束访问，趁初春之期回到南方的可能。到时如果时机适合，或许可以考虑取道丹麦，途经柏林跟殿下会面，以聚三年未见之情，及领受她亲身的训示。而一直令我挂在心上的殿下的身体毛病，也希望能亲自为她进行诊断，提出让她恢复健康的有效方案。我并不担心就以上的话题向殿下公开我的想法，因为对于我有责任表示尊崇的对象，我绝无可能怀有任何偏颇的意图。公正和诚实的道路是最为有用和肯定的，这是我一直秉持的格言。所以就算我上述所写的被他人看到，或者落入其心不正者的手中，我也无惧它会引起恶意的解读，或者令人误会我忠诚履行的职责，以及毫不隐讳的宣示。我永远是，

殿下最卑微和服从的仆人，

笛卡儿

笛卡儿拿起信纸，靠近烛光下再看了一遍，甚感满意，便把内容另外誊写了一个底本。然后，把将要寄出的一封折叠起来，放进信封里，另一封则收藏在专门存放底本的文件夹里。他揉了揉有点模糊的眼睛，想起什么来，又提笔开始写另一封信。

尊敬的神父，

久未联络，好像还未告诉你，我现在身处阿姆斯特丹，明天便要上船，起程去斯德哥尔摩了。此行吉凶未卜，令人担忧。刚才码头上的水手说，明天北海会刮大风。就算侥幸逃过海难，也不知道自己能否挨过瑞典黑暗而漫长的冬天。我一生人最怕冷，偏偏要跑去世界上最冷的地方，自己也觉得莫名其妙。如果我真的没命回来，我死后的名声就靠你来维护了。以你在宗教界和哲学界的广阔交游，大家都会尊重你的看法。我在荷兰那边的新教徒

论敌，就不用去理会他们了。首要的是确立我在法国国内的地位。伽桑狄已经算是跟我和好，应该争取他的支持。不过罗贝瓦勒那既没水准又冥顽不灵的家伙，我是怎样也不会原谅他的。[1] 这句说话就算公开出来也没所谓。耶稣会那帮神父们，虽然一直对我泼冷水，或者对我的建言不理不睬，但是也未至于采取敌对的态度。毕竟我也是拉弗莱舍书院的毕业生，跟一些神长们也保持礼貌的关系。[2] 他们绝对是争取的对象。你很清楚，我的目标是说服他们把《哲学原理》放进学校教程，取代已经过时的完全经不起验证的经院哲学。至于我最为重视但却十六年来不见天日的物理学，就算我已不在生，是否公开也要慎重考虑。那不只是作者自身的安危问题，而是时机问题。在不适当的时机公开，可能导致严重的误解，引来恶意的攻击，反而不利于真理的发现。所以，就算等不到伽利略的平反，较理想的情况是在我的学说广为传播，获得一定数量的追随者，在学术界建立起一定的实力的时候，才正式出版，那会达到最大的效益。请你放心，《世界》的手稿我正带在手边。除非天意要我葬身于大海，否则就算我遇到什么不测，夏吕先生也会在我的遗物中找到它，并且小心保管

1　吉勒斯·德·罗贝瓦勒（Gilles de Roberval）是法国数学家，与笛卡儿因数学方法的分歧而交恶。

2　拉弗莱舍书院（Collège de La Flèche）是由法国国王享利四世授意开办的耶稣会学校，笛卡儿于 1607 年至 1615 年间于此就读。

的。[1]具体的安排，你们到时再商量吧。说起夏吕，这位先生现在还在巴黎吗？我之所以决定以身犯险，完全是因为他的甜言蜜语，把瑞典女皇的资质和诚意说得天花乱坠。但偏偏在我起行的时候，他的人却不在斯德哥尔摩。听说他很快就会被提拔为正式驻瑞典大使了。请告诉他快点过来，我不想在他到任前便已经死掉。至少我死前要先勒死他来消气。另外，也请告诉帕斯卡先生，我们约定在不同纬度量度气压变化的实验，如果我在瑞典能侥幸生存下来，我会继续尝试测量相关的数据。[2]

你的忠实友人，

正当笛卡儿要在下款签上自己的名字的时候，他突然停了下来，笔尖悬在半空，拿笔的手甚至开始微微颤抖。他不由自主地低声开口说：

我的天啊！我在干什么呢？我在写信给谁呢？梅森这位最小兄弟会修士不是去年已经死去了吗？我怎么会连这个也忘记？还给一个死人写信呢！我的脑袋出了什么问题？

他掷下笔，用双手捧着脑袋，大力地按压，好像要把里面不正常的运作稳定下来似的。但是，他的头痛只是越演越烈，毫无

1　皮埃尔·夏吕（Pierre Chanut）是法国驻瑞典外交官，后升任大使。瑞典女皇克里斯蒂娜由夏吕的推介认识笛卡儿的著作，并通过夏吕游说他到访瑞典。

2　布莱兹·帕斯卡（Blaise Pascal）是法国数学家、物理学家及神学家，著名的《思想录》（Pensées）作者。

舒缓之势。他抓起刚刚写好的信件，满脸不可思议地默读了一遍，突然激烈地把纸张捏作一团，往身后的黑暗中胡乱地抛掷出去，好像这样便可以把噩梦置诸脑后似的。他往后挥动的右臂还未来得及垂下来，便听到身后不远处发出了一下声音。

哎呀！

笛卡儿垂下手，动也不动，细心地聆听着。他觉得背后好像有衣裙轻微摩擦的声音。然后是一个小女孩的声音，说：

爸爸，你不可以乱丢东西啊！

他有点不相信自己的耳朵，但也忍不住回过头来确认。只见床缘上坐着一个穿着浅色裙子的五岁左右的女孩，头上留着乌黑的卷曲及肩长发，在昏暗中闪亮着一双精灵的大眼睛，不着地的双足没穿鞋子和袜子，露着小豆子般的脚趾，在空中微微摆荡着。他吓得张着嘴巴说不出话来。女孩故意装出不快的样子，说：

爸爸，你这么快就不记得我了吗？

……弗朗仙！[1]

一个名字从笛卡儿颤动的唇间溜出。

爸爸，我们已经多少年没见了？是差不多九年了吧！

九年……是九年没错……

也即是说，我原本应该已经十四岁了。

十四……十四岁了……

---

[1] 弗朗仙·笛卡儿（Francine Descartes）是笛卡儿和荷兰女佣海伦娜·珍斯（Helena Jans van der Strom）的私生女。

笛卡儿恐惧地回过身去，用双手撑着书桌，一边摇着头，一边自言自语地说：

我是疯了吗？我先是写信给一个死去的朋友，然后见到死去的女儿！我自己也已经死了吗？还是今晚喝了太多酒，醉到思绪混乱？

那女孩好像知道他心里所想似的，说：

没有啊！爸爸你自我测试一下吧。你自己提出的："我思，故我在"。

笛卡儿回过头去，那女孩还在那里，向他微笑着。

我思……故我在？

是爸爸你的名句啊！

笛卡儿低头看了看自己摊开的双手，又转头看了看烛光，再望向坐在床上的女孩，喃喃地说：

这双手，这火光，甚至眼前这个女孩，也可能是幻象。但是，无论是做梦、幻觉，或者是神灵的恶作剧，我的确在思考着。我思考着，所以我存在。

这是清晰而且可以明确区分的事情。女孩补充说。

他还是陷于疑惑中，以说出口的方式继续思考：

可是，我不能确知我正在以怎样的方式存在，因为感官都是不可靠的。我只能确知，思想或灵魂存在，而如果思想或灵魂可以证实自身的存在，它就不依赖于物质，所以它亦是独立于身体的存在。对！这就是我当年的推论。

既然是这样，爸爸对自己便无需有怀疑了吧。

但是，你呢？你怎么会……

爸爸不是主张灵魂不灭的吗？

是的。

那你就当我是你女儿的灵魂吧。

但我，一个活人，怎么可能看到你的灵魂？

灵魂这东西，当然不是用肉眼看到的。

所以我是已经死掉，或者是即将死掉的人了？

爸爸，不要对死的问题太执着啊！

笛卡儿一边说话，一边仔细地观察着眼前的异象，并且大着胆子地慢慢接近女孩，站到了房间的中央。在烛光掩映下，女孩的形象却反而变得更加清晰。他试探着问：

你身上的裙子，是湖水绿色的吧？在领子周围和袖子的边缘，有白色的蕾丝……

女孩抬了抬双臂，像是要展示身上的衣饰似的，点头说：

对啊！爸爸也记得吗？这是我当年最爱穿的裙子啊！

所以，你真的是弗朗仙？不会是恶魔制造出来愚弄我的幻象吧？

我为什么要愚弄你呢？爸爸！我是来给你分忧的啊！

弗朗仙！

听到爸爸叫我的名字，感觉真温暖啊！虽然，作为灵魂，我是感受不到温度的。

弗朗仙，对不起！爸爸从前也太忽略你了吧。我甚至向人撒谎，说你是我的侄女。

我知道爸爸你有难言之隐。

笛卡儿心想，无论眼前的是真相还是假象，感觉已没有当初那么可怕，甚至洋溢着一点点难以言喻的温馨。他决定放任自己浸沉于这奇异的经验里，回身拿了把椅子，坐在和女孩隔着一臂之距的对面。但是，到了此刻，他还是没法接受这个女孩的幻影是他的女儿。极其量，那也只是一个有着他的女儿的形态的幻影而已。就看她说的话那么的成熟，便一点也不像只活到五岁的弗朗仙。不过，正如女孩所说，如果灵魂不灭，根据人世间的算法，她现在已经是十四岁。一个聪颖过人的十四岁女孩，并非没可能说出刚才的一番话。而且，她是大哲学家笛卡儿的女儿啊！

爸爸你记得这个房间吗？

女孩在笛卡儿沉思之际，又抢先开口了。他下意识地随着她的话的提示，在阴影晃荡中环视了一下卧室，并未太在意女孩的问题。

你就是在这个房间里，跟妈妈孕育了我的吧！

女孩娇柔的语气，像雷击一样打中了笛卡儿的心脏。他的胸口气闷得无法说话。他终于醒觉到，打从几天前住进这个房间开始，心里的不自在因由何在了。虽然有点心虚，但他尝试直接面对女孩的提问。只见女孩挂着天真的笑容，微微倾侧着脸，一点也不心急地等着他的回答。

那是 1634 年 10 月 15 日。

女孩拍了拍手，兴奋地说：

爸爸的记忆力好强呢！

我有记录下来的。

那我的生日呢?

1635 年 7 月 19 日。

爸爸果然不是不重视我啊!

女孩开心得眼泛泪光。

妈妈当时是在这房子当女佣的吧?

是的。我当时是房客。是萨金特先生招待我住在这里的。

那你为什么会看上妈妈呢?她当时很漂亮吗?还是哪方面吸引了你?

哲学家深呼吸了一口气,对这些问题感到为难,迟疑着不懂回答。这次女孩有点心急了,连忙又问:

爸爸该不会是到处拈花惹草,生活放荡的人吧?也不会是纯粹出于无聊吧?

笛卡儿心想,这女儿的"灵魂"不是什么都知道的吗?问我来做什么呢?是故意对我作出试探吗?是想令我说出不及格的答案时,立即对我施加指责,甚至是报复吗?他开始觉得这场奇异的谈话不好应付。

老实说,当然啦,海伦娜年轻时有一定的吸引力。她做事很细心,对我态度也很温柔。可能就是因为这样,对她慢慢产生了好感。不过我虽然是个单身男人,却没有很多这方面的经验。你知道啦,我从成年开始便立志研究学术,寻求真理,所以在四十岁之前,从来没有心思考虑结婚的事,也绝对没有过什么放荡的生活。可是呢,当时和你妈妈待在一间屋子里,虽然身份不同,但彼此经常接触，便有了点亲密的感觉。大概就是这样的一回事吧。

女孩似是满意地点着头，笛卡儿却觉得好像还未说到重点，便忍不住继续说：

而且嘛——要不要跟女孩儿说这种事好呢？

爸爸你尽管说啊，别看我的外表很小，我已经十四岁了，也是时候了解这方面的事情了。

好的，那我就试着说说吧——这可是相当严肃的话题啊！——当时嘛，我正在研究人体结构的问题，正苦无对女性身体部位的认识，又对男女之间生殖的事情和胎儿的形成很感兴趣，于是便作为一种实验，跟你妈妈发生了关系。（清了清喉咙）——多亏海伦娜，我在这课题上才得到深入观察的机会，上了宝贵的一课。虽然得到的知识还嫌有点片面，但也不好意思不断地实验下去。所以那件事其实也发生得有点偶然。想不到的是，竟然在一次的尝试中，便让她怀了孩子。这不能不说是上天的安排，我也当然要对事件负责。所以，之后便不断为你们两母女做安排，尽量争取见面和共处的机会。

但你为什么不跟妈妈结婚？

这个嘛，你小孩子很难明白。我当然知道，你已经"十四岁"了，但是，对于人世间的事情，你作为纯粹的灵魂还是不太懂吧。我跟你说，我身份虽然并不高贵，顶多是个布尔乔亚家庭的出身，成年后又过了一段漫无目的四处游历的日子，最后才决心以哲学研究为业，但跟你母亲的用人身份，始终有阶级上的差别。这在社会风俗上是不被认可的。在经济方面，我靠家里的遗产和物业，虽然个人生计不成问题，但说到组织家庭，却是个沉重的负担。况且，在宗教信仰上，我是罗马天主教徒，你母亲是荷兰加尔文派教徒，两者也有难以共融的地方吧——

爸爸！说穿了其实你只是担心我们母女妨碍你钻研学术的自由，打扰你最重视的宁静隐居生活，还有拖累你清高的名声吧！

给女孩抢了白，笛卡儿一时间无言以对。他以双手把本已有点扭曲的脸面揉搓了一顿，像个想尽量保持清醒的醉汉般，用力眨着眼睛，摇晃着脑袋，然后大叹了一口气，说：

女儿……弗朗仙……你这样说实在太令爸爸伤心了。事情不是这样的！可能你当时年纪太小，所以不太了解实况吧。没错，我是非常重视自己的工作和生活方式，但我也是个负责任的男人。我绝对不会抛下你们母女不理。我已经尽了我的所能，照顾你们的生活。我甚至已经决定，把你送到法国家乡，接受更好的教育，让你长大成一个有智慧和学识的女性。如果不是你不幸染上猩红热的话……

说到这里，笛卡儿哽咽起来，连他自己也有点意外。

但妈妈呢？你始终不打算给她正式妻子的名分吧！她只是你的科学实验伙伴，甚至只是工具，或者是你女儿的照顾者，一个关系亲密的用人。你根本从来没有爱上过她！

面对女儿的质疑，他平素的辩才全都派不上用场，只能像个傻瓜似的拍着脑袋，把假发也弄歪了。最后，他不得不承认说：

爱这回事，坦白说，不是你父亲的专长。

爸爸，你的专长是雄辩，或者是诡辩吧！

弗朗仙！我不得不相信，你真的是我的女儿。好吧！在我们父女之间，我就干脆承认，我对你的母亲没有爱。我也不知道，自己对任何女人有过爱。但是，我对海伦娜的关心是真诚的。我愿意保护她，至少不要让她受到闲言闲语的伤害。为此我一直费尽心机，去做出有利于她的安排。就算在你离开人世之后——不好意思，当面对你这样说有点奇怪——我也一直在为她的未来筹谋，希望尽快让她安顿下来。海伦娜回复自由身之后，在我的介绍下，跟家里在艾格蒙特开酒馆的赞斯·范·韦尔交往。[1] 我除了亲身担任他们的证婚人，还在她父亲的名义下出钱给她办了一笔嫁妆，确保她安稳无忧地生活下去。我这次离开艾格蒙特之前，去过红心客栈探望过海伦娜。她在夫家的店里帮忙，工作愉快，生活充实，还生下了一个可爱的小儿子呢！

费尽唇舌的他此时静了下来，好像要稍作喘息。女孩低着头，慢慢眨着眼睛，似是称量着刚才父亲所作的辩解，低声地说：

那么，我也算是有个小弟弟了吧。

放在矮柜上的蜡烛已经烧剩一半，而书桌上的蜡烛则差不多烧到底，发出了响亮的滋滋声，火光也变得不稳定了。坐在椅子上，身材中等的笛卡儿的影子，不断在女孩身上摆动，直至突然消失。身后那支蜡烛终于熄灭了。空气中弥漫着一股残余的烟味。

虽然烛光少了一支，但房间里的事物和坐在床上的女孩的形

1　赞斯·范·韦尔（Jansz van Wel）是艾格蒙特一间酒馆的老板的儿子。

象，却好像变得更加清楚。相信是瞳孔打开到最大限度，眼球内部的神经纤维也相应加强了接收作用所致。这些视光学和人体器官构造的分析，很自然地在笛卡儿的思维里进行着，致使在女孩发出下一个问题的时候，他有点来不及从沉思中回到现场。女孩斩钉截铁地问道：

爸爸，那么你对我有爱吗？

当然有啦！

他立即道出了毫无说服力的答案。

爱是一种 passion，对吗？

为什么这样说？

爸爸不是正准备出版这方面的著作吗？

连这个你都知道？

Les Passions de l'âme!

你是怎么知道的？

爸爸说，灵魂或心灵有主动和被动两种行为。主动的行为是由意志所做的决定，被动的行为则是由不同的 passions 所做成的反应。

对，没错！你的理解力相当高。

那么，爱也不过是一种被动的 passion 吧。也不过是一种身体的机械反应吧。由于天生渴求令自己愉悦的东西，拥有对自己有利的东西，甚至是想跟那种东西融为一体，促使心脏输出特定的动物精质，对脑部的松果体造成冲击，而在这个灵魂之座中产生了爱的 passion。[1] 这个 passion 因为被灵魂所感知，而启动了感官上的相关反应，向身体各部位的神经输出了相关的动物精质。这个过程当中并不一定牵涉意志，也即是灵魂的主动行为。甚至有些时候，爱的 passion 跟意志所主张的 action 互相冲突，而对松果体构成两种相反力量的撼动。这就是所谓的内心矛盾或挣扎吧。

对于女孩把自己还未公开的理论记得滚瓜烂熟，而且表述得条理分明，笛卡儿感到惊讶万分。但是，自然理性告诉他要保持冷静。无论眼前的是一个骗局，一个幻象，还是某种无法解释的现象，他首先要防止自己失去理智和判断力。于是，他以嘉许的语气回应说：

是的，说得很好！

那么，这就是你所说的对我的爱吗？

难道，这还不够吗？

那你的意志呢？你有没有主动地下决心去爱我？你不是说过，爱和欲望之不同，是因为爱是 de volonte 的吗？[2]

笛卡儿心想，这么难缠的女孩，果真是我女儿对吧。他又不期然想起伊丽莎白公主，想起在她那些在措辞上自我贬抑的书信中，如何以无知者的语气，向他发出一个又一个尖锐而且永远命

1　"动物精质"法文原文为"esprits animaux"，拉丁文为"spiritus animalis"，英文为"animal spirits"，是动物身体内的一种比血液更精细的物质。此物质的理论承传自古希腊医学，其功能主要在于神经讯息传导，以驱使身体部位做出活动和反应。

2　"De volonté"意指主动地、自愿地通过意志去认可和加强一种 passion，即 action 与 passion 一致的状态。

中要害的问题，教他每次都要绞尽脑汁去想出令她满意的回答。一生中面对过无数论敌，他全部都不把他们放在眼内。对其中的恶毒者，他会绝不留情地做出狂风扫落叶的反击；对其中的愚笨者，他则不屑与之相辩，以免白费唇舌。唯独是伊丽莎白公主，能坦诚直接地指出他的谬误，或者未尽完善的论点，而他竟然都慷慨聆听，虚心接受，并且心平气和、循循善诱地跟她继续深入讨论。公主无疑是他一生所遇到过的最理想的对话者。现在，眼前的女孩给予他同样的咄咄逼人但却温柔甜蜜的感觉。

对，我在书中是这样说的。

他只能说出那样缓冲性的无意义的句子，而对方则立即以背书的口吻，流利地念道：

"一个父亲对子女的爱是那么的纯粹，以至于他并没有欲望从他们身上得到任何东西，也不希望拥有他们。相反，他把他们当成另外的自己，而且像为了自己的好处似的渴望他们得到好处，甚至尤有过之。因为他把他们和自己看作一个整体，而其中他自己所占的并不是较好的部分，所以他往往会把他们的利益放在一己的利益之上，甚至不惜牺牲自己的性命去救护他们。"[1]

我的天！

爸爸，这是你在新作中谈到爱的部分。你用了父亲对子女之爱来做例子。

但是，女儿！你当时患的是猩红热！我就算牺牲了自己也救

---

[1]　出自《灵魂的激情》第八十二节。

不了你！

　　你误会了！我不是怪责你没有救我。

　　我也没有忽视你的利益啊！

　　爸爸，请你想想。我没有正式结婚的父母。我的公开身份是你的侄女。就算我侥幸没有病死，而你真的如你所说把我送回法国家乡，你也不过是想把我寄养在亲戚的家里，接受女子式的家庭基础教育。我将会如何成长还是个未知之数。但我肯定不能以当代最伟大的哲学家笛卡儿的女儿的身份，堂堂正正地站在世人面前。因为作为你的私生女儿，我只会成为你人生的污点。而相对于你一直追求的荣誉和成就，我这个污点还是及早抹除比较好吧。

　　良知受到严重考验的笛卡儿，震惊得连人带椅往后移了一步，只差没整个地翻倒在地上。他不由自主地惊呼出来：

　　弗朗仙！这是复仇！是灵魂的复仇！对我所犯下的罪恶的复仇！

　　他浑身颤抖着，呼吸紧促，无法好好说话。他知道要克服内在的颠簸，不能让自己被汹涌的情绪击倒。他不是一直跟伊丽莎白公主说，只要理性对待自己的情绪，在脑袋里呈现对事情合理的认识，便可以诱导出正面的 passion，以控制负面的 passion 吗？然后，他以近乎自言自语的方式，把心中的思辨过程表露出来，也不知道是不是有意地向控诉者作出回答：

　　我现在眼前的复仇幽灵，一定是自己的 passions 所造成的幻象。因为从前的动物精质对脑部松果体的刺激留下了印记——对海伦娜和女儿的记忆、女儿出生时喜愉的 passion 和女儿逝世时悲伤的 passion——就是精微物质穿透脑部表面而留下了被强行撑开的细小孔洞。虽然，很坦白说，当时的感觉好像并不特别强烈——那几年间是我事业的高峰期，在出版了《谈谈方法》和三篇科学论文之后，忙于跟各地的学者以书信辩论，在女儿死去的同时，正在对《第一哲学沉思集》做最后整理。[1] 我哪里来那么多的心思和精神，去浸沉在情绪的波动里？作为一个要应对现实的男人，那不是情有可原的做法吗？但是，也很难说，是不是在自己意识不到的情况下，这种种的经历留下了深刻的印记，就是物理学上在松果体的表面所穿刺的孔洞的图式。当我回到这间旧日住过的房间，这些深藏的印记就重新被动物精质所打开和渗透，勾起了像梦境一样的幻象。所以，眼前这一切并不是真实的，而是发生在脑袋里，在心智里的事情。所有都只是非物质的显影！

他像在自我争辩似的，时而左顾，时而右盼，双手一边在空中做出比画。得到最后的结论的时候，他的动作停止下来，眼神直视着坐在床上的女孩，向她伸出右手，说：

弗朗仙！就让爸爸来确认，你究竟是人是鬼吧！

由于刚才椅子向后移动，现在的距离刚好不够他伸手便抓住女孩。随着他俯身向前，身体开始离开椅子，大有向女孩扑去之

1　《谈谈方法》(*Discours de la Méthode*) 全名为《谈谈正确引导理性在各门科学上寻找真理的方法》，发表于 1637 年，是笛卡儿第一部正式出版的著作。原为《屈光学》《流星》及《几何学》三篇科学论文的前言。

　　《第一哲学沉思集》(*Meditationes de Prima Philosophia*) 出版于 1641 年，是笛卡儿尝试证明神的存在和灵魂不灭的形而上学著作。他相信借此能建立对物理世界进行探究的稳固基础。

势。这时，女孩却突然身子向后一挨，双腿屈曲起来，整个人缩到床上，背部靠到墙边去。笛卡儿扑了个空，双手撑着床缘，才不至于摔到地上，又因为双腿软麻，而不得不往身后摸索椅子的位置，好不容易才再次稳坐下来。

女孩虽然做了个逃脱的反应，但脸上并没有惊慌，反而露出俏皮的笑意，好像在跟大人玩捉迷藏似的。她屈曲双腿侧身坐着，把裙子的下襬拉好，用手掌抚平上面的皱褶。室内响起摩擦布料的声音，一下又一下地，像是轻轻地拂拭在笛卡儿的灵魂上。他刚才的冲动慢慢被抚平了。他的肩膀放松下来，呼吸也回复平顺，背部安稳地靠在椅背上。女孩停下动作，侧着脸，一边拨弄肩上的发丝，一边说：

爸爸，如果我是一个男孩，你会更爱我吗？

不会——我的意思是，我会同样地爱你。

为什么呢？男人不是都希望有儿子，可以继承自己的财产或事业，把自己的家族血脉传承下去的吗？

很可惜，我没有多少财产可以让儿子继承。所谓家庭或家族，也从来不是我关心的东西。比财富和血缘更长久也更广大的，是真正对人类福祉有贡献的功绩。关于事业，我认为哲学和科学研究的工作，女性一点也不输给男性。甚至乎，因为女性没有遭受过正统教育制度里经院哲学的荼毒，反而更适合接受新式教育的培养，心灵对新思想也更开放。就以我一直跟她通信的伊丽莎白公主为例，虽然她常常声称自己愚昧无知，但她的智力远远高于许多所谓的大学者。如果她不是受到身为女性和王室成员的束缚，她一定可以在学术上有所成就。

爸爸和伊丽莎白公主之间，就只是师友的关系吗？难道你在心底里，没有一点点儿喜欢上她吗？

笛卡儿吓得差点从椅子上弹跳起来，连忙郑重地说：

小女孩说话可以小心点吗？你知道这样的话传了出去，对公主的名声会造成多大的损害！

哎哟，爸爸真是十分维护公主啊！

像公主这样尊贵的人，不是拿来开玩笑的！

见父亲真的有点生气了，女孩便抿了抿嘴巴，不敢再说下去了。笛卡儿也觉得自己的语气的确是重了点，心软下来，尝试挂起一副慈祥父亲的脸容，说：

亲爱的弗朗仙，虽然你生下来便没有福分享有公主的尊贵地位，但对我来说，你永远也是我的公主。以你遗传自我的聪明和智力，经过我的悉心教导，长大后一定会成为一个在才学上比伊丽莎白公主毫不逊色的杰出女性。

可是，爸爸你别忘记，我已经死了。

想不到绕了个大圈子，又回到这个无情的事实。笛卡儿只好大叹一口气，心情也一下子沉了下来。他只能无奈地说：

那么，弗朗仙，你教我现在应该怎么对待你呢？当你是一个真实的活人，还是一个逝去的幻影呢？还是，那个虽然我一直相信，但亲眼看见又觉得不可思议的，不灭的灵魂？

看到父亲困扰的样子，女孩前倾了一下身子，坐到床的中央，关切地说：

爸爸，你何必要分辨真假呢？你就当我是一个 fable 吧！[1]

Fable？

你自己不是多次用到这个说法的吗？

确实是，但是……

当你解释宇宙是如何诞生的，你假设那只是一个 fable。当你解释人体的构造时，你也假设那只是一个 fable。结果那些假设的 fable，跟现实的宇宙和人体几乎一模一样。为什么会这么巧合呢？你只不过是借 fable 为借口，逃过宗教上违反教义的指责吧。爸爸，你真是个很懂讲故事的人啊！我小时候，你有没有给我讲 fable 呢？还是，你只是很懂找借口呢？至于说到那用尽一切方法去欺骗你，让你怀疑所有事物的真实性的神灵，你也说是一个 fable。

但我只是想运用假设性的推论，去证实灵魂的存在，再而证明神的存在。可是有些冥顽不灵的家伙，硬要说我是暗地里推销怀疑论和无神论。我能不给他们气死吗？

别生气啊，爸爸！可见 fable 的借口是没有用处的啊！要攻击你的人，不会因此而停止攻击。而爸爸因为害怕遭到宗教迫害，不是连那最根本的 fable 也不敢发表吗？可见所谓 fable 所说的，其实就是真实。

但是罗马教廷一直在说，只要作为科学上的 hypothesis 而不

1　笛卡儿多次在著作中，以"fable"来形容他所提出的科学假设，以表示那只是想象或思想实验，并非对真实世界的描述。由于把"fable"译作"寓言"会过分强调当中的"寓意"，而减弱了虚构或想象的色彩，文中保留"fable"一字不作翻译。

是 demonstration，也不挑战圣书所记载的真实信仰，那就连日心说都可以纳入讨论。[1]

那爸爸为什么连说一个 fable，也迟疑了十六年呢？难道你心中不是早已清晰明了，其实不灭灵魂的存在，甚至是神的存在，才是真正的 fable 吗？

弗朗仙！你怎么可以说出这样冒渎的话来！你刚才不是说，你自己就是那个不灭的灵魂吗？

爸爸，我已经说过，我是一个 fable。

好的，好的！那你就是一个 fable 吧。当作 fable 去说说，可以告诉我作为纯粹的灵魂的感觉是怎样的吗？我对这个很感兴趣。

爸爸不是老早就知道了吗？在你总结出"cogito, ergo sum"的时候。[2]

没错，没错。我认为这就是确切的证据了，但是……这样的思想，始终是存在于一具肉体中，而且跟它紧紧地连接在一起。在完全离开肉体之后，独自存在的灵魂或思想，究竟是怎样的呢？这个我很想知道。

何必心急呢？你死后便会知道了。

笛卡儿心里一惊，但表面还是保持镇定，说：

女儿，你的意思是，我的死期将近了吗？

1　根据以亚里士多德学说为基础的中世纪经院哲学（Scholastic Philosophy），"demonstration"是一套通过逻辑推演以证明真理的方法，与作为科学假设而未经证实的"hypothesis"不同。

2　即"我思，故我在"。

我没有这样说啊！我只是一个灵魂，又不是神，我怎知道你命定的死期在何时？

那么，我想问一句，一个还拥有肉体的我，依靠身体感官去认知外物的我，是怎样能看到灵魂，也即是你，并且跟你交谈的呢？

女孩嘟着嘴巴，以指尖按着嘴唇中央，眼珠儿滚了滚，思考了半晌，才说：

你不是用你的身体感官看见我。是你的灵魂直接看见了我，另一个灵魂。应该可以这样说吧。

那么，可不可以说，你根本就不在那边，坐在那张床上，甚至不在这个房间里，而是在我的灵魂，或者是我的思想里？

女孩这次侧着脸，单手托着腮，又认真地思考了一下，说：

也没有理由不可以这样说的。

笛卡儿点了点头，再慎重地推论下去，说：

既然是这样，如果我走近看似是坐在床上的你，伸出手去，是不可能实在地触摸到你的吧。因为真实的你根本就不在那个物理位置上。对吗？

因为刚才曾经被父亲试图抓住，女孩有点戒心地往后挪动了一下，说：

是的，但也不是的。

此话何解？

作为非物质的灵魂，我当然不具备被触摸到的特性。所以你的手不会真正地碰到我的“身体”。但是，正如在梦中一样，发生在你的灵魂，或者是思想里面的一切，感觉都会如真实的一样，所以，你的灵魂，或者你的灵魂之座，即是那个松果体，还是会释出动物精质，通过神经管道去到你手部的肌肉和皮肤，而让你有触摸到我的感官反应。所以，当你尝试去触摸那个触不到的我的时候，你却会感到犹如真的触摸到我一样。

所以，到底也是分不清楚的？我不但无法认清外在事物的真相，更加无法认清事物究竟是在外在还是内在。是这样吗？

女孩点了点头，说：

没错，爸爸。我们唯一能确知的，是自己的存在。至于他人或他物的存在，是永远被置于存疑状态的。你所奠定的真理的基础，也即是"肯定地存在着的思考着的我"，也只是真理的唯一可能的范围。

笛卡儿不肯定自己是否已经被说服，但心情却陷入了绝望之中。就好像花了一生的精力建造起来的、以为坚固无比的房子，竟然经不起轻微的冲击，一下子就倒塌了。

我们只能确知"自我"，却无法确知"世界"。那么，我的物理学，岂不是白费心机？

也不能这样说的。我们对物理世界虽然不能拥有绝对的知识，但也可以拥有相对的、假设性的、可能的知识。说到底，我们每一个人，也是这个广大无边的物理世界中的一分子。或者，正如爸爸你在《世界》中提出的机械观，上至星体，下至生物，都建基于相同的原理衍生和运作。所以，如果我们把问题反过来思考，我们脑袋里的所谓"灵魂"或"思想"，其实也可能是整个机械运作的效应。这不就是伊丽莎白公主，从一开始就向你不断追问的，非物质的灵魂如何能够推动物质的身体的难题吗？如果连灵魂本身，也不过是由物质的效应所构成，所有问题不就可以迎刃而解吗？

女儿的一番话，令笛卡儿更为震惊，在他的心中引起了本能的反弹。他忍不住又用了严父的语气，既想大吼但又必须克制地说：

弗朗仙！这是彻头彻尾的无神论啊！

女孩并没有被父亲的反应吓倒，反而坐直了身子，神态自如地回应说：

爸爸，你回顾一下自己的研究方向，为何是先钻研物理学，然后才谈形而上学，甚至介入神学课题？如果当年伽利略没有受到审判，《世界》和《论人》便会顺利出版。如果你的这个新兴学派，就算未立即得到全世界的认同，但也有充分的自由发展和传播开去，而没有受到迫害或打压的威胁，你还会不会写《谈谈方法》和《沉思集》？还会不会花心思去证明神的存在？去附和教会的基本教义，去取悦那些无论是新教还是罗马天主教的神学家？还会不会去争取别人相信，你是个坚定不移的信徒？但是，请别忘记，你曾经跟伊丽莎白公主说，形而上的思考和冥想不宜多花时间。只要知道基本理论，也即是你给出来的结论，便足够了。就好像种树一样，只要树木好好成长，就不必多此一举地不断把泥土挖开，把树根翻出来审视。你私下的想法其实是，形而上学和神学，或者所谓"第一原理"的东西，根本就是毫无重要性的东西。多想无益，不想更佳。总之，只要相信神的存在和灵魂不灭的两个义理，信仰的事情便不必深究。既然确立"第一原理"的工作，已经由你完成了，那大家往后便踏在这块地基上，全力去探究物理学的知识吧！爸爸，这不就是你的立场吗？你所论述的神和灵魂，归根究柢，其实只是万物运作的地毯啊！看似十分基础，但随时可以一脚踢开。

笛卡儿一边听着，一边以双手按着两边额侧，把假发也推得松脱了。他虽然充满困惑，但心情已稍为安定下来。他平静地说：

女儿，你的意思是，我是个无神论者，但连我自己也不知道？

这次女孩没有答话，只是双手托着腮，眼睛一眨一眨地望着他。他有点害怕这个幻影女儿的目光，便别过了脸，假装继续思考，但他的脑袋其实一片混乱。这是从来未有过的事情。从一开始，他就是个自信十足的思考者。那些所谓"怀疑"也只是刻意铺排的思考过程。他也从未对他人的质疑认输。他永远是对的，而别人永远是错的。只有，在伊丽莎白公主面前。还有，在这个所谓的"女儿"面前。

这时候，笛卡儿察觉到，矮柜上的那支唯一的蜡烛，依然维持在烧到一半的位置。但是，他和女儿谈话期间，时间明明已经过了好一阵子。难道又是自己的观察有误？他回头望向床上，发现坐在上面的那个女孩，体形好像变大了不少，至少好像一个娇小的成年女子的模样。在同样是湖水绿色的裙子下面，是一个成熟的女人的躯体。而她的样子，竟然跟伊丽莎白公主肖似！笛卡儿不由自主地喊了出来：

殿下！

女子脸上露出温婉的微笑，说：

我不是伊丽莎白，我是弗朗仙啊！

但是……

我现在是以长大了的弗朗仙的形象出现。

但为什么，你的样子跟伊丽莎白公主这么相似？

是吗？可能又是你心中的 passions 作祟吧。

又是 passions 的问题？

你不是说过，意志的 action 没法直接控制 passion 的吗？只能靠间接的方法，尝试以理性唤起相反或相克的 passion，去调和原先的 passion。首先以理性分析事情的利弊，然后集中于有利之处，以唤起愉快的 passion，以抵销悲伤的 passion。

没错，意志的作用是有限的，但是，那是一个心灵训练的问题。如果熟练的话，这样的操作会更迅速、顺利和有效。所以，理性还是凌驾于 passion 的。

爸爸，你到现在还这么有信心吗？

这不只是信心的问题。说到底还是一个美德的问题。

以理性引导出正确的判断，然后唤起正面的 passions，或者 passions 的正面作用，以达到那极致的美善。这就是爸爸所说的美德？

你说得很对。这不就是我在新书的初稿中跟你讨论过的内容吗？

爸爸，你又把我当作伊丽莎白了。

不好意思，我给弄得一塌糊涂了！

但是，美德真的是自由意志的结果吗？

如果不是，还怎能称得上是美德？

如果，就像伊丽莎白公主多次强调，理性受到身体的 passions 不断地干扰，而无法正常运作，那这个人还有能力实践美德吗？还应该全盘负上道德的责任，或者受到道德上的指责吗？

我就这个问题已经多次回答她了。

你并没有回答她的疑问，你只是重申理性的作用来安抚她吧。对于体弱多病，又长期承受巨大的社会压力的她来说，不受干扰的纯粹理性，以及意志所做的正确 action，都只是缺乏体谅的奢谈啊！

是的，我承认在这一点上没法完全说服她，为她解除忧虑。

不只是这一点。还有关于自由意志和神的旨意的冲突，你也无法提出令她信服的答案。

这个问题，千百年来教会的神长和神学家们，也没有人能提出无法驳倒的说法。

所以呢，这会不会是根本无法解答的问题？也即是两者根本不能并存。要不，所有事情都是全能全知的神在创世之初便完全决定下来的。任凭人做出怎样的努力，也无法改变事情的结果。人的得救，全凭神的恩宠，个人是无法影响神的意志的。为善为恶的选择变得毫无意义。人生只是按着预先写定的剧本演出。要不，人拥有自由意志，而神并不存在。因为受人的自由意志所影响的神，就不符合神的资格了。

你想说什么呢？殿——不，弗朗仙！

我想说的，就是你以为你已经解答了，但其实根本未曾解答，也永远解答不了的问题——人的理性，或者你说的所谓灵魂，究竟是否受制于物质身体的 passions 和非物质的最高灵性神的问题。

笛卡儿凝望着这个犹如另一个自己的女性，哑口无言。对方继续说：

你就是因为要假装站在正统教义的一方，释除教廷的疑虑，争取教派的支持，而费尽心力在神的旨意和灵魂不灭这两个义理上做妥协，甚至尝试发明出自以为更精确更简洁的证明，目的却是希望一了百了，以后可以把这两个问题束之高阁，不再深究，而集中精神处理对世界的自然哲学探讨。这就是你一直在做，但却不敢承认的事情。

但是，没有了神的概念、神的原理，没有了不灭的灵魂，我们对一切的认知岂不是统统都要崩塌吗？

怎么会呢？试试拿走神，拿走不灭的灵魂，剩下来的还有理性，还有意志，还有 passions。这三者作为一个肉身的运作，完全可以自足自在，完全可以用你的人体机械论去解释。不假外求于任何超自然的原因。这不就是你梦想着的，以统一的方法论和理性的推演运算，去达到的对自然世界的认识吗？

变成大人模样的女孩，说起话来仿佛也深沉成熟了许多，论点和修辞也更可以跟笛卡儿匹敌。她成为了不折不扣的，笛卡儿的女儿，他的另一个自我。不，甚至是比他更强的，同中有异的自我，或者超自我。

笛卡儿苦苦地思索着反驳的方法，但并不是为了替信仰辩护，而是为了自己的理性的自尊。在他一生中，从未败在别人的手下，至少他一直这样的认为，但这次他不得不承认自己处于下风，并因此而感到了屈辱。他一定要找出对方的漏洞，向纵使是最细小的裂缝施以攻击。

弗朗仙，你刚才不是说，你是我死去的女儿的灵魂吗?

这时候，矮柜上的蜡烛发出了一下轻微爆炸。他分了心，侧脸往那方向望了一下。他发现火光竟已差不多烧到底了，在一堆瘫软的蜡油上激烈地、垂死地挣扎着。他回过头来，继续未说完的话:

请你让我亲自证实一下，灵魂的存在，或不存在吧。

说罢，笛卡儿从椅子慢慢站起来，极小心地迈出了脚步。他走得很慢，就好像为了要捕捉一只被迫进墙角的小动物，生怕它会惊慌逃走，而以几乎难以辨别的速度，一步一步地靠近。但是，当他越靠近，床上的女孩便越退后。他很奇怪，对方明明是无路可退了，为什么却好像一直跟他保持距离?他用力眨了眨眼睛，企图在昏暗中看清楚事实。然后他发现，女孩根本动也没有动过，她只是渐渐缩小而已。到他挨近床缘，只要一伸手便可以抓住她，她已经变回那个五岁女孩的大小了。

这时候，他好像踩到像枯叶似的又软又脆的东西。他停下来，移开右脚，低头看了看，然后弯身去把那东西捡拾起来。那是揉作一团的纸张。摊开一看，上面是他自己的字迹，是他早前写给已死去的梅森神父的信。

爸爸，你刚才丢东西的时候掷中了我。女孩抱怨说。

我掷中了你吗？很抱歉，女儿。我掷中了你哪里？

女孩指了指自己的额头。

爸爸掷中了你的额头？对不起啊！女儿！爸爸不是有心的！爸爸真鲁莽！

笛卡儿把信纸丢到床上，伸出右手，试图触摸女孩的额头。

是掷中这里吗？痛不痛？爸爸给你呵一下吧！

女孩竟然没有如预期中逃开，反而用手拨开额前的头发，迎接那将要碰上去的手指。

他终于碰到了女儿的额头，既柔软的，又坚硬的。他用指头在额头的正中央轻轻揉了揉，然后手指又碰到了垂下来的发丝。他顺手把发丝拈在指间，温柔地搓了搓，的确是柔软细滑的发丝。然后，他的身子弯得更前，以双手捧着女儿的脸蛋，以掌心痛惜地抚摸着她圆润的双颊。在接近最后的光线中，他看见女儿的双眼泛满泪水，而他自己的视野也变得模糊一片。有温热的眼泪从他的鼻翼两旁流下。他感觉到自己的心在慢慢融化。胸中刚才还满满地充斥着的不忿和屈辱，甚至是攻击性的态度，都完全消解了。他哽咽地叫出了：

弗朗仙！我的女儿！你为什么不留下来陪爸爸呢？

爸爸，我现在不是回来陪你了吗？

但你甚至不是不灭的灵魂，而只不过是我心中的幻影啊！

他在床上坐下来，执着女儿柔滑的双手，不停抚摸着那些幼嫩的手指。那种触觉，那种质感，那种温度，完全像真的一样，令他觉得这个梦实在太美妙，但也太可怕了。

　　爸爸拉起女儿的手，让她挺起身子来，好让他紧紧地拥抱她。她那柔若无骨的纤小身躯，在他的臂弯里软绵绵的、暖烘烘的，像一头充满生命力的小兽，既温驯，又不受约束。他甚至感到了她的呼吸，听到了她的心跳。他心中的 passions 强烈地汹涌，致使惊奇、爱悦、喜乐、悲伤等种种情绪，同时互相冲击和混合。身为人父的欢欣与痛楚，比女儿在生的时候还强烈。他终于了悟，这就是所谓的，骨肉之情吧！

　　弗朗仙！这不是一出内心的剧场吧？不会在散场之后，便人去楼空吧？弗朗仙！我的女儿！爸爸可以怎样才能留住你呢？

　　把脸埋在他肩膀上的女儿幽幽地说：

　　爸爸，有一个办法。

　　希望在他心中重燃。他放了女儿，以双手扶着她的双肩，正视着她，说：

　　是什么办法？

　　把我制造成自动人偶。[1]

　　你是说，一个机械人？

　　在爸爸的 fable 里不是说，人体本身就是一部精密的机器吗？那就制造出一个有心跳、懂进食、能活动、晓说话，甚至能思考的自动人偶吧！

1　即英语中的 automaton，以机械技术制造的模仿人类外貌和动作的人偶。自动人偶技术发展的全盛时期为 18 世纪。最著名的是法国人贾克·德·沃冈松（Jacques de Vaucanson）于 1738 年展出的横笛子及鼓手、长笛手和鸭子三个自动装置，其逼真程度轰动一时。

女儿天真的想法让他既惊讶又心痛。他不忍问道：

但是，谁赋予你灵魂？

为什么需要灵魂？有脑袋不就可以了吗？

脑袋就是灵魂了？

爸爸就这样做吧！

他刚刚涌起的充满父爱的心忽然冷了半截，含糊地说：

理论上是可以的，但是，在技术上……恐怕还要等好几百年才做到。

这次轮到女儿扑上前去，用小巧的双手捧着爸爸粗糙的脸庞，近距离直视着他的双眼，说：

爸爸要对自己有信心啊。

他不知道应不应该答允女儿这么荒诞的要求。女儿依然凝望着他，眼里充满柔情地说：

爸爸，你知道吗？后世将会流传一个故事，说大哲学家笛卡儿在女儿弗朗仙死后，因为悲伤过度，无法舍离，而制造了一个跟女儿一模一样的自动人偶，把她叫作弗朗仙，并且跟她形影不离。最后，笛卡儿带着这个"女儿"前往瑞典。不幸的是，他们乘搭的船只在海上遇到了大风浪。水手对哲学家带着的箱子感到怀疑，在搜索他的房间的时候，发现了这个自动人偶。船长认为这个人偶是不祥之物，便把它丢到波涛汹涌的大海里。风浪随之而平息，但笛卡儿却一直向着大海叫喊着女儿的名字。

女孩说罢，脸上流下了两行闪闪发亮的泪水。

爸爸，这就是我最想听到的 fable！

笛卡儿呜咽着，万分羞愧地说：

对不起！女儿！这样的事我实在没法做到！爸爸并没有你想象中那么厉害。

女孩用手背拭了拭脸上的泪水，咧嘴而笑，说：

怎会呢？爸爸！

他凝住了脸容，不知该做何反应。女孩又说：

爸爸，你不记得了吗？你已经做到了！

弗朗仙……你这是什么意思？

爸爸，我就是你亲手制造出来的自动人偶。

你是？

你真的忘记了吗？就是你制造出来，向世界示范人体机械论的自动人偶啊！而你刻意把它造成我的样子，当作你的女儿一样去呵护。

我有做这样的事吗？

不信的话，你亲自来证实一下吧！

女孩说罢，在床上半跪着，挺直上身，张开双臂，摆出一个等待检查的姿势。笛卡儿疑惑地望着女孩，迟迟不敢有所举动。

女孩见状，便自己动手，慢慢把裙子的纽扣从后解开，然后把上衣向前翻下，直至露出肩膀和锁骨。她停下来，执起笛卡儿的双手，把它们放在自己的胸口，示意他继续帮她脱下衣服。但是，他的双手颤抖着，几乎无法把衣裙好好抓住。在女孩的协助下，才笨手笨脚地成功脱下了裙子。他忽然想起了十五年前10月15日的晚上，他和女佣海伦娜在这个房间的这张床上做的事，情况竟然跟现在十分相似。

　　裸身的女孩躺到床上去，仰卧着，直直地伸着手脚，看上去像个未穿衣服的玩具娃娃。不知所措的他却僵硬地坐在床缘，望着眼前这个不可思议的景象。女孩侧了侧脑袋，向他发出鼓励的微笑，说：

　　爸爸，来吧！

　　来……怎么来？

　　打开我。

　　这近乎一个不能不服从的命令，就像由一个公主所发出的一样。

　　哪里……如何？

　　他连声音也抖动起来了。

　　女孩拉着他的手，把它放在自己肚脐的位置。

　　他的思绪陷入一片混乱，眼睛无法看清前面的事物。也许烛光已经越来越昏暗。他只朦胧地感觉到，在那小巧的肚脐位置有一个开关，按下去之后，整个胸腔一直到下腹部，便像两扇门似的向两边打开。他的心怦怦乱跳，但却同时不能自已地躬身向前，探头往里面望去。在那个纤巧的躯壳里面，分布着许多模拟人类器官的装置和部件。以燃料发热的心脏，促使它有规律地跳动。从心脏流出的液体，通过多条管道向身体各部位输送能量。像风箱一样的肺部，不断地收缩又膨胀，把空气打进发声的喉管，也煽动着心脏的热力。这些装置有的像钟表的齿轮和链条，有的像以水力推动的机关。然后，女孩指了指自己的眉心。他服从地伸出手指，在那位置按压了一下，整个脑壳自额头以上便像盖子般打开。拿开头盖子，可以看见，在那应该是脑部的位置，在那布满不明的管道和金属零件的装置内，有一颗小小的松果状的东西。只剩下脸面的女孩的嘴巴动起来，说：

爸爸，那里就是我的灵魂。

她的不完整的脸露出幸福的笑容。

是你给我的灵魂。

她伸出小手，在父亲的眉心轻轻点了一下。

四周顿即昏暗下来。可能是烛光终于灭了。可能是他昏倒过去了。只知道，世界陷入绝对的黑暗中。连声音也完全灭掉了。灵魂，也终于安息了。

大风猛烈地拍打在窗子上，把笛卡儿吵醒了。他眯着眼，蹙着眉，艰难地抬着头来，发现自己在床上和衣而卧，假发掉在枕头一旁。头痛欲裂，似是宿醉未消，便又平躺下来，用拇指尖按压眉心的位置。

天已大亮了。但窗子没有透进阳光，而是均匀的阴郁的色调。天空想必是多云了。

有人敲响了门。

舒路特以德语口音的法语在外面说：

先生！要起床了。我们快要出发了。

命子：花

1

　有一晚妻子约了旧学生吃饭聊天，我照例很早便上床睡觉。也不知她什么时候回来，只知道她爬到床上的时候把我弄醒了。我起身去了个洗手间，回到床边，妻子却已经熟睡。当我钻进被窝里，她却突然开口说：你知道吗？P生了个机械BB呢！我见她眼睛是闭着的，知道她只是在说梦话，便没有搭理她，蒙头睡去了。

　第二天早上吃早餐的时候，我向妻子报告了昨晚她说的话，她却矢口否认。她的旧学生P的确生了个女儿，已经差不多一岁了。据妻子所说，P生了女儿之后，整个人也变了。从前抽烟很凶的她，立即戒了烟。在电视台当导演和编剧的夫妻，一向过着波希米亚式的生活，现在却对起居饮食变得非常严格。把房子布置成七彩缤纷的儿童天地，并且高度注意家居安全，这些都不在话下；对婴儿食物营养的要求，更加超越了一般第一世界的水准。

除了排除万难在上班之余，榨取和储存足够的母乳，还坚持每天亲自炮制以鲜鱼汤加入磨碎的多种蔬菜慢煮而成的糊仔。以前对丈夫的溺爱完全转移到女儿身上；可怜那位新任父亲每晚下班回家便只能默默啃下女儿吃剩的残羹，而在家里的地位也沦为补给供应者和苦力了。

但你昨晚明明是说机械 BB 的啊！我坚持说。

不是啦！我可能是受到 Reborn Babies 影响吧！

妻子用匙子敲破水煮蛋，用指尖剥掉蛋壳，揭露出柔滑而富有弹性的蛋白。再用匙子剖开蛋白，内里是橙色的流心蛋黄，生熟度把握得刚刚好。洒上少许岩盐和黑胡椒碎，把匙子放进嘴里，神情似是相当满意。我重新捡起话题，说：

Reborn Babies 是什么东西？

是一种假 baby，或者可以说是婴儿玩偶。

那不就是洋娃娃？

也不是啊！不是一般的洋娃娃，而是跟真实婴儿极度相似的一种娃娃。

P 已经生了真娃娃，为什么又要假娃娃？不是用来给女儿做伴吧？

不是啦，是用来做道具的。P 打算写一出关于初生婴儿的新剧，想买个比较像真的 BB 公仔拍摄时用。而且，好像也有关于 Reborn Babies 的情节。

但这种娃娃为什么叫作 Reborn Babies 呢？很奇怪的名字啊！是死去然后又重生的意思吗？听来有点诡异呢！

　　妻子一边吃掉最后的一口水煮蛋，一边说：

　　我开头也以为是这样，但原来跟婴儿夭折无关。听说 Reborn Babies 发源于欧洲，大概在上世纪 80 年代左右，有些工艺家把传统的旧洋娃娃回收，重新加工，令皮肤、毛发、神情、身体的柔软度等等，都变得跟真的婴儿很相似。这样重新制作出来的娃娃，初时叫作 Reborn Dolls，后来不知怎的变成了 Reborn Babies。做一个 Reborn Baby 似乎也颇费工夫，至少要两三天才完成一个。可能是做得实在太逼真吧，开始出现了一群成年人顾客。当中主要是女性，但有时也得到丈夫或者伴侣的支持。她们订制自己理想中的 Reborn Babies，带回家里当是真正的婴儿看待。不是说笑的，这些人是非常认真的，在家里设置了婴儿房，买齐各种可爱的婴儿装，还有婴儿玩具；会帮这些假婴儿悉心打扮，然后带它们上街；还有帮它们洗澡、换片、喂奶……总之是做足工夫，一点也不马虎啊！你上 YouTube 找找，有些供应商上载了些照顾 Reborn Babies 的示范短片。那些 BB 呀，逼真到呢，你完全看不出是假的啊！如果付贵一点的价钱，还可以 upgrade，加装笑声、哭声、呼吸和心跳。

　　是吗？真是有点匪夷所思！

　　有什么值得大惊小怪？你自己不也养了狐狸和刺猬公仔，把它们当作真动物一样吗？

　　但是，那不是一般玩偶，是人类婴儿的替代品啊！

　　替代品之所以出现，代表真的有这样的需要。可能是本身没法生孩子的，或者不愿意生孩子的，但又很想尝试当父母的感觉。

也可能是孩子不幸去世了，于是便弄一个替身回来作补偿。甚至有男人用自己婴儿时的照片，度身订造一个 Reborn Baby，送给年老的妈妈作母亲节礼物，让她重温年轻时照顾儿子的回忆。那听来也相当温馨啊！我觉得那些 Reborn Babies 的母亲，还有父亲，都很有勇气。他们无视世界奇异的目光，敢于向世界说：为什么把感情投放在一个假娃娃身上，就是心理有问题呢？人类的孩童不是一直在玩人形娃娃和动物毛公仔，把它们当成有真实生命似的去爱护吗？既然我们也鼓励孩子这样做，为什么成年人自己却不可以？

妻子说得理直气壮，好像在争取某种玩偶权似的。据我所知，妻子小时候并不是那种喜欢玩洋娃娃和毛公仔的女孩，长大后也没有这方面的倾向。我不知道她是否开始怀念照顾初生儿子的日子，而重新勾起了母性来。或者是出于我们没有女儿的遗憾？我认真地思索，是否需要订购一个 Reborn Baby。但是，应该重新选一个漂亮可爱的，还是照儿子的模样再造一个呢？又或者，根据我们夫妻的照片合成，给已经十五岁的儿子创造一个弟弟或妹妹？我们毕竟已经超过了适合再生孩子的年纪了。反正，如她所言，Reborn Baby 只是一个硅胶公仔，不用真的吃喝，也不会生病，当然也不会有成长过程中的各种麻烦和令人担心的事情。当父母的重任，也不用从头再来承担一遍。

妻子吃完早餐便回大学上班了。我清理了餐桌，开始用手机上网搜寻关于 Reborn Babies 的资讯。

2

隔了几天，我便把 Reborn Babies 的事情忘了。某个下午，我在家中写作的时候，速递员按了门铃，送来了一个邮包。那个纸箱不大，捧在手里不重。我第一个直觉是妻子网购的服装或日用品。看了看包裹上的收件人资料，写的却是我和妻子两个人的名字。寄件者是 Homunculus，可能是公司名称，下面是一个看来是德文的地址。

我把箱子放在餐桌上，考虑着要不要打开。也许我应该先问问妻子，但是，既然收件人也包括我，那我把它打开也不算是自作主张吧。我用剪刀切开封箱胶纸，揭开箱子的顶部。首先露出来的，是用作防护的透明塑料泡泡。拿开泡泡，下面是一张精美而柔软的粉蓝色包装纸，折叠处以一个红心贴纸粘着。那显然是非得小心翼翼地处理的东西。我尽量温柔地撕开红心贴纸，揭开包装纸，里面竟又是另一个以粉红色包装纸包裹的东西。在那东西旁边，整齐地摆放着好几样事物。我逐一把那些附带物拿出来。首先是一套白色底，印着小熊图案的初生婴儿服；然后是迷你的棉质婴儿手套和脚套；再来是一个奶嘴和一件会发出清脆的铃声的塑胶小玩具；接着还有两块纸尿片。最后，是一张印着 Birth Certificate 的卡纸。除了产品资料，诸如型号、编号、物料、配置等等，还有温馨的祝福字句。噢，差点没留意，下面还有一本"宝宝照顾小册"呢。

我几乎可以肯定那粉红色的包裹里的是什么东西了。那一刻的感觉，有点像不小心弄出个意外怀孕的不知所措，再加上不肯定生父是谁的困惑。

我没有立即打开那粉红色纸团，甚至下意识地从餐桌退后，隔着一段距离，一边揉搓着下巴，一边观望着那个打开的箱子，和散置在桌面的指向完全一致的事物。我想，还是应该打个电话给妻子吧。最大的可能性是，眼前的物品是她所订购的。也许是出于好奇，又或者是认为我会感到兴趣，是不是包含惊喜则不得而知。我甚至想到，可能是替 P 买的也说不定。上次不是说，P 打算拍一部关于女性生育的剧集，当中要用到道具婴儿吗？但是，P 为什么不自己买，或者指示电视台助理订购？

我拖延着不做出行动，好像那样便不用对后果负上责任似的。我甚至一度回到书房去，尝试继续工作，把饭厅里的"不速之客"忘记。又或者，我妄想那其实只是自己的幻觉。速递员根本没有来过，我也没有收过任何包裹。但那显然是行不通的。我根本无法专心工作下去。

我回到饭厅，用手机把餐桌上的情况拍摄下来，传送给妻子，附加文字：刚收到。是你买的吗？隔了几分钟，收到妻子的回复：那是什么？我立即有遭到五雷轰顶之感。那么，情况就不是意外怀孕，而是某种孽债的偿还，或者神秘的降生了。

我继续假装事不关己，直至妻子下班回来。我从书房走出来，看见还拿着公事包的她，在好奇地检视着桌上的东西。她探头往箱子里看了看，说：

你为什么不把它拿出来？

我想先确认一下有没有寄错。乱碰别人的东西不太好。

但是，这里明明写着寄给我们的。究竟是谁呢？

会不会是P？我们认识的人之中，跟这件东西有关的，只有P。

但P为什么要这样做？她买来拍剧用，那是工作上的事。送这个给我们有什么意思？

不会是爱B成狂，想和我们分享她的喜悦吧？

这分享也蛮奢侈的啊！这东西不便宜的呢。

那么，要不要退货？反正，我们也没有怎么碰过。现在网购什么都可以退，你也经常这样做。

妻子白了我一眼，说：

自由退货是网购的卖点，没有什么好质疑的。不过，退还退，为什么不打开来看看？

我认为还是不要乱动比较好。

不怕啦！小心点就是！又不会弄坏的。见识一下也好嘛！反正已经送到面前来，不亲眼看看岂不是白费一场？

说的也是。我毫无热情地附和说。

妻子拉起了衫袖，双手扳开箱子的上盖，说：

喂，你来拿吧。

我？不用啦，你来吧。

你是爸爸耶，你来接生吧！

胡说什么呢？

我觉得还是不必别扭，便把右手伸进箱子里，但又觉得单手好像不太稳妥，便又改为双手。妻子突然又叫住了我，说：

不要整团的拿出来，先拆开包装纸吧！

有什么分别呢？

我话虽这样说，手却依妻子的意思，慢慢揭开粉红色的包装纸。

你好像妇科医师在接生呢！妻子笑说。

不知怎的，我给她的话吓了一下，手也微微颤了起来。我故作风趣地说：

这颜色，真有点血淋淋的感觉啊！

Oh my God！你看！Baby 露出头来了！

幸好没开错方向，脚先出来就不好了。

它在笑呢！

出世不是应该哭的吗？

没那么快，出来之后才哭的。

那也不至于笑着出来吧！

是男的还是女的？看样子看不出来。

应该是……男孩。

噢，失望吗？你一直想要个女儿。

哪有。

快点拿出来吧。

是不是应该先托着头？

你不记得了吗？又不是第一次当爸爸！

完全出来了。那皮肤的感觉，真的一样呢！

是吗？让我来抱抱。

你小心点啊！别太粗鲁！

只是个玩偶吧！用不着那么紧张。

弄坏了不好退货。

老实说，真有点不敢弄伤它。太逼真了！

这个，会发出笑声的吗？

捏捏看……看来不会的。

嗯，发声有点可怕。安静点比较好。

但它有心跳的呢！

是吗？不用启动的吗？一拿出来就有？

……可能是，本来就有了。

哎呀，真是卜卜跳的啊！

你看它像谁？

像谁？

像你和我吗？

不会吧。

有拿照片度身订造的。

说真的，确实有点像阿果 BB 的时候。

哈哈！是果果二号！

不啦，是贝贝重生。

是重生贝贝，Reborn Baby。

喂，你抱得太马虎啦！怎可以这样？让我来！

给你！

你觉得，叫什么名字好呢？

还改名？不是打算退货吗？

退货也有限期嘛……可以再考虑一下。

好啊，你考虑吧。反正我没所谓的，又不用我去养。你有兴趣的话，你来照顾它。

妻子说罢，拿起搁在椅子上的公事包，走向书房。我让重生贝贝躺在我的左臂弯，右手拿起桌上的婴儿服，扬了扬，思量着怎样帮它穿上。

3

对于"收养"重生贝贝，我最初还是有点疑虑的。那么逼真的婴儿玩偶，别说不可能当垃圾丢弃，就算是搁在一旁不理，心里也会隐隐然的不舒服，觉得好像疏忽照顾或者虐待儿童似的。说到退货，就更加是于心不忍，情况就如把孩子亲手送进孤儿院一样。

第一个晚上，我首先要决定如何安置重生贝贝。把它放回纸箱里是完全不用考虑的了。但是，把它单独留在客厅沙发或者书房桌子上，也觉得有点不妥当。比较接近人情的，是让它待在我们的睡房里，但妻子坚决拒绝跟它躺在同一张床上。我也觉得让初生婴儿跟大人睡在一起并不合适。常常因此酿成幼儿窒息的意外，我对这类新闻是格外留意的。结果我从饭厅搬进去一张有靠背的椅子，在上面铺上折叠起来的毛毯，再把重生贝贝安放在上面。

重生贝贝睡得很安静，不像真婴儿般半夜会哭闹，要换尿片和喂夜奶。当我半夜醒来，我下意识在黑暗中伸出手去，确认那小东西没有掉到地上。冷不防触到那柔软的小身体内搏动的心跳，教我当场打了个寒战。

头几天我谨慎地跟重生贝贝保持距离。虽然不想对婴儿玩偶显得太无恻隐之心，但也觉得不应该做出过火的反应。只是教它日间坐在椅子上，晚上则让它躺下来，如此这般的合符人性的举动。那些附带的婴儿用品，放着不用有点浪费，便帮它穿上纸尿片和婴儿服，戴上婴儿手脚套，塞上婴儿奶嘴。

不过，在隔壁的书房写作时，总是有点心绪不宁。隔不久便借故跑到睡房去，漫不经意地望那婴儿玩偶一眼。有时忍不住去给它扶正一下坐姿，有时调整奶嘴，有时还摸摸它的头顶，对它那天使般的容貌赞叹几句。

有一天突然察觉到，重生贝贝身上的尿片已经穿了好几天，是时候给它更换一下。把它放在床上换尿片的时候，又想到试试给它洗个澡也不错。实情是那几天我不断上网看有关 Reborn Babies 的影片，那些洗澡片段的逼真度真是令人目瞪口呆。但是洗澡也不是随便拿个盆子便洗的。因为家里没有合适的小型澡盆，于是便跑到外面的婴儿用品店去买。看见盆子以外，还有很多可爱的小东西，好像印着卡通人物的奶瓶，趣致的家居和外出衣服，可爱的小帽子、小毛巾、口水肩和各种各样的小玩意。看着看着，便忍不住各种也买了一些。

这样有趣的事情，我决定等妻子下班回来一起玩。妻子见我买回来一堆婴儿用品，哭笑不得。当我提出想给重生贝贝洗澡，她还骂我神经病。但是，到我在浴室弄好了热水，把重生贝贝抱进去，她又忍不住探头进来，好像很好奇的样子。

我小心翼翼地给重生贝贝脱了衣服和尿片，单手托着它的身子，慢慢放进暖水里，另一只手挤了点婴儿沐浴乳，轻轻地给它涂在身上。重生贝贝肌肤的质感柔滑而富弹性，跟真婴儿竟然没有两样。我顿觉全身悚然，也不知是由于感动还是恐怖。在水波的荡漾中，它的肢体好像活的一样在微微摆动。它的脸容仿佛有神情变化似的，露出了舒服而欢快的样子。给它洗头的时候，我还要很小心不要溅到它的眼睛。

原本冷眼旁观的妻子，此时也禁不住越凑越近，嚷着也要试试，伸手把水中的婴儿抢了过去，把我挤到一旁。她由开始时的戏耍的态度，慢慢地变得认真起来，并且谈起了十几年前给初生的儿子果洗澡时的种种。那样子你一言我一语，浴室内洋溢着水蒸气和温馨的感觉。这时候果在外面经过，望了望围在洗手台前面的父母，和他们正在做的荒唐事，便捺不住说了句：你们癫够未？

果似乎对重生贝贝抱持敌意，纵使它只是一个玩偶。他一向不喜欢公仔，无论是人形的还是动物形的。小时候曾经拥有过的唯一玩偶，是一只 Miffy 兔子。不知为何，他把它叫作"爹地兔"。那是我在日本的夹玩具机以一千日元夹回来的。果老早便没有玩"爹地兔"了，对我的狐狸和刺猬也毫无爱惜之心。对于我们无故弄回来一个婴儿玩偶，还搞三搞四地照顾它，他认为十分无聊。不过，有时他又会说：幸好它不是真的，要不就麻烦了。记得从前问过他想不想要个弟弟或妹妹，他坚决地表示反对。大概是不想有另一个孩子抢夺父母的注意，也对如何当哥哥感到无所适从吧。就算是对重生贝贝，他也完全不感兴趣，甚至是有点害怕，几乎从来没有碰过它。我却没有理会果的反应，继续沉醉于养育假婴儿的游戏。

自从做了帮重生贝贝洗澡的这个动作，便打破了心理关口，之后怎么离奇的行为也没有障碍了。我正式进入育婴者的角色，感觉既像旧事重温，但又充满新鲜感。我会定时给重生贝贝喂奶和换尿片，每天更换衣服和每晚洗澡。后来甚至买回来一个藤制的婴儿篮，作为重生贝贝的睡床。那个篮子跟以前果用过的有点相似，勾起了许多回忆。玩具也买了好几件，都是些色彩缤纷，会发出清脆声音的东西。跟网上所见的 Reborn Babies 玩家相比，我已经算是十分节制的了。那些狂迷在家里设置了独立的婴儿房，内里婴儿物品不止一应俱全，而且都是精美无比的高级品，简直是公主王子级的待遇。有人还一下子养了好几个，个个都有自己的性格和喜好，绝对不是说笑的。

妻子并没有那样持久的热情，只是间中玩票一下，大部分时间也是袖手旁观。我有玩狐狸和刺猬的先例，她也不觉得我有什么问题。玩公仔一般来说以女性居多，妻子却没有这方面的喜好和经验。这绝不妨碍她成为一个好母亲。只是说，她的母性是具有相当实际的倾向，不是那种把子女当作玩偶去宠爱的类型。

　　我越看重生贝贝的样子，便越觉得它跟我和妻子相似，也因此跟果相似。但是，又不完全是果小时候的模样。正确地说，它完全符合当果的弟弟的要求。有一个年纪相隔十五年的弟弟，本来也是一件颇令人头痛的事情。兄弟间因为年龄的差距而没法一起玩耍，哥哥甚至要负起照顾弟弟的责任，这肯定不是果乐见的情况。对我这个父亲来说，不只家中多了一个弟弟这件事，连带果成为哥哥这件事，也是需要调整和适应的。而作为两子之父，将来也难免会把他们互相比较吧。我一直在思考着如何应对这些崭新的挑战。

　　当然，也不是没有停下来省思的时候。首先，养育一个假婴儿，其实是没有多大意义的。我不像某些人士一样，因为生不到孩子或者失去孩子而寻找替代品；我平常又不是个特别喜欢孩子的人，亲戚朋友的婴孩我也不特别积极去逗玩；对于养育孩子虽然有美好的回忆，但个中的苦况也依然历历在目，实际上是万分不愿意从头再来的。再者，这样假装照料一个玩偶婴儿，总会有感到厌倦的一天吧。到时才来搁置或抛弃它，岂不是更加冷酷无情？玩偶无罪，人何以堪？于是，到了大约第三四个星期，我便开始认真地思考着终止这个游戏。

　　某天，经历了整个星期的严寒，天气回暖，阳光和煦地普照着，令人顿觉生机勃勃。躺在床上午睡的重生贝贝，脸上也浮现出温暖而活泼的笑意。我突然想到，不如带它到外面散散步吧。带重生贝贝外出的想法已经浮现过很多次，但一直没有适当的时机或借口。此刻想法却如樱桃成熟般，非得立即摘取不可。

　　我立即给重生贝贝换了外出的衣服，再在外面包上厚厚的毛毯。虽说天气好转，但毕竟是冬天，万一冷坏了就不好。因为没有买婴儿车或者婴儿背带，唯有用双手抱在怀里。出了家门，在等电梯的时候，心里还有点忐忑不安，顾虑着人家对自己抱着玩偶婴儿出外的看法。电梯门一打开，走出来的是住在隔壁的一对退休夫妇。他们对我和婴儿投以惊奇而善意的目光。其中的那位太太说：

　　哎呀！生得很像你们两夫妻呀！

　　我不懂回话，只能微笑以对。对方又乐滋滋地说：

　　多大了？不到一个月吧？

　　哦，差不多四星期了。

　　头发很多呢！是个男孩吧？

　　我点了点头，她又问：

　　叫什么名字？

　　我一怔，本来想说"重生贝贝"，但是，却直觉地改了口，说：

　　叫花。

　　噢，是花吗？

　　哥哥叫果，弟弟便叫花吧。

　　太太笑了起来，掩着嘴巴，说：

　　呵呵呵！花和果，两兄弟，很好听啊！

　　然后，轮到那位先生拍了拍我的肩，说：

　　辛苦你了！勇敢的男人！换了是我就不行了！虽然我们也只得一个女儿。

　　不知怎的，他们的说话令我感到莫名的鼓舞。我进了电梯，心情已经不那么紧张了。我以熟练的手法抱着婴儿，跟大厦管理员打了招呼。婴儿滚着它的那双圆圆的大眼，好像对世界的一切充满好奇。带着它到公园走了一圈，沿路也碰到别人羡慕的目光，好像都在说：你看！多么漂亮可爱的孩儿啊！重生贝贝，不，花令我感到骄傲。

　　回家的时候，刚巧在楼下碰到放学回来的儿子。他见我抱着假婴儿四处招摇，立即皱起了眉头，好像不想跟我走在一起似的。我和果进了电梯，他才说：

　　爹地，你搞边科¹？

　　没什么，带你弟弟出去玩。

　　我弟弟？

　　对啊！以后叫弟弟作花吧。

　　儿子翻了白眼。我把花轻轻托起，面向着果，说：

　　叫哥哥啦！果哥哥！

　　果往后缩了一下，就像平常遇到小狗一样。

　　唔使惊²！我是你的花弟弟啊！

1　干什么。粤语。
2　不用害怕。粤语。

4

　　既然把花当作真儿子看待，跟他聊天自是理所当然。想起果婴儿的时候，我每天抱着他到公园散步，也不理他听不懂，一边走一边跟他讲东讲西。当时是说些什么的呢？已经记不起来了。大概是看见什么东西便向他解释一番吧。例如天和地是怎么出现，为什么会出太阳和下雨，天气为什么有冷暖的变化，植物有些什么品种，和动物有什么分别，动物又怎么演化成人，人为什么有男有女有老有少，什么是生，什么是死……诸如此类的一个父亲认为是人生大道理的东西。那简直就是一部自然简史了。

　　可是，当我带着花，尝试从头向他讲解这些事情，心里总感到有点别扭。不是因为花并非真婴儿，而是因为，这说出来有点奇怪，心里好像感觉到，花其实已经懂得一切。望着他天真但充满睿智的眼神，我有预感这个孩子将来会有不凡的成就。

　　一旦决定了把花当作真正的儿子养育，心情便变得安稳，不再像当初那么七上八下。所谓的照顾可真是非常简易，吃喝拉睡不是问题就不用说，就连一般家长担心的健康问题，我也不必理会。我开始明白人们收养 Reborn Babies 的心情。这个特殊的体验，就像提取出养育婴儿最美好的部分，而排除了最麻烦和令人忧心的部分。就这方面来说，Reborn Babies 比真正的婴儿优胜。

　　如果有人认为花只是个死物，我是绝对不认同的。随着跟他相处的日子越久，我便越感到他不只是一个玩偶，甚至不只是一个活物，而是一个具有精神层面的存在。为免令人误会当中包含灵异成分，我不会随便用上"灵魂"这个词。更恰当的说法是，由于想象力的激发，花在虚拟的游戏世界里获得了生命力。这样的生命力，随着我不断地跟他说话，而变得越来越丰富和活泼。他除了拥有非常逼真的身体，也渐渐因为成为语言的对象，而被一股灵气所包围。这股灵气令他的物质身体慢慢地活化，超越了模拟而达到了真实的程度。

　　我开始发现花的个性。他是个求知欲非常强烈的孩子。我跟他谈什么话题，他也非常专注地聆听，绝不会因为其他事情而分心，还不时以好奇的神情促使我继续说下去。反而是我担心他对知识的渴求，超过了他小小的脑袋所能承受，而提醒自己适可而止。这时候，花虽然没有明确地表示不满，但眼神中的失望之情还是难以掩饰。

　　我认为小孩子需要多一点无聊戏耍的时光。我没时间一天到晚跟他嬉玩，他哥哥也绝对不愿意担任陪伴者的角色。于是从英国带回来的狐狸和刺猬便大派用场。当我要专心工作的时候，便让狐狸和刺猬陪花在我的床上玩耍。狐狸的体型比婴儿稍小，因为驯养已久，性格温良。刺猬有名无实，身上的只是软毛，当然也不会伤及孩子。有时候，花和两只小动物一起在床上打滚；有时候，却又乖乖地依偎在一起，状甚亲密。看见这个样子，我便感到安心。

有一天，我走进睡房的时候，竟然发现他们在看书。只见一本大书摊开在床上，狐狸和花低着头，凑在一起专心地读着。一脸无知的刺猬则呆在一旁。我上前探头一看，发现原来是 Maurice Sendak 的 *Outside Over There*，中文译作《在那遥远的地方》。那是果小时候我和他一起看过的绘本。故事很简单，讲女主角爱达的爸爸因事出门远行，一群小妖精偷偷用冰婴儿换走了爱达的小妹妹。爱达发现之后，穿上妈妈的黄色雨衣，身体浮上半空，仰脸朝天地飞去小妖精的国度。小妖精变成了很多个婴儿来混淆爱达，她于是拿出号角吹奏，令假婴儿不停地跳舞。最后妖精们全部累倒，爱达找回自己的妹妹。回到家里，妈妈拿着爸爸寄回来的信，说他还要一阵子才能回家，嘱咐勇敢的爱达照顾妈妈和妹妹。

肯定是狐狸把绘本从书架上抽出来的。他们在看的，是爱达在许多一模一样的婴儿中寻找妹妹的那一页。我把两只小鬼移开，拿起书本，说：是狐狸你做的好事吧！见他们不答话，我又说：怎么啦？很想看书吗？好吧！我给你们读吧。于是我便坐在床头，搂着花和狐狸，从头开始把绘本读了一遍。读完之后，看花的样子好像意犹未尽，便又从书架上抽出另一本绘本，Helen Ward 和 Wayne Anderson 的 *The Tin Forest*，一页一页地读了起来。那是个关于一个老人如何利用金属废料创造出一个假森林，然后孕育出真动物和真植物的故事。

从此以后，我便常常给花读书。先是读儿童书，好像认字书、童话和绘本，但很快花便觉得不够，想看深一点的东西。于是便陪他看科学知识百科全书、动植物图鉴、唐诗宋词、世界经典名著等等。总之随手从书架上抽出什么给他，他便兴致勃勃地读下去，好像完全没有难度似的。比较长篇的书，我没法由头到尾朗读出来，便任由他自己钻研。走开一段时间回去，看见他还是那样一本正经地看着，一点也没有疲倦和偷懒。花的智能的进展，实在令人吃惊。

对于家里出了一个神童（应该说是神婴），妻子只是觉得有趣，并没有加入施教的行列。我认为她的态度似乎过于保守，并未察觉花作为我们的儿子的巨大潜力。果对弟弟的行为则感到不以为然。当然，小小的花并不知道什么叫作锋芒太露。在学习这方面，花小小年纪便显露出过人的兴趣和天赋，跟他哥哥形成强烈的对比，难怪哥哥会觉得不是味儿。作为父亲，我既不想埋没花的才华，阻碍他的发展，但又不想他过早变得头脑发达，做出跟年龄不相称的事情。毕竟他只是一个婴儿。想到这里我便不禁陷入两难。

另一天，我在整个下午埋头写作之后，回到睡房，打算小休一会。看见花挨着竖起的枕头坐着，面前又搁着一本打开的书。

我把书拿起来，发现竟然是笛卡儿的《谈谈方法》。我把狐狸叫过来，问是不是它做的好事。只有狐狸才会自己爬到书架上拿书。狐狸却只是一脸无辜的，摆着毛茸茸的尾巴。我拿着书，翻了翻，叹了口气。这时候，花突然开口说：

爸爸，可以把书还给我吗？我还未看完啊！

我把手里的书晃了晃，说：

觉得怎样？好看吗？

好啊！

怎么好？好在哪里？

"我思，故我在"，这一点很有意思。

怎么有意思？

你还不懂吗？我思，故我在。

你说你自己？

当然。

所以呢？

我在想，我既然存在，我应该怎样去认识这个世界？我应该怎样令自己的存在有意义？

花的语气完全不像一个婴儿。我继续跟他像大人般对话：

你觉得现在很无意义吗？

老实说，有点无聊。

那么，要做什么才不无聊呢？

爸爸，我想长大。

什么？

我想长大。我不想永远是个婴儿。

长大有什么好？做婴儿又有什么不好？

做婴儿很舒服，但做什么都要靠别人，这个不好。

你想靠自己？

我想做个独立的人。

你觉得我这个照顾者做得不够好吗？

不是，你做得很好，但是做得太好了。

你不想我来给你安排一切？

我想得到自由。

长大并不等于自由。

但不长大，便肯定没有自由。

长大不是你想象中那么简单的，需要承受相当的风险。

没有风险的人生，没有意思。

但我会担心你啊！

当爸爸不是没有代价的。

我当然知道。

是你选择这样做的，不是我。不过，我不会怪责你。

你应该知道，你想长大的话，不必得到我的同意。我没有权
阻止你这样做。

我知道。只是情感上觉得应该问你一声，让你有个心理准备。

谢谢通知！我会尽量配合的了。

爸爸，如果我长大了，我就不能像之前那样陪你了。

没关系，有狐狸陪我。你尽管去做你自己想做的事。

那么，就这样决定了。

嗯，就这样！不过，来，让我再抱你一下，以你还是婴儿的模样！

我把花抱起来，搂在怀里，轻抚着他的脑袋。我想起十几年前的果。一个小小的婴儿，我的儿子，什么也不懂得的，一个至亲爱的、脆弱的生命。

然后，我双手捧着他小小的身躯，把他举在空中，跟他对视。有那么的一刻，我望进他的双眼，他也望进我的双眼，而我突然感到了陌生，和轻微的恐惧。我觉察到，我并不知道他在想什么，也不知道他怎样看我。儿子，变成了彻底的他者。

瞬间的惶惑令我差点松开了手。幸好，我没有。

5

父亲大人膝下：

　　敬禀者，由于父亲的大方允许，我终于得以成长，尝到作为一个大人的滋味。当然，我的坚持对你来说也是无可抵挡的。因为我生自你的脑袋，而你的脑袋虽然颇为精密，但当中并不是所有东西都是在你的控制之内的。这一点相信你会完全同意。所以，在半违反半遵从你的意愿底下，我不只出生了，也成长了。而一旦我出生了，而且成长了，你也一定会尽量做出配合的。这个就是身为父亲的你的责任了。

　　当然，你答允让我成长，也不是没有条件的。你的条件看来其实很简单，要求并不过分，甚至对我有利无害，那就是——成为一个爱读书、爱文学的人。一个父亲对儿子有这样的要求，绝对不能说是过分，但却似乎是有点不合时宜。不过，怎样说也是一个正面的、有意义的条件，所以我也就无条件地接受了，成为了一个爱读书、爱文学的人。

可是，只是开出这么的一个条件，想来又好像太少了。设若我成为了一个"爱读书""爱文学"的人，但我也同时作奸犯科，为害人间，那怎么办？不要以为"爱读书""爱文学"就一定会成为好人，不会变成坏人。历史上有许多"爱读书也爱文学"的坏人，要举例未免令人纳闷。这样一来又会扯上，如果读书和文学不能令人变好，也不能令世界变好，那读书和文学又有什么存在价值？这是个大话题。虽然不是我不懂谈——事实上父亲你也慷慨地赋予了我至少与你同等的智力和学识——但现在来谈这个似乎有点太杀风景了，所以还是暂时按下不表吧。

那么，"一个爱读书、爱文学的人"还可以包含什么意思？我动脑筋想了想，那不就是指父亲你自己吗？这在修辞学上叫作借代（synecdoche），即以"爱读书也爱文学"这个局部特质来代表某个人的整体。所以，我说父亲的条件是要我"成为一个像父亲（也即是你）一样的人"，应该不会是过分解读吧。弄清楚这一点，对我的成长来说是至关重要的。因为虽然我拥有足以和父亲你匹敌的智力和学识，但我怎么说也缺乏真正的人生经验。所以究竟成长是什么一回事，我并不能凭空靠智力和学识去弄懂的。这样的话我其实跟其他幼儿一样，还是必须摸着石头过河，一步一步地体会成长中的种种未知和变数。

搞清楚了这最重要的一点，我就可以开始成长了吗？但是，我怎么知道父亲你是个怎么样的人，以让我照着去"成为"呢？

该不会单单因为我是你的儿子，便会由于遗传和耳濡目染，自然而然地"成为像父亲一样的人"吧。这一点不用看别人，只要看看哥哥的例子便知道。（对了，我要记住，我有一个叫作果的哥哥，而我是爸爸的次子花。）儿子不了解或不愿意了解父亲（或反之），似乎是人类社会的普遍规律，而且越是近代便越是如此。听说这东西叫作"代沟"，新近流行的说法叫作"世代撕裂"。我既然要像别人一样成长，自然也不能避免受这条规律所约束。我是否能克服它则是另一回事了。所以我虽然生自你的脑袋，但我也不能像住在里面的蛔虫一样熟悉它内部的状况。（不好意思，蛔虫是寄生在肠子里的。这里错用了某文学名家的金句。）就算是爸爸你自己，也不可能完全做到自我了解，更莫说是从你分裂出来的我了。（事实上，自我蒙蔽和误解的情况也多不胜数，甚至属于常态。）

　　好了，对于我应该怎么走我的成长之路，思考了这么久似乎还没有明确的答案。于是我便想到，在所谓"爱读书"和"爱文学"当中，既然爸爸是个作家，那我应该往你的小说里，寻找一些成长的原型，以构造我和你之间的基因遗传。至于妈妈在此中的角色，我就无可奈何地把它略去了。虽然说妈妈也并非没有生出次子的想法，而关于 Reborn Babies 的事情也是她首先提出的，往后也曾半心半意地玩着这个游戏；但是，去到我决定成长这一步，完全是有赖于爸爸个人的首肯，并没有得到妈妈的同意和参与。所以，为免事情变得过于复杂，我就暂且把妈妈搁在一旁，或者当成是不必细问因由的角色了吧。

　　爸爸的作品中，很少出现幼儿的角色，除了在那部带有家族史和自我成长色彩的长篇小说里。要我像那个年幼的你那样再成长一次，再细说一次小时候的种种印象和创伤，似乎有点费时失事，我就索性跳过好了。至于那本关于一个叫作"小冬"的初中生的故事，我倒觉得值得参考。那么，我就不妨成为那样的一个性格孤僻、沉默寡言，但是心灵敏感、爱好幻想的少年吧。这个设定不错，既满足父亲你的投射，也很合我的口味。至于另一本关于那个叫作"贝贝"的女孩的故事，如果爸爸希望也在想象中生个女儿的话，就留给我的未来妹妹吧！不过我不肯定能否跟她相处得来。（她看来是个爱撒娇的麻烦家伙！）

　　不过，谈起相处，我还在考虑我和哥哥的关系。哥哥的性格，在很多方面也跟我相反。他曾经多次表示不希望有弟妹，平时对比他年幼的孩童也没有好感。所以对于兄弟情谊这种东西，我打从一开始就没有期待，只希望我的存在不要对他造成打扰就万幸了。因为他始终是我哥哥，所以我当然是尊重他的，也会避免跟他做出任何比较，或向他提出任何意见。比如说"爱读书"和"爱文学"这些要求，就完全不适用于他身上，而我也不会觉得有什么问题。至于哥哥"爱巴士"的嗜好，当然也跟我无关，我既不必去模仿，也不会去评价。大家就各爱其所爱吧。在这样的前提下，我可以预见，我们两兄弟最多是做到相敬如宾，应该是不会太谈得来的了。那也是没办法的事情。这方面希望爸爸你见谅。

　　回到我的成长设定，中学阶段也就同样匆匆略过好了。虽然好些人把青春期看得很重要，对那些身心上的急剧变化感到既刺激又怀念，但我觉得成长期当中做的还是蠢事居多，并没有很值得珍惜的地方。知识方面半懂不懂，人际方面乱撞乱碰，情感方面患得患失。我既然已经拥有对等于父亲的智力和知识，就觉得要和同样懵懂的人一起度过这样懵懂的一段日子，实在是难以忍受的事情。因此这一段最好还是跳过去了。我并不是说我是个神童，所以不屑于跟其他孩童相处，我只是有点心急，想去面对成为真正的大人更重要的事情。但是，什么才是更重要的事情呢？缺乏人生经验的我还是说不出来。那就走着看吧！

　　因此，最理想的设定就是，我已经成为了一个大学生，跟爸爸一样主修比较文学，在大学这个思想还相对地自由的地方，面对学术、社交、感情和社会的各种冲击。至于我抢在哥哥之前进入大学，在时间上的不合情理，就不必去计较了。反正我跟哥哥活在两个互不接壤的世界。如果倒过来说，我是比他早出生的一位，而他则是我的弟弟，我觉得也没有分别。对于兄弟名分这回事，我觉得无所谓，相信他也不会太介意，只要我不以哥哥的身份来干涉他的生活的话。

　　不过我还有一个考虑。爸爸的所谓"爱文学"，除了是喜欢读文学书，以至于研究文学，似乎也包含创作文学这个部分。这对父亲来说肯定是个核心部分，要不父亲就不是现在的父亲了。我可以预见，或者我其实在略而不谈的一段日子里已经深深体会到，父亲是一个作家这个事实，对儿子（也许亦包括哥哥吧？）来说不可能没有影响。哥哥（还是弟弟？）怎样想我不知道，我自己在小学到中学的阶段（虽然没说，但却假设是存在的），对身为

一个作家的儿子，不能不说没有半点虚荣心。当然这也对我造成
了一定的压力，因为老师们对我的期望（特别是中文科）便更高
了。幸好由于我继承了父亲的智力和知识，所以应付中学的学业
实在是绰绰有余，有时甚至要故意保留实力，以免显得跟自己的
年龄不相称，引来别人怪异的目光，或者在同学间受到排挤。在
我有意识的调整下，我以优异但并未至于拿到状元这种吸引目光
的成绩，考进了大学比较文学系。我认为那种刹那的光辉没有多
大意义。

　　事情好像比想象中顺利，唯独是刚才提到的那件，令我至今
仍然感到困扰：究竟"爱文学"这个条件，当中是否包含"爱写
作"？而就算我也"爱写作"，这是否表示我有这方面的能力，达
到至少是父亲的水准？我也开始思考，"成为像父亲一样的人"那
样的追求，是否应该包含"成为比父亲更优秀的人"的目标？那
"一样"指的究竟是实际的成果，还是指那追求的行为？如果是后
者，那就应该包括超越父亲的野心了。在别的方面，我还算有这
个自信，但谈到写作或者创造力，我却感到莫以名状的空乏。我
不是指我会不会成为作家，或者写出什么作品，来跟你做出比拼。
我是指，在我的条件设定当中，是否包含创造力这个成分？还
是，我始终也是父亲的创造物，受困于父亲的创造界限中，没法
真正的独当一面？挖掘到最根底处，问题就是：我有没有真正的
自由？

　　也许你会觉得，这些发问还是言之尚早。那么，我就在我的
成长后期中，一一地面对和尝试回答吧。我将继续以书信的方式，

把我心灵经历的轨迹，以及种种悲喜交集的经历，记录下来，向你诉说，跟你分享、讨论，甚至是争辩。相信父亲不会对此表示反对吧！肃此敬请

　　金安。

男花叩禀　某月某日

6

父亲大人膝下：

　　敬禀者，可能父亲会比我记得更清楚，我如何在幼儿期已经是一个读书狂。我当时年纪太小，已经不太记得细节。听你说我三岁的时候已经书不离手，连吃饭也要把书放在旁边，一边读一边进食。如果把书本拿开，我便会立即大吵大闹。带我出外，或去什么亲戚朋友的聚会，我也只是一味低头看自己的书，不跟别的小朋友玩。唯独是大人的谈话，有时会吸引到我，我便暂时放下书本，以幼稚的口吻加入讨论。

　　这个随时随地也读书的习惯，一直没有改变，直到今天也如是。在学校里，这向来也是我被同学（甚至老师）当成怪人，对我敬而远之，或者直接加以排斥的原因。小学三年级的时候，便经常发生书本被同学偷走或抢走，在争夺之中被撕破的事件。好像也因为这些过激行为而累爸爸被老师召见。不过，日久下来，同学对我这个怪癖都习以为常，便很少再为此发生冲突。我还因此交上了一两个同样喜欢看书的朋友。在五年级的班际阅读常识大赛中，我们以绝对的优势夺得了冠军。

另一件记忆很深的事情，是中文课上教写书信，就是那些在生活中完全不会用到的东西，例如："亲爱的表妹：很久没见，近来好吗？我下星期生日了，将会在家举行生日会，想邀请你出席……"之类的。我觉得很无聊，很不想做这份家课。那时候爸爸拿出一本叫作《尺牍》的东西，说是以前的人写信的格式范例。上款和落款有什么规则，起语和结尾语的习惯用法，祝安语的诸多形式，全都要按写信人和收信人的身份和关系，以及写信的相关处境来决定。我拿到此书，如获至宝，立即记下了许多诸如"尊前""赐鉴""如晤""阅悉""雅览""钧安""时祺""福绥""顿首""拜启""谨禀"等等的用语，并且用在我的书信家课上。这封信连老师也看得不太懂，还把结尾语"余不一一"四个字圈了起来，打了个问号呢！不过，我想说的是，后来我便开玩笑地，把"父亲大人膝下"当作口头禅，每次和你说话之前，都用上了这句作开头。这应该是我们父子之间的一段有趣回忆吧。有一次，你又啰唆什么下雨记得要带伞之类的话，我有点生气，便回话说："父亲大人膝下，你别当我是白痴好吗？"

基于不想我重复你相同的成长道路，父亲没有借着旧生之便把我送进你的母校；你反而挑选了自己母校的死对头，一间同样拥有过百年历史的男校。其实两间学校的相同点还是比相异点多。

我对这些名校之间的竞争一点兴趣也没有。每年校际运动会，这两间男校在田径场上斗得你死我活，观众席上的学生都叫喊得力竭声嘶，我却只是坐在一旁低头看书。我实在没法做这种歇斯底里地高叫口号的行为。有一次却累我被学生领袖拉在一旁训斥，说我完全没有"×××spirit"，还威胁要没收我的书。我心里不服，但觉得反驳也是多余的，便任他骂个够。幸好他消了气便把书还给我，匆匆又回到前面指挥同学打气，为我校运动员加油。我还记得，那本书是圣奥古斯汀的《忏悔录》。

不过，我也不是对学校没有贡献的。我校管弦乐团的水准全港数一数二，每年校际音乐节的各种奖项也是我们的囊中之物。我至少在玩乐器这一点上是超越父亲的。我从小就学小提琴，据说这是我自己的选择。我喜欢它的轻巧，是一种可以随身的乐器，音色也是很内省的，而不是外扬的。我当然也无法不参加管弦乐团，但我讨厌比赛，所以我从不参加独奏项目。我情愿躲在家里拉自己喜欢的乐曲。后来我和三位同学组了个弦乐四重奏乐团，玩我们喜欢的音乐。因为我们玩得很起劲，结果还是不免被老师拉去参加比赛。我们选了偏锋的萧斯塔科维奇弦乐四重奏第八号。由于眼高手低的关系，这部杰作给我们弄得一团糟，结果败了给一间女校所选的已经变得庸俗无比的帕海贝尔的《卡农》。（这首巴洛克曲子原本不是真正的弦乐四重奏呢！）

在童年时期，我的音乐品味被认为相当异常。我一开始最喜欢的是巴哈。他的无伴奏小提琴奏鸣曲和组曲，是我百听不厌的音乐。我也爱听巴哈的键盘作品，特别钟情于被视为标奇立异的顾尔德的演绎。连我的音乐老师也觉得奇怪，为何一个少年会沉醉于这么抽象的曲子，而不是旋律优美的作品。我当时也没有自觉为何会有这样的倾向。后来回想，我应该是喜爱当中那种极为纯粹的，没有任何情感指向的结构美感吧。可是，到了高中时期，我的品味出现了奇怪的转变。我竟然爱上了音乐风格完全不同的柴可夫斯基。是美妙旋律的天才创造者柴可夫斯基！这是我无法解释的事情。当然，我并没有离弃巴哈，而是自此便在两位音乐家所代表的两个极端之间来回摆荡，有时为此而昂扬，有时为此而痛苦。

　　父亲你应该记得，我曾经的梦想是参加巴伦波因和萨伊德创办的 West-Eastern Divan 乐团。当年父亲和我一起看他们创团时期的 DVD，通过两位伟大人物的对谈，了解以音乐打破种族和信仰隔阂的理念。看到这些来自对立的国家和不同的文化背景的年轻男女，放下身份和成见，纯粹以一个人、一个音乐爱好者的心，在台上合奏出柴可夫斯基的第五交响曲"命运"，真是令人感动莫名。特别是幽远悠扬但又挂肚牵肠的第二乐章 Andante Cantabile，以及慷慨激昂但又庄严沉稳的第四乐章 Andante Maestoso。很可惜，West-Eastern Divan 主要招收以色列犹太裔和中东回教国家的成员，不会向与创团宗旨无关的人士开放。况且，我的性格其实也不适合大型乐团。更重要的是，按照原初的设定，我的人生是要环绕着"爱读书"和"爱文学"发展下去的。"爱音乐"可以是一个延伸，但不可以喧宾夺主。

　　为此，我升高中的时候全部选读了文科。虽然"爱读书"亦包含理科书籍，而我亦一直保持阅读多方面题材的习惯，但是文学和文科依然是心中的首选。这在一所传统精英男校必然会遇到障碍，因为成绩好的同学全部都会选修理科，而只有最差的学生才会像垃圾一样被扫进文科班。在老师们多番劝阻无效之下，我还是主动报读了文科班，在选修了历史、地理之余，还自修了英国文学。

其实文科班生活也不是很难度过。除了课堂秩序较差，学习气氛全无之外，同学对我不坏，顶多是把我当作稀有动物看待，并没有发生欺凌或排斥的事情。在这个班里的学生，被留在校内的主要理由，是替学校在各种校际运动比赛拿奖牌。由于严格的操练，他们除了读书时间很少，休息亦严重不足，难免经常利用课堂时间补充睡眠。所以有时上课也蛮清静的（偶有鼾声为伴），老师也懒得干涉。况且，到了这样的程度，我认为念书根本就不必靠上课，也更加不必参加什么天王补习班，全凭自修便可以。学校的校风也相当自由，时间运用全由学生自主，只要考试交出成绩就可以。

上面说的这些，爸爸大概都已知道，那就不赘了。唯有一件事，我从来没跟爸爸提过的，也不愿再向自己提起的，倒想在这里说说。我在这个全无归属感的班里度过的三年高中生活，曾经交过一个朋友。他是专门练长跑的，在学界长跑成绩排头五位。人黑黑瘦瘦的，头发很硬，永远梳不贴服地胡乱翘起。也没有什么特别的原因，上课的时候我们总是自然而然地坐在一起，变成了习惯之后，也觉得没有理由刻意去改变。其实我们并不特别投契，也没有共同兴趣。问他为什么玩长跑，他只是耸耸肩，说：没什么，长跑不用跟别人合作，又不用对打，没有什么规则，也无须什么用具，只要有一双腿，想跑就跑，不用理会别人，自己一个一直跑下去。大概是，这种感觉很好吧。我当时心里想，好孤独的一种运动啊！不知为什么，就对他有了好感。

有时在放学后碰上，我们会一起走。他住在元朗，比我住得更远，他会和我一起坐东铁，去上水转车回家。（他本来可以选择坐西铁或者长途巴士回家。）在车厢里大家也不是很多话聊。通常只是两个人对站着，他低头用手机打电玩，我低头看书。到站了，大家便抬起头来，挥挥手。对一向独来独往的我和他来说，这大概已经算是"朋友"的表现了。也试过有几次，放假约了出来见面，看场其实没多大兴趣的电影，或者随便吃顿饭。但是，如果聊起来，感觉也蛮亲切的。我喜欢听他谈长跑的事——训练的方法、跑过的路段、不同地方的风景。还有就是，他希望将来可以去世界各地跑马拉松。对于运动零天分的我来说，这真像挑战诺贝尔文学奖那个层次的事情。轮到我说我爱看的书，他虽然没有很大热情，但也尽量表现出忍耐。

后来，到了中五升中六的暑假，他带了他的女朋友出来见我。我早就知道他有女朋友，也表示过艳羡的心情。其实是不是真的羡慕，我也不知道。总之就是觉得拥有女朋友这回事很新鲜，也很好奇吧。他在确定了我们的"朋友"关系之后，便让我看他手机上女友的照片。是个虽然不是很漂亮，但样子甜美可爱的女孩。如我所料，是就读于和我校同一间教会的女校的学生。这两间学校的学生结交为男女朋友，是很普遍的事情。但事实上，这位女生的成绩很好，又是弹钢琴的，是位接受典型淑女教养培育出来的人。我朋友除了身上的校服，没有哪里跟她相衬。这一点，他大概也是知道的。朋友的女友一见到我，便很主动地跟我攀谈；知道我是玩管弦乐团的，很快便热烈地聊起音乐来。我当时也没有在意，滔滔不绝地说了一大堆校际音乐节的事。后来聊到看书，这位选修了英国文学的女生，很自然地跟我有说不尽的话题。我因为自修英国文学，便装作谦虚地向她请教了一些应考此科的秘诀。偶尔往旁边一瞥，看见朋友正在打手机游戏。

想不到，后来便发生了那件事，令我和这位朋友疏远，互相不闻不问。整个中六，我们再也没有上课坐在一起，也没有下课后一起回家。那件事我到现在还不敢面对，不敢直接说出来。在我心里，我一直把它称为"人间失格"事件。我在当中的角色，也许不是有意的。也许我可以辩解说，我对这种事太无知、太迟钝、太没经验，以至于无意间做了伤害别人的事。但是，我始终难辞其咎。

爸爸，我本来很想告诉你，但是说到这里又突然觉得，还是没法把那件事原原本本地坦白，所以便就此打住了。我之前说过，把小学至中学阶段略过不谈，反正许多情况你都已经知道，但结果还是忍不住说了一些。自从进入大学，住进宿舍，回家的机会少了，跟你见面的时间也少了。就算是暑假搬回家暂住，好像也不如从前般，可以开怀和你谈话。当然你依然是同样的人，整天待在房间里阅读和写作，见到我也会嘘寒问暖，但总好像是多了一点客气，而少了一点亲密。也许，变了的是我吧。是我变得越来越难向你说出我的心中所想。也不是我觉得你不会明白，而是我自己不太明白自己想说什么。大学生活所经历的事，反而没有中学时代那么简明直接，清晰可辨，而是好像混作一团的泥泞，越想挣扎便陷得越深，越想抹去便弄得越脏。它就像一团卡在喉咙头的顽痰，吐又吐不出，吞又吞不下，弄得人说不出话来，甚至难以透气。

不过，父亲大人，我还是决定了要把这些事情一一向你细说。通过文字，通过书信的方式，似乎是个可行的办法。我试着逐天逐天地，一点一点地向你吐露吧。就像回到小时候，在我的脾气差不多到了难以忍受的爆发点，爸爸总是坐在我跟前，耐心地、认真地、温和地，听我细说那些堆积在我心中的不快。那些可能是强词夺理，顽固执着所致的不快。那时候你常常说：不要让心中的垃圾堆积，不要带着垃圾生活，要把无用的垃圾抛掉。来！抛出来！爸爸就做你的垃圾桶吧！不好意思了，爸爸。请你有心理准备，我将要抛给你的垃圾可能会又脏又臭。希望你不会见怪！肃此敬请

金安。

男花叩禀　某月某日

7

父亲大人膝下：

　　敬禀者，我终于开始谈到我想谈的大学生活了。在未进入大学之前，我对大学的确是有憧憬的。虽然说大学在今天已经不像过往一样受到尊崇，大学生也不再是天之骄子，但我一直相信，它是一个求学问的地方，一个鼓励自由思想的地方。我期待着在这里可以把知识融会贯通，找到思索多年的问题的答案。

　　可是，在正式开学之前，我便经历了被剥夺自由和尊严的宿舍迎新活动。当中的一些令人恶心的环节我就不想再提了。整个活动的宗旨，与其说是令新人融入社群，培养团体精神，不如说是旧人对新人来个下马威，去尽量打击新人的自尊，令他们感到卑下、无助、脆弱，然后屈服于上级和群众的力量之下，任其摆布、戏弄和侮辱。美其名说这是为了破除新人的自我中心和娇生惯养的习气，学懂放下身段，成为团体中的一分子，实则是在行使精神甚至是肉体上的暴力。这将会是我一生中最恶劣的记忆之一。

唯一值得庆幸的是，原来我的同房K的感受跟我完全一样。他甚至比只懂哑忍的我更进一步，在迎新活动中多次违抗命令，以致遭到重罚，又因为坚拒受罚，而和组长们发生激烈冲突，差点儿便大打出手。后来主办者拿他没法，决定放弃追究，以免事情闹大，破坏活动的进行，也对其他新人产生不良影响。听说他是多年来唯一敢于如此反抗的人。他每次提起这件事，也依然会怒气冲冲，说：他妈的法西斯！这里是大学吗？我们是大学生吗？是一群他妈的胡闹的欺凌者而已！

K在大学是修哲学的，但是他对哲学没有多大兴趣。他是个不读书的人，书架上没几本书，平时也不见他看书，只见他常常紧闭双目躺在床上，但却并没有睡着。问他在做什么，他说他在思考。他似乎认为单靠用脑袋思考，便可以解决很多问题。对于书桌上堆满了书，无时无刻不是一书在手的我，K感到不以为然，认定我是个什么都不懂的书呆子。他有时还苦口婆心地劝我，读太多书会坏脑子，变成了书本的奴隶。他认为与其听从别人所说的，不如自己研究出结果来。至于我喜欢听音乐，他虽然没有共鸣，但觉得无伤大雅。我有时拉一下小提琴，只要不是太刺耳的曲子，他说可以忍受，但最好还是趁他不在的时候才拉。他连流行曲也不听，基本上是个完全没有音乐感的人。

K的外貌极为平凡，令他不凡的，是他的神情。但是要形容他的神情也不容易。他大部分时候一副慵懒的样子，好像对什么都提不起劲，但是偶然被触动的时候，又会露出亢奋的表情，双眼放光，头发直竖。他就好像一辆毫不起眼的破旧车子，挂着随时也要跪下来的样子，突然加油时却可以马力十足，绝尘狂飙。因为家贫和天性粗疏，他的衣着也极其简朴，甚至有点寒酸。他唯一令人不敢轻视的，是那头铁线般又粗又硬的乱发，看上去仿佛一只不宜靠近的箭猪。所以很多人就算看他不起，心里也忌他几分。

　　我和K由纯粹的同房，变成可以称得上是朋友的关系，说起来也有点难以解释。我和他不但没有共通点，很多方面甚至南辕北辙。就说学业成绩，我和他属于优劣的两个极端。据他所说，他小学时期考试一直包尾，到了中学也好不了多少。加上性格直率和倔强，常常得罪同学，也得不到老师的欢心，在学校里甚为孤立。有一次因为出手推撞副校长，甚至差点给赶出校。他家里的条件也很不理想。父亲是建筑工人，在K八岁的时候因工地意外死亡。妈妈是新移民，靠为数不多的赔偿金和领取综援养大孩子。到儿女可以照顾自己，她便出去工作，因为学历不高，只能当超市收银员或者快餐店清洁工。K小学时住的是深水埗的劏房，到中学才编配到公屋。他下面还有一个妹妹，在念高中但无心向学。K很关心这个妹妹，经常打电话给她，问她去了哪里，交些什么朋友，好像很担心她学坏。

　　至于他自己如何考上大学，据说近乎奇迹。他升高中的时候，班主任是个教中文的年轻女老师。在所有人都对他绝望的时候，这位老师却没有放弃他。她经常向他说些鼓励的话，又额外抽出时间给他指导。她其实没有做得太过火，只是一个富责任感的好老师对学生的关心，但他心里却受到很大的刺激。一个处于青春期的少年的幻想，促使他全心领受这位老师的好意，开始发愤读书，决心要考上大学，以报老师的恩情。结果成绩虽然未算突出，但却足够他进入哲学系，当上大学生。这原本是天大的好消息，不只在家人的意料之外，也令师友们刮目相看，老师也自然感到万分安慰。但是，更惊人的事情发生了。K在同级同学的毕业聚会上，公开向老师示爱。场面突然变得非常尴尬。大家也不知道他是开玩笑还是来真的。当然，他是认真的。他这个人不懂开玩笑。他的求爱被坚决地拒绝了。此事令他陷入混乱，情绪由原先的兴奋跌进了低谷。他一时觉得自己被玩弄了，被背叛了，因而感到怒不可遏；一时又觉得是自己表错情，误解了对方的意思，因而感到羞愧万分。考进大学本来是一件光荣无比的事，但现在却变成一件充满遗憾的事。他就是带着这样挫败的心情，来到宿舍的迎新营。他像一只受伤的野兽，对世界充满戒心，但受到挑衅就会拼命反扑。

　　K把这些旧事向我吐露，其实是大家同房共处几个月后。我相信他是仔细地观察过我这个人，才决定跟我坦诚以对的。我不知道他为什么觉得我是个可以信任的人。对其他人，K不是轻易抱有敌意，就是不理不睬。至少我在宿舍中所见如是，他在学系里如何则不得而知。不过，相信也不会有很大分别。在最初几个月，我们甚少谈话。大家也很不惯和一个陌生人共住一室，除了非不得已，会尽量避免留在房间里。我整天待在图书馆，他去了哪里则不太清楚。后来慢慢地，才开始了一些表面的交谈。到了 12 月首学期完结之后的某天晚上，我趁他还未回来，便拉了一会儿小提琴。我拉的是柴可夫斯基弦乐四重奏第一号第二乐章 *Andante Cantabile*，如歌的行板。我把第一小提琴手的部分稍为改编了一下，成了一支独奏曲。来来回回拉了几遍，K 突然推门进来。我怕打扰了他，便准备把琴收起来，但他却说：刚才那段几好听，可以拉多一次吗？于是我便又拉了一遍。只见他呆呆地坐在床缘，也不知是不是在听。然后我便说了那个典故：当年托尔斯泰听了这首曲子，感动得泪流满面，而柴可夫斯基正坐在他的旁边。他一脸天真地说：托尔斯泰系乜谁[1]？说罢，他从背包里掏出两罐啤酒，把其中一罐递给我。我愣了一下，半晌才明白，这应该是男人间交朋友的意思吧？他一喝酒，就开始讲他的事，也不问我想不想听。我不惯饮酒，只呷了几口，喝不完的又让他都干了。

　　坦白说，每当想起中学那件"人间失格"事件，我便对交朋友有所顾忌。我觉得与其因为交朋友而出现纠葛，不如索性独来独往好了。朋友对我来说，并没有必要性，反而只会增加麻烦。按这道理，交女朋友就更加只是自寻烦恼，最好避免。不过，与 K 相比，我其实是个不难相处的人。我在家里虽然很大脾气，但在外面却总是笑面迎人。就算是天生不合群，也不会刻意与人为敌。我和大部分人保持礼貌的距离，碰面会友善地打招呼，有需

1　系乜谁，是谁。粤语。

要可以认真地交谈，但并不会主动深入发展，也避免他人有此意图。在学系里的同学，很快就把我认定为一个才学丰富的奇人，但也因此有点敬而远之的态度。这正合我意。唯独是K，因为同房的关系不得不日夜相对，也不得不让各自某些私密的部分泄露出来。所以，完全是在特定的形势和机缘之下，我们才能成为朋友。所以我始终认为，这只是一段暂时的关系。有一天我们换了处境，维系我们的细弱的线索便会立即切断。所以我对于这段友谊也没有感到压力。

　　也许，K跟我所想的不一样。至少，K比我慷慨和坦诚。他告诉我的比我告诉他的多。但我把这理解为，我的事引不起他的兴趣。我过往的人生，除了书本和音乐，似乎没有特别值得跟别人分享的东西。在K的眼中，我应该是个幸福得近乎平庸的人吧。至于我爸爸是个作家这回事，他倒是颇为惊讶。他竟然听过你的名字，甚至读过你的作品，就是那本给中学生看的，叫作《练习簿》的小说集。他之所以记得，是因为那位鼓励他的女班主任，亲手送过这本书给他，说是一本可以启发阅读兴趣的书。他的阅读兴趣最终没有被启发，但却对送书的老师产生了爱意。所以当他知道我的父亲是谁，他便觉得事情好像冥冥中有主宰。至于老师送的那本书，因为他的求爱失败，而给愤然烧掉了。在此告知爸爸一声，你的书曾经牵起过这样的因缘，最后遭到了这样的命运。我后来回家，便问你拿了一本新的，请你签了名，补送了给K。这个不看书的人，竟然每晚临睡前拿着这本书，断断续续地看着，半懂不懂地把它看完了。当然，他没作出半句评语。

　　K曾经好奇地问：有一个作家爸爸，感觉是怎样的？见我支吾其词，他又自顾自说：我已经不太记得爸爸的样子了，勉强就只是记得他在家发脾气打骂我的吼声吧。他在生时整天打工，已经很少见到他。感觉上好像从来也没有爸爸一样。不过也没所谓，我从没有觉得很伤心，或者自己有什么不如别人。这样说好像很冷酷，但真的，我觉得没有爸爸反而更好，活得更自由自在。倒是见到妈妈吃苦，心里便有点酸。这时候便会恼爸爸为什么这么早就死去，生前也没有好好对妈妈。但我并没有为妈妈而做好自己，后来努力考大学也不是为了她。我是个不孝子！K给自己下了这么严厉的判语，令我震惊。

　　在一年级完结的暑假，大家都搬回家住，但却相约了去一次露营。K从中学开始就喜欢露营，而且都是独自一人。他对本地的郊野露营地点和行山路线十分熟悉，就好像自己的手心和手背一样。我对露营这种事有点犹豫，但最终也答应了。他带我去西贡的一个沙滩，位置甚为偏僻，要爬一段山路才到，对我来说是个艰巨考验。我还把小提琴带去，真是相当狼狈。当晚天气不佳，多云，有微雨，没法如期观星。于是便躲在帐幕里，听我拉小提琴。半夜他又说了许多以前的事，包括他喜欢过的女孩。当然没有一次是成功的。我对这方面经验贫乏，为了不显得太逊，便把那位长跑同学的女友编造成暗恋的对象，也胡说了好几句。对于自己竟然厚颜地利用了这件事，回头再想又觉得羞愧。大家也说了些对未来的展望。我说我想继续做学术研究。他问我为何不像爸爸一样当作家。我便说，作家的生死成败，是掌握在批评家手里的。他听了只觉一头雾水。至于他，则完全没有打算。本来读大学便已经是他意想不到的事情，一旦读了也不知道可以有何作为。他说自己就好像一片云，无定向地飘来飘去，慢慢越积越厚，也许会变成一场大暴雨，形成一场大洪水。但雨会落在哪里，洪水会涌到哪里，完全是未知之数。我觉得K原来说话也挺有诗意。

过了暑假，回到大学宿舍，我和K又再住在一起。大概是没有人愿意跟我们对调的关系吧。我当时有跟父亲你提及过K吗？可能含糊地说过。或者当时我觉得K并不重要，至少未重要到有需要跟你刻意谈论。不过，来到如今，当我要向你细说我这些年的经历，我才发现，K很可能是最为关键的人物。关于K就暂时说到这里吧。肃此敬请

金安。

男花叩禀　某月某日

8

父亲大人膝下：

　　敬禀者，大学阶段对我来说是个重大转折，甚至令我首次尝到了挫折的滋味。从小学到中学，我也对自己是一个"爱读书"也"爱文学"的人带着一份优越感。我虽然不觉得自己是什么天才，但我清楚知道自己比别人早熟。对于同龄者的幼稚思想和行为，纵使有时感到烦厌，也尽量采取谅解和包容的态度。我对自己所喜爱、所享受、所擅长的事情感到单纯的喜悦，对自己充满自信，完全不理会别人对我的看法，就算被当成怪人也没所谓。可是，进入大学之后，我接触到的世界却跟我一直所理解的并不相同。我突然发现，自己由一个超前的人变成了一个滞后的人，但却一时间弄不懂是怎样的一回事。

　　因为要"成为像父亲一样的人"而选择进入父亲当年修读的

比较文学系，看来好像很没个性和创意的行为。坦白说，在成长的过程中，我没有刻意模仿父亲，也没有刻意要自己变得跟父亲不同。也许是遗传或天性的关系，我就是喜爱读书、喜爱文学，也自愿地选择了比较文学系。我没有考虑过，这是不是活在父亲的阴影之下。我一直认为，这完全是顺着自己的本性而行。也觉得没有理由，因为这是父亲从前走过的路，就要强迫自己放弃自己的喜好，故意选择不同的方向。这无疑是本末倒置的。

　　不过，我入读之后才发现，事实与期待之间有着令人惊讶的差距。现在的比较文学和父亲当年念的比较文学，发生了很大的变化。以前听爸爸说，在大学时修读"英国小说""欧洲小说""俄国文学""莎士比亚""浪漫主义诗歌""现代欧洲戏剧"等科目，都觉得很神往。但是，当我查阅课程大纲，却完全找不到这类科目。现在的课程全部都以议题或理论为主导，什么"后现代主义""后殖民主义""东方主义""全球化""香港文化""身份与政治""女性主义""性别研究""映像文化""数位文化"等等，而且研讨的内容也涵盖电影、电视、媒体、网络、普及文化等范畴，文学作品反而只是占很小的部分。这令我很疑惑，自己是不是进了一个文学系。就算是英文系那边，情况也差不多，顶多只有两三个传统模式的科目。

　　其实，作为一个"爱读书"的人，这原也是无妨的。理论也好，政治文化议题也好，我也感兴趣，也可以一读。但是，在"爱文学"方面，则肯定不能得到满足了。这不只是文学所占的比例的问题。念下去就发现，连读文学的方法，或者对待文学的方式，也跟我预期中很不一样。今天的文学研究不再注重作品的欣赏，更不理会作家的成就，而只是把作品视为文本，或者探讨某特定议题的材料。文学作品的价值和非文学材料没有本质的分别，甚至乎"文学"和"非文学"的界线也变得模糊了，何谓"文学"本身也成了一件应该被质疑的事情。也即是说，并不存在所谓普遍和永恒的文学价值。文学本身就是历史文化的产物，其定义也一直在改变中，甚至有一天会消亡也说不定。所以对待文学的态度，只能是批判性的。这对从小就"爱文学"的我来说，产生了很大的冲击。

　　我只是奇怪，爸爸以前为什么没有跟我提及这些转变。就算你是从传统比较文学系出身的，当时应该已经兴起了新的研究潮流，而这些年来你也一定知悉学术界的发展。我猜想，你可能不想对一个喜欢读小说、读诗歌的少年，过早地揭露并不美妙的现实，让他尽量地沉醉于纯文艺的享受中吧。问题是我并不能盲目地、顽固地拒绝接触这些新兴的批判性思维，索性退出比较文学系，转修其他学科。我很愿意了解和思考其中提出的许多问题。但这又同时跟我对文学的热爱产生矛盾。这令我感到非常痛苦。就好像你一直不问因由地爱一个人，和他共度了美好的时光，但却突然被迫要对这个亲爱的人的个性进行理性的分析，对他的行为作出批判的解读，并且把他从一个独特的个体，变成一个历史的、时代的、政治的、文化的、心理的案例。你很难免会觉得，自己对他进行了暴力性的伤害。

　　当然，上面这个只是比喻。我好像从未像"爱文学"或"爱音乐"一样，对另一个人产生过类似的感受。我觉得这样理所当然，没有感到自己有什么奇怪。也许在我年纪很小，对你有很强烈的依赖的时候，会有过相近的情感。但是，爸爸，恕我直说，到我进入青年期，生活上的事都可以自我照顾之后，便很少感到对父母的依恋。我不是对爸爸毫无感觉，但很多时候是负面的感觉，例如觉得唠叨和烦厌。就算是正面的感觉，也好像不是"爱"，而是"好奇"。就是笛卡儿在 *The Passions of the Soul* 里说的wonder。父亲是一个令我产生 wonder 的人。我因为同样"爱读书"和"爱文学"，所以好像很明白你的某些部分，但是，因为我不是一个写作和创作的人，所以同时对你感到奇怪和不解。对于其他人也一样。除了大部分我全无兴趣、不加理会的人，那少数吸引我注意的，我对他们也只有 wonder，或者是 joy，但却没有 love。这是我进入大学之后，从新的角度接触文学与人的时候，所意外得到的发现。令我困惑的是，我作为一个"爱文学"也"爱音乐"的人，为什么在现实生活中却很难对人产生感受和共鸣？

所以，就算是在同系和同班的同学之中，我也没有结交到很好的朋友。当然一般的交流讨论或者闲谈是没有问题的。年纪渐长，我开始学懂了社交礼仪，不会板着脸默不作声、对人不屑一顾，或者突然说出什么不符场合、令人尴尬的话来。虽然难免有时自恃懂得很多，而显得有点骄傲自大，但可能由于我的外表没有什么惹人讨厌的地方，而被同学们宽大对待。他们给我起了个花名，叫作"花才子"。经过口耳相传，不知怎样的变成了"花公子"。后来有一位同班女生，悄悄地问我是不是那位传闻中的"花花公子"，害我脸红耳热，不知如何辩解。

这位女生从一年级下学期第一课开始，就坐在我的旁边。我上课通常喜欢坐最前排的中间。虽然我有轻微近视，但可以避免的话都不愿意戴眼镜。而且坐前面方便向老师发问。那是入门的必修科，修读人数很多，但课室还未至于爆满。当时明明还有空位，这位女生却偏偏要坐到我旁边。我侧望了她一眼，没有印象系里有这个同学。她问了那句关于"花花公子"的话之后，便窃笑了一下，好像是恶作剧似的。我觉得去纠正她有点无谓，便无可奈何地弯了弯嘴巴。她接着又微微靠过来，用手虚掩着嘴巴，好像说什么秘密似的问：F 同学，请问你爸爸是不是作家 D？我木无表情地点了点头。她好像想尖叫出来似的，但又立即压抑住，拉着我的手臂说：我是你爸爸的书迷！我下次把书带过来，你可以拿回去请他给我签个名吗？我继续以木然的表情点了点头，简短地说了声：可以的。

也不知是不是因为这样聊开了，R 之后每次都坐在我旁边，给旁人的感觉就好像我和她是预先约好的。所以，就算有时候 R 迟到，别的同学也不会占用我身旁的位置。给父亲你拿签名一事，她是说真的。第二次就拿了两本你的小说回来，但都是较旧的作品，而她手上也只有这两本而已，绝对算不上是一个书迷应有的表现。不过我没有跟她计较，也没有代你问她要不要看几本较新近的。老实说，对于 R 坐在我旁边，我并没有反感，但也没有特别的好感。当时就只当作偶然发生的一件事，就像每天出门都刚巧碰见某邻居一样，打个招呼便把事情忘记了。我听到有人在说我和 R 是一对的，已经是很久之后的事情了。大概是我后知后觉，并没有想到这在班上可能是颇为触目的状况，尤其是大家都认为，R 是系内数一数二漂亮的女生。

我当初对 R 的印象，就是她长头发，衣服光鲜，裙子有点短，身上散发着幽幽的香气。也即是说，没有特别留意到细节。因为坐得很近，不好意思转过脸去看她，所以反而对她的样子不太深刻。第一次认真看清楚她的样子，应该是到了学期中，下课时她问我要不要一起吃午饭。我虽然倾向独自吃，但又没有拒绝的理由，便一起去了附近的饭堂。和她隔着桌子对面而坐，总不成一直低头吃饭，便在谈话间不经意地浏览着她的容颜。我发现她的头发染成了微微的棕色，垂直过肩，脸上的化妆以学生来说比较浓，戴了双比较夸张的心形耳环，一字膊的白色上衫露出白嫩的肩，脸形圆中带尖，身形瘦中带润。总体来说，给人努力地掩饰稚气、假扮成熟的感觉。她的英文很好，文学的领悟力似乎也不错。言谈之间提到，她在念书之外，也有做些媒体的兼职，努力赚回学费。看来她的家境并不特别优厚，又或者她这个人特别进取。

R 的事情，我并没有特别多想。升上二年级之后，她连续两个学期，都跟我选了相同的科目，所以就一直跟她保持见面。这两科都是一位 C 教授开的，一科叫作 Autobiography, Fiction and Autofiction，另一科叫作 World Literature and Local Literature。只看题目就已经令人惊叹，从微观到宏观，从个人到世界，C 教授都关注，都有研究。查看 C 教授的履历，也很不简单，博士学位来自美国名牌大学，在英国剑桥待过，起先是研究思想史的，专攻欧洲启蒙时期，后来转向世界文学，兼及华语语系文学、数位人文科学等炙手可热的范畴。他离港留学前的母校，就是我念的中学，所以他原来是我的师兄。他岁数和爸爸你相若，在学术上是最当打的年纪，拥有这样的实力，却回到香港任教，为的是什么呢？我实在有点想不通透。R 对 C 教授非常倾心，像追星一样选修他的科目。我心想，C 教授有妻有女，R 不会对他有什么非分之想吧？但转念又觉得这种想法很无聊。

　　C 教授的两门课都有用到爸爸你的作品，就是已经译成英文的那两本。他不问就知道班上的我是你儿子，第一课就主动走过来跟我握手，吓了我一大跳，还托我向你问候，说什么时候约爸爸出来见过面。我支吾以对，不知道他是认真的，还是出于客套。这种事我一向不太懂得。之后他在班上发问时，经常首先就望向我，幸好我每次也应对得不错，没有令爸爸你丢脸。而他总是在同学面前说：F 同学肯定得了他父亲的遗传。听 C 教授这样说，R 加倍向我投以欣赏的目光，当中有一种难以明白的奇异光彩。

　　有一次我和 R 循例在课后一起吃午饭，去的是校园里的 Starbucks。刚坐下来不久，就看见 C 教授迎面而来的身影。他拿着三文治和纸杯装咖啡，在人头涌涌的咖啡店里找座位。刚巧我们旁边有一张空凳子，R 便挥手请 C 教授坐下来。C 教授也不客气，毫无架子地和学生挤在一块，轻松自在地跟我们聊了起来。我想这就是新派学者的风范吧。C 见我手边放着笛卡儿的《世界》，便说：F 同学很识货啊！若是在十几二十年前，Descartes 在学界简直是过街老鼠，但近年他的人体机械论又重新被热议起来，有人甚至把他视为 cybernetics 的先驱。想不到你的潮流触觉相当灵敏，看来你很有做学术研究的天分！我有点不知所措地微笑点头，实情是我的同房 K 最近忽然热烈地读起笛卡儿来，但却因为英文程度太差而向我求助，所以我才从图书馆借了相关的书。接着 C 便和 R 聊起来，说在网上看过她主持的节目，然后便扯到文化研究中第一手经验的重要性云云。

　　不知为何，我一直没有跟爸爸谈过 C 教授，就算他多番表示想跟你认识。我不是刻意这样做的，只是回家的时候没有想起来，想起的时候又不在你身边，也不觉得严重到要立即打电话给你商谈。总之就像我一贯对别人的事情的疏忽，我迟迟没有做出任何行动。我倒是曾经不经意地跟妈妈提起过。她说早两年她学术休假去剑桥的时候，在那里见过 C，听过他的一个演讲，印象中是个有实力和有野心的学者。这让我萌生了本科毕业后，跟 C 教授做硕士论文的念头。不过，一切还是言之尚早。

　　至于 K 读笛卡儿的事，原本并不稀奇，因为他本身就是哲学系学生嘛。可是他平常都不看书，经常缺课，功课又乱来，所以突然认真起来便有点奇怪。他说他想读笛卡儿，完全是因为一句话。就是那句"我思，故我在"。我想说，这句话已经变成一个庸俗的笑话，但看见他好像发现新世界的样子，又不好意思打击他。他说在堂上听见老师引述这句话，心里突然受到激烈的震撼，就好像一道闪电把尘封已久的心窗一下子击碎一样。这么多年来的空虚、荒废、颓唐，都一扫而空了，都给实实在在地填满了。因为，只要他思想，他便存在，便不会一无是处，什么都不是。这

确实的存在，令他感到无边的自由，因为他的思想是没有任何人
能剥夺的。那些迎新营的法西斯，那些学校和考试制度，无论怎
样障碍他的行动，也无法控制他的思想。他的存在，完全以他自
己的思想来定义，不受任何外界的约束。K就是如此的，以一个
宗教狂热者的亢奋语气，自由发挥着他对笛卡儿这短短的一句话
的诠释。

　　K打算以笛卡儿的哲学思想，作为学期终功课的题目，但他
对自己的阅读能力没有信心。所以他请我当他的私人导师。作为
一个"爱读书"的人，我当然不介意多读几本书。况且笛卡儿的
书我有些已经读过。于是，我便从《谈谈方法》开始给他讲解，
接着是《第一哲学沉思集》和《哲学原理》，直至《灵魂的激情》。
然后回到笛卡儿最早完成，但却最迟（于死后）出版的《世界》
和《论人》。可以看见，K这次是认真的。虽然英文很不济，对内
容一知半解，但也狼吞虎咽地啃下了笛卡儿的著作英译。在开始
看每一本书前他先听我的导读，看完之后再听我的总结，中间遇
到不明白的地方亦随时问我。也因为这件事，他才终于对我的学
识和阅读能力有了些微敬意。

　　父亲大人，关于我大学学业的部分，暂时说到这里吧。肃此
敬请

　　金安。

　　　　　　　　　　　　　　　　　男花叩禀　某月某日

9

父亲大人膝下：

敬禀者，父亲请勿惊讶，我之前说的和即将说的事情，都是你闻所未闻的。这些年来，我们之间的交谈好像变得表面了。这不能怪你或我任何一方。也许，这是世间父子所面对的普遍现象。我实在不知道。但至少，我现在依然怀有这样的冲动，以书信的方式，把我想告诉你的事情，尽量原原本本地向你披露。我希望可以坚持到底。

我所犯的最大错误，可能是答应让 R 到访我的宿舍房间。那是二年级下学期初一次例行午饭之后的事情。R 那天心情有点低落（是她自己说出口我才知道的），原因是什么却没有解释，我也没有追问。她说晚上有一个录影节目，下午没事做，有点无聊，便问我可不可以到我宿舍坐坐。我说我房间没有什么好看的，我可以陪她坐在咖啡店聊天，但她坚持说想知道我房间的样子。我不明白她为何有此执着，心想K下午有课，应该不会碍着他的，便带了R回去。

那时正值冬天，进了房间，见里面比较暖，R便脱下了红色的皮外衣，穿着米色V领毛衣和棕色绒短裙，在我的床边坐了下来。她抬着头很好奇地环望着根本没有什么好看的房间。既没有偶像女星的海报，也没有任何富有个性的布置。是平平无奇的两个男生的房间，我的部分比较整齐，K的部分比较零乱，只此而已。R知道我拉小提琴，便说等了很久想听我表演。我见既然没事可做，便拿出小提琴，拉了首巴哈的奏鸣曲。可能因为我有点炫技的意思，R专注但却带点困惑地听着。我觉得这样不好，但却不知道不好在哪里。之后，便拉了柴可夫斯基弦乐四重奏一号D大调第二乐章的独奏版。拉完后，赫然看见R的脸上流下了两行眼泪。我有点不知所措，便又说了那个典故，然后说：你跟托尔斯泰平起平坐啦！她听后破涕为笑。这时候，K突然推开房门进来。

K见有个女生在房间里，并且坐在我的床上，显得惊讶万分，甚至一度退到房间外面去。我立即拉住了他，说是同班同学，来听我拉小提琴。他有点不自在地回到房间里，这时R已拭干泪水，回复没事一样，向K微笑打招呼，并做了自我介绍。我给K做介绍，说是念哲学系的同房。R伸出手去，让K握了握，说：闻名不如见面啊！F常常提起你呢！K疑惑地说：他提起我什么？说我坏话吗？R笑说：没有啦！说你是个很独特的人。K瞪了我一眼，说：独特？那即是怪人吧！我便搪塞说：都是一句啦！接着大家静了下来，话题不知如何维持下去。R乘机看看手表，说：我都差不多了，下次再来坐吧！我说：好啊！下次再来！便欠身让路给R出去。R一踏出门口，K拍了拍我的臂，小声说：你不送人家出去？我呆了一呆，便听他的话，跟着出去，在走廊上追上了R，说陪她到楼下去。一直送到宿舍大门，看着她穿上皮外衣，走进寒风中，我才回头。

回到房间，K十分好奇地问：她是你女朋友吗？我断然否认，说只是同学，普通朋友。K不信，再三拷问我，不准我说谎，我始终不为所动。他有点被我说服了，自言自语说：那又是，连她走你也不主动送她，不似是女朋友。我问K为何突然回来，他说课上到一半，见没意思，便提早溜走。之后K整天坐立不安的，翻翻这本书，写写那本簿，一时看手机，一时又闭目沉思。晚上临睡前，关了灯，他在黑暗中说：喂F！我可以再见到R，今天那个女孩吗？

对于K提出的请求，我本来打算敷衍了事。也不是反对他这样做，只是觉得有点麻烦，不知怎样开口。但他竟然异常坚持，在往后几天连续追问了我好几次，我便唯有说：我和R通常星期三课后会一起吃午饭，到时你便假装刚巧经过吧。他很满意这样的安排。

到了当天，K真的在预定的时间，在预定的地方出现。他的穿着跟平时一样，因为实在没有什么选择，但手里很显著地拿着一本书。我主动配合他，装作偶然抬头看见，向他挥手。他因为已经跟 R 见过面，所以停下来聊两句也不突兀。然后，我便邀他坐下来一起吃饭。R 看来并不反对，也很友善地请他坐下。我识趣地问他吃什么，跑去给他买，留下他和 R 单对单谈话。（对于我会做这种事，我也感到万分错愕。）捧着饭餐回来的时候，见他拿着手中那本书，热烈地向 R 谈论着什么。那本书是笛卡儿的 The Passions of the Soul，他高谈阔论的内容，都是我之前给他讲的导读。R 似是觉得有趣，一边听一边点着头，一双大环形耳环在双颊一晃一晃的。我把表演机会留给 K，没有多少说话，只是间中附和他一下。说完他的一番伟论，K 又跟 R 闲聊着各种生活的话题。我突然发现，这个平时像一头孤僻的狼的家伙，在女孩面前可以口若悬河。这是我从来没有见过的一面。

　　K 如是者和 R "偶遇"了两次之后，便大着胆子自己传短讯给 R，制造一些见面的借口。像我这样迟钝的人都知道，K 在背后有何用心。聪明的 R 也很显然早就感觉到了。可能碍于 K 是我的同房，又是我的好朋友（我是如此告诉她的），她不想表现得太冷淡，也试过答应 K 出来喝杯东西或什么的。她没有直接向我表示对 K 的不满，但每次见她，脸上都挂着怪怪的表情，令我完全解不透。她有时甚至刻意让我知道 K 找过她，虽然我通过 K 早就知道了。看见 K 跟 R 会面之后得意洋洋的样子，不知怎的令我很不自在。我开始觉得事情的发展非我所愿，但为什么却难以解释。总之，我萌生了阻止他们交往下去的念头。我对自己做出各种分析，断定 K 和 R 无论在性格和生活方式上都完全不适合对方。我认定 R 从一开始就不愿意跟 K 结交，只是因为我的缘故而不好意思拒绝。我也判断 K 这个人一旦狂热起来，不知会发生什么激烈的状况，而他的缠绕会对 R 造成伤害。就算 R 只是我的普通朋友，我也应该保护她，让她免于骚扰与不安。今次的麻烦是我造成的，我有责任去做出补救。

可是，我没有任何具体的办法，也没有这方面的决断力。事情便如此拖拖拉拉了半个学期。我知道时间越久，K 便会陷得越深。他是那种要不就完全冷漠，要不就激情得不可收拾的人。他最擅长在自我想象中建立不可能的目标和理想，然后奋力向前，拼死一搏。他就是靠这种方式考进了大学。在这种情形下，心中的 passion 和 action 形成一致，产生难以抵挡的力量。也许就是这种可怕的力量，令 R 在不情愿之下，也无法向他斩钉截铁地说清楚。

我决定我必须采取行动。我要正面和 K 讲清楚。但我要跟他说什么呢？说他跟 R 不适合对方？说他们之间不会有好结果？就算两人都是我的朋友，我有什么权干涉别人之间的事？一向十分不擅处理人事关系的我，实在没有把握可以说服 K。但无论如何也得一试。至少希望令 K 暂时放下自我蒙蔽的激情，冷静理性地面对事实。但在日常生活中，很难找到机会凭空向他打开这个话题。我决定请 K 去听一场音乐会。我以为那会缔造一种不同的气氛，易于坦诚相向。

我们去听的是柴可夫斯基的歌剧《奥涅金》。为什么要去看这出歌剧，我也说不出来，除了因为是我喜爱的柴可夫斯基和普希金。他知道是歌剧，而且是俄语的，显得有点勉强，但最后还是给我拉去了。他说算是见识一下不同的事物吧。我预先把场景和人物向 K 讲述了一遍，希望他不会看得一头雾水。负责音乐演奏的是一个俄罗斯乐团，主角都是俄罗斯著名歌唱家，是一个全俄班的演出。在开始不久，K 就开始打瞌睡。我多次悄悄弄醒他，向他提示剧情。情况有点像大人带小孩子去看演出，要边看边讲解故事，指出谁是好人谁是坏人。来到女主角塔提亚娜鼓起勇气向奥涅金示爱，K 开始感到兴味，精神专注起来，大概是心里联想到什么。而我的心不知为什么也七上八下的。当奥涅金拒绝了女孩的表白，K 脸上甚至有点气愤的表情，觉得这家伙实在太高傲自大了。然后便去到奥涅金和连斯基决斗的一幕。在黎明时分的河边，年轻的连斯基在等待对手的时候，唱了一段 solo，咏叹青春的可贵、对死亡的恐惧，以及对奥尔嘉的爱。这是全剧最凄美的一个唱段，听得我内心抽痛。两人终于在不情愿的情况下决斗，连斯基中枪而死。奥涅金因为无风起浪地弄出人命而感到愧疚，以自我放逐来惩罚自己。五年后，奥涅金结束他的浪游生活回国，再次碰上他当年狠心拒绝的塔提亚娜，但她现在已经嫁给一名贵族。这时候奥涅金才惊觉塔提亚娜的明艳照人，燃起了对她的疯狂爱意。这次轮到他写信求见，并且在她跟前做出了忏悔和表白，但是已经太迟了。他遭到了狠狠地拒绝。看到这个部分，K 又打起精神，留心着事情的结果。在完场之后，他陷入了沉思。

从文化中心出来，我们坐天星小轮回港岛。我本来没有打算通过歌剧向 K 暗示什么，只是纯粹想和他去听我喜欢的音乐，然后找机会劝说他不要对 R 产生幻想。没料到他大受剧情中的表白、拒绝和遗恨所刺激，加倍认定必须决断行事，否则日后会追悔不已。我原先想说的话，完全没有机会提出。我迎着初夏潮热的海风，耳边不知怎的一直响起连斯基赴死之前的独唱段，调子的哀怨、无奈和痛惜，令我的眼睛也慢慢地潮热起来了。我轻轻地哼唱出那段歌曲。K问我那是什么。我告诉了他，想问他觉得好不好听。他却说：那个白痴！为什么无端端要去决斗呢？白白送死！这段剧情很牵强！

　　我想来想去也想不通，为什么K会喜欢上R这个类型的女孩。难道这就是所谓爱吗？还是，只是一种自己也控制不了的欲望？我也想不通为什么R明明不会喜欢上K，却不干脆直接拒绝他，而让他继续沉醉于幻想中。而我卡在其中，为什么又一直看不过眼，而想把这段不应该发生的关系拆散？一旦进入暑假，我和K又会暂时搬回家。我不在他身边，便更难监察他的行为了。所以，我要赶快行动，但我还是犹豫不决。

　　有一天，我收到R的文字讯息，说K晚上约了她，好像有什么重要的话要说。我很奇怪，为什么R会通知我。她还约我下午见面。我应约去到校外的一间咖啡店，那里不会碰到相识的人。R早就坐在角落里的沙发上，我问她喝些什么，我去买。（这种事我现在也懂得做了。）买了两杯鲜奶抹茶，我坐在R对面，等她开口说话。她神色虽然有点尴尬，但话却说得很爽快。F，你喜欢我吗？她问。我有点愕然，但又好像有点意料之中。听着她那充满着期待和不安的语气，我突然便有了答案，说：我喜欢你。R闭上眼睛，深深呼出一口气，双肩慢慢往下垂，身上的连衣裙好像也变松了。我觉得应该再弄清楚一点，便说：那你喜欢我吗？她张开眼睛，望着我，点了点头。那么……往下的事，我一时说不下去。反而她比我更肯定，说：一会儿一起去见 K 吧。我心里虽然有点担心，但看来除此之外，别无他法。

　　K 约了 R 在中环天星码头外面见面，一个带有电视剧味道的做法。在到达目的地之前，她突然牵着我的手。我这才醒觉，这是我们现在的身份应该做的事。在还未全暗的黄昏中，遥遥看见 K 的人影，沿着海边的围栏来回踱步。我们每走近一点，他的样子便更清晰一点。相反，我们在他眼中也应该如是。他停下步来，伸长着脖子，好像有点不相信自己的眼睛，然后慢慢调整了站姿，好像一只野狼进入战斗状态一样。我有理由相信他会冲上来揍我一顿。我肯定不是他的对手。我预备好要挨打。我估计还会出现 R 在当中试图阻拦和在旁边拉扯的局面。大家到了短兵相接的距离时，K 低头盯着我和 R 牵着的双手，他的拳头也紧握了起来。但他最终还是忍了下来，只是指着我的脸，狠狠地说：你这个假仁假义的□样！然后，也不听我们解释，便头也不回地疾步离开了。

　　R 把身子挨了过来，我便不得不把她搂住。她在我怀里小声地说：K 没事的！不用担心！他不是坏人，只是有些事情误会了！这是我第一次拥抱一个女孩子，但我无暇去感受那份暖意，只是生硬地做着一个男子汉应该做的动作。不知为什么，我突然很想哭，但我拼命地忍住了。R 抬头望向我的脸，大概是被我强忍着的泪水所感动，双眼也通红起来。那个晚上，我们牵着手在海边散步，然后到 IFC 的西餐厅吃了个晚餐。因为餐厅晚上有点蜡烛，所以也算是个烛光晚餐，就如一般恋爱故事里的必然场景。我见 R 真的很开心，在烛光下也真是漂亮。我不知我凭什么第一次就得了个这么漂亮的女朋友。我只是个"爱读书"也"爱文学"的书呆子。难道真的有"书中自有颜如玉"这回事吗？

我送了 R 回家之后（她住在筲箕湾），便回宿舍去。令我震惊的是，K 在短短的三小时内，把他的所有物品都搬走了。我去找宿舍主管，他说 K 刚刚已经退宿了。我回到房里，望着他那空洞的一边，感到内心刺痛。他没有留下任何书信之类的。两天后，我也收拾东西搬回家。暑假完结，升三年级的学年，K 没有回到宿舍。我跟另一位念化学的男生同房。

父亲大人，这就是我从来没有和你提及过的，我的"初恋"的来由。至于结果，我就留待以后慢慢再说吧。肃此敬请

金安。

男花叩禀　某月某日

10

父亲大人膝下：

敬禀者，希望父亲不会太介意，我不但不曾把我的第一个女朋友带回家见你，甚至还一点也没有向你提及过。父亲有没有在我身上察觉到什么蛛丝马迹呢？这个我就不知道了。事实上 R 常常谈起你，很想跟你见面，但见我没有积极反应，便只有顺其自然。我并不是刻意想向你隐瞒，只是并没有很强烈地觉得需要这样做。至少暂时不是时候。

我和 R 以恋人的关系共度的暑假，不能说是不愉快的。至少因为是前所未有的经验，而富有新鲜感。但我也常常感到有点格格不入，很难自如地投入男朋友的角色。那些很容易便令对方不快的地方，例如迟了回复讯息，或者晚上没有问候对方睡了没有之类的东西，也令人感到有点烦恼。幸好 R 暑假非常努力当兼职，从事网媒主持的工作，我才保有一点可以静静地坐下来，好好地读点书的时间。但是她一下班便要去接她，她放假又要陪她逛街，或者去有点特色的地方（例如赤柱、山顶、大澳、迪士尼之类的），多少令我感到疲于奔命。我心里恍然大悟：原来这就是拍拖了！

　　当然我也不是有所怨言，因为 R 很漂亮，很可爱，也很聪明，很懂事（她懂的真的比我多）。和她一起，感觉是美妙的，但总是有某种不能圆满的东西。如果要自我分析的话，还是那个问题。用笛卡儿的六大 passions 去说——对于 R，我只感觉到 wonder 和 joy，但却没有强烈的 love。这一点我当然没有跟她说。我以为，love 可以靠意志补足的。爱不只是一种 passion，也是一种 action。但是，就 action 来说，R 也嫌我太被动，不够进取。我们正式拍拖过了两个星期，我还没有尝试吻她的举动，这一点一度令她很困惑，甚至感到自尊受损。我不知道原来这事是这么严重的，于是便尽力地吻了她。虽然做得有点笨，但她的确被安抚了，对我的爱也恢复了信心。之后我便在身体接触这件事上，多加留意，适当地做些表示，但也尽量不太过火。当 R 提出在暑假结束前一起去澳门玩两天，我借故推辞了。她看来有点失望。

　　新学期没有 C 教授的课，但我因为想在毕业年以他为导师，选修论文撰写课，所以不时去向他讨教。C 虽然很忙，但每次都慷慨地跟我聊天，耐心地解答我的问题。很自然便谈到毕业后的打算。我说想跟他念硕士，他却建议我到外国去。他说：人要跳出 comfort zone 才会成长，这是经验之谈。刚巧 R 也有用到舒适圈的说法，说她毕业后不会从事和文学或教学有关的工作，她想跳出 comfort zone，接受不同的挑战。她的目标是当上电视台的主播。我之后便一直在思考舒适圈的问题。我喜爱的阅读，我喜爱的文学，以及音乐，原来是我的舒适圈吗？那么，我应该跳出去吗？我跳出去，可以跳到哪里？我为什么要跳出去呢？为什么不能一直留在自己感到最 comfortable 的东西身边呢？

相反，我和 R 的关系，开始出现了一点点 uncomfortable 的感觉。以前她听我谈读书时，都是全神贯注、兴趣盎然的，现在一看到我拿出书本，就说我又躲进自己的世界里。她会怪责我情愿留在图书馆看书，也不出来陪她喝下午茶。我一谈到最近读到的好书，她的眼神就有点飘忽不定，然后趁机改变话题。我把这理解为两个人相处，必须学习的互相迁就的功课。我很好奇，爸爸和妈妈以前是怎样开始的，又是怎样维系下去的，但我没有想过直接问你们的意见。我只是猜想，爸爸和妈妈都是"爱读书""爱文学"的人，那么你们至少会处于共同的舒适圈里，而感到加倍的舒适吧！但是，世间上有多少男女是拥有共同的热爱的呢？以这个为基本要求似乎也不太合理吧。况且，我和 R 的起点其实已经够接近的了，只是除了学业背景，人还有太多的其他面向。这些都是我没有足够心理准备的。

自从 K 搬离宿舍，我已经好几个月没见过他。有时以为会在上课的地点附近碰见，但却没有发生。我向一些大家都认识的人打听过，他搬到西环的一个单位的劏房里独住。我有想过去找他，但很快又打消了这念头。每天在校园内来往，我都留意着周边的人，期望在人群中瞥见 K 的身影。到我真的见到了 K，却是完全意料之外的情况。那天我从讲室下课出来，竟然发现 K 站在外面。他一看见我便迎上来，很明显一直在等我。我既喜又惊地走上前，不知道在发生那样的事情之后，怎么开口跟他说话。他依然是老样子的，穿残旧的衣服，头发像一堆铁线一样又硬又乱。他脸上挂着既非友善也非敌意的表情，也即是一种中性的表情，含糊地跟我打了招呼，然后便向我递上一份小册，以平淡的语气说：好久没见！最近我参加了一个粤语研究及促进会，会办些活动和出版物的。这个礼拜有一个读书会，读你爸爸的作品，我猜你会有兴趣来参加。不妨考虑一下！说罢，便像赶走空中的蚊子似的挥了挥手，转身走开了。我没有机会问他近况如何。我也很奇怪，他为什么会参加一个推动粤语的组织。我从不知道他关心这个课题。打开小册子一看，那场读书会在星期五晚上举行。

一个"爱读书"的人，应该也会热心参加读书会吧。况且这个读书会是谈自己父亲的作品，又是 K 亲自来邀请我的，我没有不去的理由。在大学文娱中心活动室里坐了三四十人，比我想象中多。更意想不到的是，这次读书会是由 K 主持的。由一个从来不看书的人来主持读书会，真是一件人间奇事。读书会的影印材料，是由爸爸你不同时期的小说选辑出来的片段。我收到一份的时候快速翻过，似乎都是和粤语的应用有关的。K 站了起来，开始以低沉但洪亮的声音讲起开场白。我从未见过 K 在公开场合发言，也不知道他演说的声音是这样的，感觉非常陌生，好像他变了另一个人一样。

至于开场白的内容，初听也是有点摸不着头脑。我认为一定是我的无耻行为对他造成的伤害，令他发生如此极端的性情大变。在开场白的结尾，他突然指向我说：今天邀请到小说家 D 的儿子 F 来参加我们的讨论，实在十分荣幸！现场响起了有点犹豫的、零零星星的拍掌。

　　讨论由 K 带领，从父亲早期的一些短篇小说讲起，引述了一些大量运用广东话的片段。到了后来的长篇小说，广东话成分有增无减，特别是用在严肃对话当中，而不只限于简短生动的人物语言。来到这里，大家的意见也是肯定的。但是，谈到父亲近年的作品，K 便流露出不敢恭维的口吻，甚至直接作出了批判。他认为你背弃了自己的初衷，不仅对正统中文书写作出妥协，大幅减少粤语的运用，甚至把之前大量渗入粤语的长篇小说完全改成现代汉语。说到后面，K 一直望向我这边，好像我就是我父亲似的，透过我向你发出挑战。他肯定也期待，我会为你作出辩护。所以，当他发言完毕，便立即邀请我作出回应。这时候，早前对 K 感到的愧疚突然又变成了愤怒。不是他批判了我父亲而感到愤怒，因为平情而论，只要身为作家，就算是父亲你也不能免于被批判。而是，他当着我的面前，为了向我报复而批判我的父亲的愤怒。总之整件事情的目的就是要令我难受。我可以想象，今天纵使我不在场，他也会说同一番话，但是，这番话背后的假设听众，最终仍然是我。他依然会以录影或笔录的方式，把它传送到我的手上。当然，我的在场是最圆满的方式，而我毫无戒心地以自己的出席，帮助他实现了他的目的。当众人的目光都聚焦在我身上，我选择拒绝回答，只是说：我无法代表我父亲说话。但 K

没有放过我，追问说：那你自己呢？你也有自己独立的意见吧？不会只是你父亲的附庸吧！"附庸"这个词再次触怒了我，它击中了我心中长久以来潜藏的致命伤。小时候"想成为像父亲一样的人"的理想，长大后变成了"顶多不过是个跟从父亲的人"的诅咒。我知道，要摆脱这个诅咒，要向世界宣告自己的独立，我只要走向父亲的对立面，跟父亲的批判者站在一起便可以。可是，此时此刻，我选择保持沉默。K的脸上露出了胜利的笑意。我知道，他早已稳操胜券。无论我站在哪一边——背叛父亲或者放弃独立——我都会输，而他都会是赢家。我知道问题不是这么简单的，但在那种场合，你无法作出深入辩解。世界只需要你提出简单的答案，然后向你宣读判决。

　　我连这件事也没有向爸爸你提及，你一定会觉得我冷淡得有点过分。其实我不是不在意，而是因为太在意，才没法向你和盘托出。我开始觉得，"成为像父亲一样的人"是一个没有出路的目标。甚至乎，"爱读书"和"爱文学"也不会把我带到更高的境界。就算我一直被称赞为聪明、博学、有天分、有才华，那统统都只是些没有价值和意义的空洞词语。也许，我一直自称没有尝试创作的意向，只不过是害怕自己的存在根本就跟创造力无缘。

　　爸爸，也许是时候，告诉你那个称为"人间失格"的事件。从人间道德的标准来说，它其实只是一件小事，一件青少年成长期必然犯下的无数的小错之一。它甚至只是无心之失。那要说回我高中时的那位玩长跑的同班同学，也即是我的第一个朋友。他带出来让我见过一面的女朋友，后来开始给我的手机发讯息，有文字，有语音，有照片，也有影片。都只是些或无聊或有趣的小分享。我不以为意，也就简短地回复一些表情符号。有一次，她突然约我出来见面，说是有重要的事。我以为是关于我同学的，便应约去了见她。我们约了在一间咖啡店见面。因为是星期五下课后，大家都穿着校服。她一直轻轻松松地跟我闲聊，关于文学的、音乐的，还说以后有时间，可以给我补习英国文学。我虽然没有这个需要，但也说了声好。然后，她突然问我：你真的很想有女朋友吗？其实我并不，至少暂时不，但我觉得这时候不应该故作清高，便说了是。她追问：为什么想有女朋友？我不知道如何回答，便抄袭了其他男生说过的答案：很想试试跟女孩子拖手的感觉。她很认真地重复：就是想跟女孩子拖手？我说：是啊！除了拖手，还有什么？她突然大笑出来，立即又收住，眨着那双大大的眼睛，说：这很容易！要不要试试？我有点失措了，说：试试？跟谁？说罢，她便已经把手伸过来，像捕食的蛇一样，把我放在桌面的手抓住。我想把手抽走，但又觉得这样很无礼。事实上我的手已经瘫痪了，完全动不了。她见我不退缩，便用圆圆的指头轻轻地撩拨着我的手掌，说：就是这样了，感觉怎么样？不等我回答，她又迅速地把手抽回，好像被烫到一样，用另一只手细细地揉搓着，说了一句奇怪的话：如果，你是我男朋友就好了。我没听懂，只是尴尬地笑了笑，尽量不着迹地把手悄悄收到桌面下。我们在咖啡店坐到晚上九点，便各自回家去。我甚至没有送她。

　　星期一回校，我的同学没有像惯常一样坐在我旁边的位子。他一声不响地坐到最后面去。我回头去看他，他却望向别处。他从此便再没有跟我讲话。我不知道他和女友之间发生了什么事。我猜想一定是那女生告诉了他和我见面的事，但是我不知道她还说了什么。我给那女生发讯息查问，她却完全不回。我觉得一定是我做错了什么，但我没法弄清楚实情。我多次尝试在课后走近我的朋友，但他都刻意避开。到了最后一次，我在放学后看见他走在我前面。如果我加快脚步，一定可以追上他，向他真诚地道歉，向他解释我没有恶意，我什么都没有做，只是应邀去见了那女生一面。但是我没有勇气追上去，因为我不能说我对事情完全没有责任。我停下步来，看着他瘦削的身影慢慢变小。我到今天依然想不通这件事，只是知道，我因为对某些事情欠缺敏感和理解，而令身边仅有的朋友受到伤害。

关于 K 的事，其实也一样。所以，我事后平静下来，并没有恼 K。他的人生要有什么转向，完全是他的自由。他要向我报复，我也必须承受。只是，从前疏忽而导致他人痛苦，现在小心翼翼，自己却又感到碍手碍脚，失去自由。那个舒适自在地陶醉于自己的世界里的我，好像一去不返了。我觉得人很复杂，人与人之间的事更复杂。不知为什么，这是我读多少文学书都学不懂的事情。肃此敬请

　　金安。

　　　　　　　　　　　　　　　男花叩禀　某月某日

11

父亲大人膝下：

敬禀者，父亲可能会觉得，如果我遇到前面说的这些事情的时候，能跟你商量一下，结果可能不会弄得这么糟。我不排除有这可能性。父亲一定可以给我有用的意见，让我更懂得处理，至少可以把伤害尽量减低。但是，首先就是我没有察觉事情的严重性，其次就是不愿意事事求助于父亲的自我心理作祟吧。特别是之后我要说的这件事，因为某种我自己也无法明白的奇怪原因，我直觉认为不可能向父亲请教。

三年级下学期，R又修了C教授的另一课。这门课跟我很想修的英文系的莎士比亚撞了时间，我便只有忍痛割爱。起先R下课的时候，也会过来找我喝杯下午茶，但后来常常说课后有问题和同学讨论，延迟了跟我见面，甚至索性不见。我当初也无所谓，反正下午茶可喝可不喝，空出来的时间可以去图书馆看书，过得十分自在。有一次，我看了一会儿书，却觉得有点气闷，便到外面逛逛。信步走着，不经不觉便走到旧本部大楼。想起这里曾经是文学院的所在，以前爸爸是在这里上课的，一眨眼就是三十几年的时光，感觉便很神奇。这座殖民地建筑成为了法定古迹，虽然已经人去楼空，暂时未确定新的用途，但一柱一梁、一砖一瓦，都跟几十年前，甚至是一百年前一模一样。我一边在开放的长廊上走着，一边想象爸爸从前还是大学生的模样，还有年轻的你在这里学习的情形。地面层的大房间，应该是讲堂，小庭院旁边的，另有一些办公室。楼上那些小房间，也许就是上导修课的地方吧。在二楼走廊的转角处，白色的木门上仍然有比较文学系的英文标牌。伸手拉了拉门把，却是锁上了的。在渐暗的天色下，空无一人的整座建筑，感觉荒凉。

这时候，我听见那锁上的木门后传出脚步声，然后门锁被扭开，有人悄悄推门而出。探头出来的，竟然是 C 教授，而跟在后面出来的，是 R。R 的脸上原本挂着的笑意在瞬间消褪，但很快又重新堆起来。C 教授则很自然地面露惊讶，然后好像很高兴碰到我的样子，说：F 同学，真巧啊！算你走运了，我刚巧拿到旧 department 的锁匙，要不要进去参观一下？你知道我们系下星期要搞的 conference，首先会在二楼的 convocation room 做 opening，然后带 guests 过来参观旧系和整个 Main Building，做一个 guided tour。来！F！进来看看你爸爸以前读书的地方！里面的 balcony 啊 view 很好。以前 office 在那边的教授真幸运！C 一边说一边往回走，热情地向我招手，我便唯有跟着他进去。去到外面的阳台式走廊，望过去一列办公室，都是旧式的高木门，门上有长形玻璃。再配以走廊地砖的图案，和石柱子间的铁栏杆，极富怀旧的英式风情。至于外面的所谓景观，则不过是近处的大学美术馆的楼顶，再远一点都给新建的高楼包围了。C 走向第二个办公室的门前，说：这是也斯的办公室。我呆呆地说：哦，是嘛！

这场突发的参观也同样突然地结束。走出旧系的门口，C 锁好了门，看了看天色，说：你们两个去吃饭吧！我还有点东西回办公室处理。说罢，潇洒地挥了挥手，扬长而去。我望了望 R，她这才开口说话：刚才下课问了 Professor C 一些问题，他提起他拿到了旧系的锁匙，问我有没有兴趣进去看看。我说有，便跟他过来看了一下。我点着头，说：原来是这样。刚才 C 也解释得很清楚了。老实说，我当时真的相信就是这样的一回事，所以也没有追问下去，或者特别细察 R 的脸上或衣衫有没有什么异样。就这样，我们下去西环的一间店子吃馄饨面。

之后的国际学术研讨会，我和 R 也有帮忙做义工，负责招待学者和各种杂务。我想听的场次也去旁听了。论文的水准确实很高，但我一边听着，一边还是无法解除当初选修比较文学碰到的困惑。当中有很多论者并没有谈文学，而谈到文学的，都没有把文学作为文学去对待。我不断在自问：是不是自己的文学观念太落伍，追不上时代？对文学和读书的"爱"，什么时候开始变成了不严谨的学术态度？假使我成为学者，将来就要像台上这些人一样，侃侃而谈没有爱的理论和术语。我发现自己天真得有点可笑。

我第一次感到自己在学术上的不成熟，连带将来从事学术研究的决心也动摇了。

在开会之外，学者们也进行了很多社交。这是我最为不习惯的部分，完全不懂得把握时机去向知名学者讨教或者打好关系。那个本部大楼导赏团也举行了，还去了改为美术馆的前冯平山图书馆参观。外来学者对本校的历史和古迹也很感兴趣。C教授一副春风得意的表情，也不知是因为研讨会的成功还是什么。R落力地帮忙，指挥着同学们奔走，也成了本系女生美貌与智慧并重的示范。

自从在本部大楼碰到R和C之后，我便常常想起他们从门后走出来的样子。我不能说我怀疑她，但也不能说我更着紧她。只是有一种不舒服的东西，一直卡在心中的某个位置。所以，反而常常无故地提起C，或者问她关于C的事。与此同时，我也更认真地做一个男朋友应该做的事。只是到了某一条界线，我感到难以越过。有一次，在半途而废的亲热之后，R幽幽地问我：你是不是不爱我了？我否认，她便说：我知道你很努力，但是，为什么呢？为什么我感觉不到爱呢？你感觉到我也爱你吗？我很诚实地说：我不知道。她泄气地说：F，你爱读书，你爱文学，但你能爱人吗？不只是我，是任何一个人。我苦苦思索着，没法给出一个答案。

暑假很快又来临了。R照样忙于兼职，也没再提出一起去旅行的事，也许是不想得到失望的答案。我照样是每天读书。沉醉在书本中，忘记所有人，是最快乐的事。后来她告诉我，有一份工作要去东京拍摄，完成后打算去京都玩几天才回来。她没有问我去不去，也没有说是不是跟谁去。可能她担心我会借故拒绝，或者不想对我造成压力。她这样说也可以保留颜面。我不是不想陪她去京都，但我害怕触碰到某条界线。就这样好像心照不宣，实则是含糊不清的情况下，她飞去了日本。

R 在东京工作那几天，还有传来讯息，让我知道她的状况。到她出发到京都之后，便突然断了音信。我传讯息甚至打电话给她，都没法接通。后来才收到一封电邮，是从咖啡店的公用电脑上发出的，说她的手机坏了，一切很好，不必担心。那几天我心情很乱。我从未试过有这样的感受。但说是后悔没有和她一起去京都又不对。我试着把精神集中在明年的毕业论文研究题目，但对于研究方法一直无法拿定主意。我写了封电邮给 C 教授，想约个时间向他请教，但他一直没有回复。回到系里一问，职员说 C 教授去了京都开会。噢，是京都啊。我心里像手机收到天文台气象警告提示似的响了一下。我跟自己解释，一切只是巧合而已，怎么可能是事先约定的呢？京都也不是个小地方，同时在当地也不容易碰上。但是……事情其实不是已经相当清楚了吗？我回到家里，躲在房间里，想找一本合适的书来看。我望着书架犹豫再三，拿下了康德的《纯粹理性批判》。

R 回来之后，没有露出任何异样，还买了京都名产和菓子给我做手信。她也给我看了手机上的照片，都是一些清幽雅淡的寺院或庭园。有她在里面的都是自拍照。但不是说她的手机坏了吗？她拉着我的手，坦白地说那是骗我的，只是想让我暂时不要找她。她原本想自己一个人静一下，思考我们的关系，结果她一直想着我，根本静不下来。她还说：下次我们一起去好吗？我点了点头，轻轻地握着她的手。我当然没提C教授去京都开会的事。到我终于约见到C教授，我也没有提R去京都玩的事。我就论文的问题向他请教，他也给了很有用的意见，并且答应做我的论文导师。一切似乎也回到正常状态。

然后，有一天从同学的手机，传来了本校教授谋杀妻女被捕的消息，据报跟教授与女学生搞婚外情有关。我大吓了一跳，立即上网查看即时新闻，发现涉事教授是工程系的，才松一口气，并且觉得自己的怀疑很荒谬。因为是发生于我校的大事，我便把新闻转发了给R。晚上我和R约好了一起吃饭，坐下来不久，我又提起了这件事。R突然面露不快，说：你这是什么意思？我说：没有什么意思，只是觉得很恐怖。她说：但你为什么一直拿这件事在我面前说？我否认说：我没有一直在你面前说啊！她突然改变方向说：如果，今天谋杀妻女的那个教授是C，你会怎样？你会认为那个女学生是我吗？难道你没有半刻想过是这样吗？对于她的反问，我无言以对。她继续说：我知道C和我同时间去了京都。他有告诉过我，他会去那里开会。但我没有告诉他我在那里，也没有在那里和他见过面。如果我这样跟你说，你会不会相信我？R表述的方式很复杂，很曲折，我一时间想不到该如何回应。她继续说：其实我也不知道，我想你相信，还是不相信。我知道你一早就对我有怀疑。我最近常常在想，你怀疑我对你不忠，究竟是坏事，还是好事？这是否表示，你其实是着紧我的，你不是对我不闻不问，没有所谓的。这是否表示，这就是爱？但是，这其实不是重点。问题不是我和C之间有没有什么，而是我和你之间究竟有什么啊！F，我从来没有想过强迫你做任何事。我当初主动说我喜欢你，也不是为了要强迫你也说喜欢我。但在我们相处的一年时间里，我真的弄不懂你在想什么。也许，我要向自己承认，你从来也没有爱过我。F，你知道什么是爱吗？

那一晚，我和R分手了。我觉得这是对大家最好的决定。但这个决定，也是因为R的主动才做出的。我为什么是这样的一个，完全没有决断力的人呢？还是，我一早就被决断了，生来是个怎样的人，而只可能做怎样的事？我本来以为，自己是为了尝试适应这个世界，而扭曲了自己的本性，失去了行动和思想的自由。但是，自由和本性，不是先天对立的吗？有所谓本性，就不存在自由的选择，因为最根本的东西，已经早就被设定了。我之不能爱R，我之最终失去R，也是早就被设定了的事情。无论我怎样努力，结果也只会是徒劳的。

父亲大人，我很想知道，为什么当初那"爱读书""爱文学"和"成为像父亲一样的人"的愿望，结果会变成这样？是不是因为，始终有一个"父亲"在那里，令我不能成为自己？但是，我不已经是自己了吗？我思，故我在。不是这样的吗？肃此敬请

金安。

男花叩禀　某月某日

12

父亲大人膝下：

　　敬禀者，向父亲你的交代，而经接近尾声了。时间已经来到大学四年级。纵使我和 R 的恋情结束了，而且事情很可能跟 C 有关系，我还是继续在他的指导下，进行我的毕业论文研究。我初拟的题目是《香港文学作为世界文学》。C 很满意这个路向，也很用心地指导我，向我介绍了西方学界新近流行的相关讨论。我完全不觉得 C 的个人品德有问题。除了年龄上的差别，我甚至觉得他其实跟 R 十分相衬。他们都有一种相近的进取心。那是我没有的东西。不过，我不了解 C 的妻子和女儿的情况，所以这种浮想也许并不公正。

　　有时跟 R 还会在校园里碰面，互相友善地打个招呼，站着聊几句，没有太尴尬的感觉。她依然是那么地明亮动人，充满自信和干劲。这让我觉得，我们分手是对的，双方都没有遗憾。我真心地祝愿她能实现自己的理想，毕业后成为电视台主播。我绝对相信她有这样的条件和实力。也许，我的想法还是太单纯。我不知道。C教授常常说，我的学识和思考能力绝对不是问题，唯一的缺点是态度过于保守，而且欠缺争辩的意识。他尝试开导我说：搞研究不是单凭热爱和兴趣便可以的，我们还需要去质疑、去批判、去颠覆。又或者说，我们的热爱和兴趣不应该放在作家和作品上，而应该放在我们的学术工作上，也即是对质疑、批判和颠覆的热爱和兴趣。我终于有点明白他的意思，但我很难令自己这样做。

上学期开始不久，K突然又来找我。这次是先传手机讯息给我的，问我有没有兴趣给他们学会的刊物写文章。我很奇怪，经过上次读书会对父亲你的否定，以及迫使我以沉默投降，他为什么还会来找我。我一度怀疑，这是不是另一个报复的举动。但我决定先跟他见面谈谈。我们在饭堂坐下来，就像很久以前一样，一边吃那些难吃的饭餐一边聊。他在读书会上的敌意完全消失了，虽然也没有回复以前不拘小节的熟络，但至少给人坦诚友善的感觉。他说刊物每期都会请学生和老师撰文，讨论粤语书面化和规范化的问题。又说他们绝对尊重言论自由，所以亦会请反对者表达他们的意见，希望做到真正的讨论。他保证我可以放心畅所欲言。当然，言论刊登出来引起的反应或争论，却不是他们可以控制的事情。文责自负这一点相信不必多说，但却要慎重考虑。他说下一期除了我之外，也邀请了我系的C教授撰文。听说他会从华语语系文学的角度探讨相关的问题。虽然大家之前发生了不愉快的事，但我选择相信 K。我答应了写文章。大家在洽谈成功的和睦气氛中道别。

我知道 C 教授会以学术理论去处理这个议题，便不想重复他的做法。我决定从个人的角度表达我的感想。对我来说，广东话是一种生活的语言，也是一种活生生的语言。它作为我的母语不容置疑。我并不经常写粤语，但我读到别人写粤语时会感到自然亲切。书面粤语有约定俗成的习惯，但没有绝对的规则。这正正是写粤语的好处——自由、灵活、无拘无束，但又不造成互相理解的问题。至于华文阅读和书写，同样也是我们的传统和文化资源，没有理由抗拒和放弃。不是我们属于华文，而是华文属于我们。在我的经验中，粤语和华文并行，不但没有冲突，反而是互相补足、互相丰富。写好之后我把文章传了给 K。他只说了句感谢赐稿，并没有其他回应。

我很快便把文章的事抛在一旁。虽然对此事确实有自己的意见，但我不太习惯介入这种争议，也不希望继续牵涉下去。老实说，如果不是 K 亲自来邀稿，我极可能会拒绝写这类东西。可以说我是完全为了 K 而写的，纵使观点并不是 K 所乐意听到的。我没有问 C 教授写稿的事，也不知道他的文章内容为何。不过，身为他的学生，对他的论点也可猜想一二。我忽然又想到，也许我的毕业论文可以加入"世界文学作为香港文学"的思考。

大概过了一个月左右，K 突然有点紧急地约了我出来，说要谈文章的事。不知为何，在下午四点的时分，咖啡店竟然空无一人。我们买了两杯双份浓缩咖啡，坐在其中一张长条形的椅子上。他坐在我旁边，没有坐对面，也许可以免除正视对方的尴尬。他似乎在等我向他发问，我于是便问了那个他预期中的问题：其实我一直想知道，你为什么会突然参加学会？K 侧着头，不假思索，回答说：没什么，找个存在的 cause 而已。我重复道：存在的 cause？他说：就是。你存在的 cause，是读书，是文学。我呢？是哲学吗？当然不是。是爱情吗？曾经以为是，但其实不是。找来找去，刚巧就碰到这个，我觉得以时机来说，最有力的存在的 cause。我不同意，说：不是最有力，只是最冲动。Strength 和 drive 是两回事。

他调整了一下坐姿，在长椅上侧着身，面对着我，说：Cause 是什么？是理由？是原因？是 fight for a cause 的 cause！这个 cause 是什么，其实一点都不重要。所以我很尊重你的 cause。我之所以抓住这个作为我的 cause，也许是因为，我知道它是个不可能实现的东西。我刻意地选择了一个 lost cause。是的，我已经肯定，它是一个 lost cause。这种话我只能跟你这样的一个像我一样的孤独者说。我很庆幸世界上还有你会听懂我的话。你一定会问，那么我为什么还跑去加入团体？我告诉你，我不是为了人群而加入的，我是为了自己，为了找到那个 lost cause 和 fight for 它的那种感觉——自由的感觉！

对于 K 的这番话，我一时不懂得回应。他沉默了半晌，突然改变了话题，说：你知道吗？我的毕业论文，我打算再做笛卡儿。我之前在你的指导下，写了一篇小规模的笛卡儿论文。今年我打算写一篇长的，题目叫作《无神论者笛卡儿》。说来真是有点好笑！读了四年哲学系，只认识一个叫作笛卡儿的哲学家。所以不拿他做论文也别无选择了。严格地说，笛卡儿只是潜在的无神论者。他以为自己还是信神的，但在他的学说中，他把神的位置限制在一个极小的范围内。神只是物理世界的初始创造者和第一推动者，在世界诞生之后，所有事物也按照物理规律运行和发展，基本上就再没有神的角色了。他把人的理性的极限，也即是没法解释的边界，称为神，跟今天的科学家把物理定律不再适用的宇宙大爆炸或者黑洞的门槛，称为奇点，其实只是名称的分别。神就是奇点，就是理性之外的荒野。而笛卡儿声称相信的神对所有事情的预早安排和决定，其实也不过是在物理定律的运作下，环环相扣的自然演变的结果。所以他才认为，神的全知和全能，跟人的理性和自由意志没有冲突。可是，他后来提出的 passions 理论，却又危及了自由选择的可靠性。他称声人的 passions 无论怎么强烈，最终还是受制于理性和意志的。问题的吊诡之处在于，他通过机械论来限制神的角色，给予人的理性绝对的自由，但同样的机械论却指出，身体的 passions 如果不加以好好管理的话，就会变成人的理性和自由意志的障碍物。这番话跟我刚才所说的有什么关系呢？我想说的是，大部分人的行为，都是受 passions 驱使的。我们其实是身体的"激情"的产物。我们所能实践的自由，是非常有限的。很多时，意志并没有真的控制"激情"，而只是附和"激情"，给予"激情"一个 reason，一个 cause，然后意志便假装采取行动。如此这般，passion 和 action 看来便取得一致了。我所做的，并没有什么特别，只不过是把心中的激情，可能是爱，可能是恨，投射到一个 reason，一个 cause，并且做出抉择和行动。

而当中体验到的自由，跟实际可行性和真理，完全无关。我得出这样的结论，至少说明了这几年的笛卡儿是没有白读的。我的哲学系学习生活，也没有白过。我甚至可以说，我不枉此生了。

我欣喜地发现，K依然是K。但我也担心，K变得不是K，或者扮作不是K的部分。他不给我说话的机会，握着我的手臂，说：也许你说这是冲动是对的。一切都是本能而已。你和我不同，你不是我这种人，用fight for a lost cause来实践自由的人。你的cause是有可能的。你要继续下去。你要好好的，安然地生活下去，去悄悄地，静静地，同时也是孤单地fight for your own cause。所以我决定拒绝刊登你投来的文章。你和我一点关系也没有！知道吗？我们以后，也不要再见了！

K举起手中的双份浓缩咖啡，和我碰了碰杯，像喝酒一样，仰着脖子，一饮而尽。我也把我那杯干了。我看见他把杯子放下时，手有点颤抖。他要站起身了。我应该把他拉住吧。我应该留住他，向他说出我的心底话。我此刻才完全明白，当时我为什么要阻止他和R。我心中的passion非常强烈，令我几乎窒息，但我的意志拒绝做出action。我无法成为一个行动者。K在我的肩上大力地拍了一下，转身走开了。我们甚至没有做最后的拥抱。

爸爸，我终于把那一直不能说的话，原原本本地向你说出来了。肃此敬请

金安。

男花叩禀　某月某日

13

父亲大人膝下：

敬禀者，当初我向你提出想成长的时候，我并不知道成长是这么艰难和痛苦的。也许世界上有人的成长是轻松和愉快的。我衷心祝福这些幸运的人们。我的成长问题，可能源于我的先天设定。每个人来到这个世界上，都不是一张白纸。或者它表面上是一张白纸，但背后其实已经写满了密码。有些密码可以解开，有些不。至于密码是解开好，还是不解开好，也没有定论。在白纸的表面，字还得要写。写得好，写得不好，端赖很多因素。有部分是被背后的密码决定的，有部分是由别人，有部分是由自己。我只有尽力写好自己的部分。

爸爸，我已经在香港大学比较文学系，完成大学四年的课程了，并且拿到了一级荣誉的成绩。但是，我一点也不觉得骄傲。

我对前景感到惶惑不安。往下去我应该怎样做呢？我应该继续念研究院，还是跳出我的"舒适圈"？还是，我要跳出的，其实是我的成长故事，我的思想，我的存在？在这个故事里，我永远只是你笔下的人物。无论你怎样努力去想象我，我也只是你创造的儿子花。也许我也局部地成为了你的替身。然而，我怎样也不是你的复制品。我在你的笔下体验了我的人生，你也在我的身上体验了你的可能性。但是，我和你，始终是不同的。从一开始，我就作为你的他者而存在。而你，亦因此成为了我的他者。究竟谁是主，谁是客，已经说不清楚。又或者，根本就没有主客之分，只有他者跟他者的关系。但是，在他者与他者之间，可以有情感吗？可以有爱吗？

也许，你当初是为了实现那没有实现的期望，才把我创造出来，并且赋予我"爱读书""爱文学"和"成为像父亲一样的人"的条件。我也在短短的人生中，尽了我的力量，去达成爸爸心中的愿望。不过，我还有一些属于自己的东西，是爸爸意料之外的，也是我自己意料之外的。于是我最终也变成了，跟爸爸当初想象不同的一个青年。爸爸对此应该早有心理准备。而我还可以在我的思想中，也即是在爸爸的想象中，继续存在下去，成为一个成年人、中年人，甚至是老年人吗？为什么不呢？不过，与其重复爸爸你设定的生存条件，不如让我好好地提早离去，结束我自己的故事。我的意思是，我的成长已经足够了。

你可能会以为，我所经历的小小挫败，还未至于对人生感到幻灭，对世界感到绝望吧。就算我体验到"爱读书"和"爱文学"

的无用，发现到"成为像父亲一样的人"根本毫不值得骄傲，我也不应该否定生存本身，因为——用上 K 的说法——还有许多其他的 causes 值得人去追求，去实现。但是，正如 K 自己选择的 cause 根本就是个 lost cause，而他坚持的理据只是渴求在过程中体会实践自由的感觉，我想说的是，我已经无法从任何形式的存在中得到那种感觉了。K 之所以有那种感觉，是因为他的 passion 里面有 love，同时也有 hatred；而我之所以没有那种感觉，是因为我的 passion 里面没有 love，也没有 hatred，而只有 wonder。笛卡儿把 wonder 放在六大 passions 之首，认为它是最重要的 passion，很可能是因为，对像他自己一样的思想家、哲学家来说，wonder 就是知识之源。而当他谈到 love，论据便相对薄弱了，他自己的实践也肯定相当贫乏。

我原本没有 love 也能够好好生存，自足自在。这样的设定绝对不能说是个缺憾。只要有 wonder，有 joy，和足够的善意，我认为生存就没有遗憾了。甚至在遇到 R 之后，体验到男女间恋爱的苦涩，我还可以回复到原初的设定，就像电子产品上的重置功能。但是，偏偏就是 K，让我无法恢复完整。我终于发现，他原来已经成了我生命的不能切割的一部分。我们已经融为了一个整体，至少在我的心中如是。现在他选择了自杀式的 lost cause 作为他的 passion 和 action 的目标，那就等于同时也把我杀掉，因为此后我就再也不是一个整体了。他所做的跟我的切割，说到底是毫无意义的。我早已经无法割舍了。那么，我想说，这就终于，是 love 吧。由 R 所正确地形容的一个没有爱的人，我最后终于尝到了爱，但这爱也让我决定，我必须让它终结。因为，我不能忍受在我的人生中，也即是我的故事中，看到 K 的毁灭。要避免发生这个必然的毁灭，我唯有决定把故事中止了。从一开始，我思，故我在；到了现在，我不思，故我不在。只要我停止书写，我的世界便会消失。爸爸，请原谅我做了这样的决定。对一个父亲来说，这应该是作为儿子的最大的忤逆吧。请恕我不能再满足你的想象和期望了。请让我行使一次，那终极的自由吧。

不过，在这之前，我还有一些事想做，请爸爸你再多给我一点时间。

第一件事，我想再拉一次柴可夫斯基弦乐四重奏第一号第二乐章 Andante Cantabile。爸爸，你听到吗？我在我的房间里，开始拉了。你在隔壁的书房，应该也可以听到吧。应该会暂时停下手上的工作，心里想：啊！我的儿子花在拉小提琴呢！爸爸你要记住，这是我最喜欢的弦乐作品。它没有表面的技巧难度，很简单，很缓慢，很抒情，很纯粹。但我好像从来没有被这曲子感动而流泪。我毕竟不是托尔斯泰。但流泪不是托尔斯泰的专利。R 也为了它流过泪。或者，她其实是为了我而流泪，为了一个不值得她去爱的我。然后，我又记起我给 K 拉这曲子的情景，在回忆中变得有点滑稽的情景，但却是那么的历历在目。

第二件事，我想再看一次 West-Eastern Divan 乐团的柴可夫斯基第五交响曲演奏，想再欣赏一次那些年轻男女乐手们的美貌和英姿。他们是那么的美丽，那么的青春，那么的纯真，那么的富有活力。回想少年的时候，我如何幻想自己是当中的以色列，或者是巴勒斯坦、约旦、叙利亚、埃及青年, 和几十位年纪相近的少男少女, 一起为相同的目标演奏, 那就是很简单的"爱音乐", philharmonic。那应该是世界上最美妙的事情吧! 但是, 我也一直担心, 自己真的能成为一个乐团, 一个整体的一分子吗? 我真的能"众乐乐"和"与众同乐"吗? 还是我天生便只能"独乐乐"呢? 不过, 这些现在已经变得不要紧了。

　　我在唱片架上找了半天, 也找不到当年的影碟, 在网上也搜寻不到相关的录像。它就好像一段被偷走了的记忆。可是, 我明明是和爸爸一起, 坐在家中的沙发上看的。这是绝对不会错的。绝对不会是虚构出来的回忆。在网络上能找到的, 是 West-Eastern Divan 的另一场演出录影, 柴可夫斯基的第六交响曲。这首交响曲的标题, 译成法文是"Pathetique", 再译成中文则成了"悲怆", 但在俄语原文中本来是"Passionate"的意思。说不定它更适合我现在的心情。好吧! 那我们就看这一个吧! 犹如当年一样, 父子俩一起窝在沙发里, 我小小的身躯挨着你高瘦的身躯, 两人的身上同盖着一条棉被, 看着和听着那无与伦比的"爱乐"。我也把这首乐曲, 送给不会听到它的 K。

　　我知道, 音乐无法用文字描绘。所以我也不多此一举了。我只是想说, 爸爸一定明白我把它放在信件最后的意思。你就当交响曲的结尾, 那来来回回地沉下去、慢下去、静下去的低音大提琴, 是我挥着手, 逐渐远去和消失的身影吧。

　　亲爱的爸爸, 我对成长的执着, 累你白费了好一段功夫。你可以停下来了。我也就此向你告别了。不过, 说不定我的生命,我的故事，会在另一个青年的身上重生、实现和延续，从而打开一个全新的世界。在新的世界中，条件会变得不同，故事也可能会变得不一样。我希望那是一个容得下你和我，以及所有的其他人的世界。到时候，如果我们遇见，你会认得我吗？

你的不存在的儿子　花　某月某日

像我这样的一个男孩

2018 年 8 月至 12 月，我在新加坡南洋理工大学当驻校作家。教学工作并不辛苦，学生非常认真，堂上练习和回家的功课都做得十分用心。要求作家参与的演讲和活动也不多，我有充分的自由时间写作和阅读。

我住的宿舍位于"南洋谷"，离饭堂和超市很近，对于不太挑食的我，饮食的问题很容易解决。三房两厅的单位，对独住者来说有点太大。我把大饭桌变成我的工作桌，前面就是空荡荡的大厅。我从未曾在如此广阔的空间里写作过。早上有鸟声，晚上有虫鸣，四周宁静得像身在深山。有时一连几天没人打扰，从早到晚都不用说一句话。我突然寻获了渴望已久的隐居生活。

单位在房子的三楼，景观甚佳，对面是树木和小山。因为较高，虫蚁也相对较少。最常见的是一条每晚从门缝下钻进来，沿着墙边溜进厨房的壁虎。壁虎行动利落，不扰人，只是经常留下粪便。美中不足的是，房子前面据说非常漂亮的蓝湖和公园，因为学校的发展工程，每天都在挖掘、倒泥和架设建筑物，白天有时会有点吵。不过关上窗，习惯了也没有什么。在几个月间，看着工人们每天辛勤劳动，逐渐把地形完全重塑，感觉跟写长篇小说也有点像。

每天早上七点起来，在绿意盎然的校园，沿着那些微微高低起伏的路段步行，看着那些寄生着多种植物的热带巨树，感受着早晨清凉的风和微湿的气息，或者看着晨光在薄云中透出，在树冠的枝叶间散射成充满神圣感的光柱。在经过田径场的时候，看着每天都遇见的跑步者，或者每逢星期一至三参加足球训练的青年（当中星期二那一组有三个女生），或者从游泳池湿漉漉地跑出来的晨泳者，感觉到时间永恒地重复，但又不断地逝去和变化。

《命子》的第二和第三部分，就是在驻校期间完成的。相较于第一部分的回忆录或生活散文的形式，完全虚构的第二部分"笛卡儿的女儿"是一个反照。我刻意加入许多注释，写成好像译自外文的人物传记的模样，但角度却是主观的，也即是一个父亲的角度。在构造一个想象的女儿之后，我觉得无妨再构造一个想象的儿子，于是便有了第三部分的构思。这个不存在的儿子花，是真实的儿子果的对照。作为一个"弟弟"，我想知道"完全不同的另一个儿子"有什么可能性。也许他只是作为大人的我试图回复年轻的伪装。

在我8月初离港之前，儿子正奋力写作他的第二本散文集。

我不知道继两年前的第一次认真和密集地写文章，是什么契机促使他重燃写作的热情。今次的文集"出版"（自己打字、排版、列印和订装）之时，我已经身在新加坡。他在家里搞的新书发布会，我没法亲临，只能在手机上看录影片段。他印出来的成书，也要等他 8 月底和母亲过来南大探我才拿到手中。当然免不了要付上新币五元，即港币三十元。虽然之前妻子已经用手机传来了文集内容，但一书在手还是我这等老派人不能改掉的习惯。

文集今次有题目，叫作《像我这样的一个男孩》，一看便知出自西西，但儿子其实没有读过原著。副题是"了解一个外来的十五岁的男孩怎样看世界"。一打开便看到自序《来自星星的我》。为什么会把自己称为"外来的"或者"来自星星的"？因为他很自觉自己的思想和行为跟其他"地球人"不一样。也怪我之前写了一篇《星之孩子》（在本书第一部分），给他看后他深感认同，所以出现了这个念头。自序中解释了他再写散文集的来由：因为他重看旧的文章，发现自己这两年来有很大变化，所以想跟大家分享。然后便简介了文集内的文章和分类。最后也感谢了黄念欣教授（他母亲）给他的文章提供意见，以及义务帮忙校对。我并不出奇，他没有提到我。

我曾经思考良久，要不要在本书中引述他的新作，甚至辑录其中一些篇章。儿子自己也明白，这些不能算是文学创作，而是一个少年跟别人分享自己的想法的文章。虽然，他对自己中文书写能力的进步，也是蛮有自信的。老实说，对平日什么都不写的儿子来说，一写便写出了这样具表达力的文字，我是很惊讶的。

在我心目中，这些文章写得很好，但那个"好"不是一般的判断文艺作品的好。它的"好"，除了语言表达清晰准确，还有的就是它的真诚。这真诚包括毫不脸红也绝无吹嘘的自我欣赏，但又同时具有自我批评和反省的自知之明。有些写到亲友间的事情，可能会说得太直白了一点，令人感到些许尴尬，但大家都会谅解他的坦白。他就是不懂得也不觉得需要隐藏什么的人，包括自己的事和别人的事。面对这样的人，你会很容易喜欢他，但也会被他无意间伤到。然后，又会不问因由地宽容他。

不过，为了保障他的私隐，我还是决定不引述和辑录他的最新文章了。那些最美好或不那么美好的东西，就留给我们自己的亲人圈子吧。至于本书关于他的第一部分，我写的时候极为小心，反复思量，要怎样措辞，怎样挑选，怎样剪裁，或采用怎样的语调和角度，以呈现一个既真实但又于他无损的形象。就算我是父亲，又是一个作家，我也没有权随意取用自己儿子的人生，作为我的写作材料。这一点我是十分自觉的，但有没有做到恰到好处，则依然感到有点不太踏实。这个部分的初稿，我给儿子亲自过目，以他不反对为底线。他对当中一些事实做了纠正和补充，但对一些细节的改动或虚构，他并不介意，似乎深明写作的本质。总体来说，他的评语是：写得几好笑。我认为，这是我从他身上所可能得到的最高评价。定稿之后，本来想给他再审阅一次，怎料他说：这是你的创作自由，我没理由干预。

至于他的最新文集，我就把里面的文章题目记录在此，让大家窥见一斑，一个自称来自外星的少年的思想世界吧："思考篇：

一、超强记忆；二、阴谋论；三、回忆；四、忌讳；五、镜子（二）：多面镜"；"生活篇：一、自己也不能理解的；二、疯笑；三、老师；四、诸事八卦；五、零弹性；六、享受；七、知错不能改"；"校园篇：一、这个很乖的；二、团体恐惧"。

　　在新文集的封底，儿子用了一张他以前去行山时拍的照片。照片中的他背向镜头，站在一处山崖边，面对着天空中西下的夕阳，和一片金光的大海。他张开双臂，手心向上，站成一个十字架的剪影，像极一个吸收天地精华的神人，或者正在接收宇宙讯息的外星人。在照片下面印了一行文字："我与万化冥合了。"我第一次看到，心头一震。这像一个少年的话吗？这不就是作为父亲的我所曾写下的遗愿吗？父与子，在最意想不到的地方接通了。

2019 年 5 月 14 日

再后记

悼父

父亲来不及看到这本书了。在收到校对稿前两天，他离开了。他甚至不知道会有这本书。一本关于他的孙子，也同时是关于他儿子的书。到了最后，又成了一本关于他儿子的父亲，也即是他自己的书。每个父亲也曾经是一个儿子，这是个说出来也觉多余的事实。但我这几天一直在想，这句话一点也不多余；甚至，简直是至理名言。

我从想写儿子开始，接着发现不得不写身为父亲的自己。然后又觉悟到，要了解父亲的角色，不得不从身为儿子的角度，去了解自己的父亲；以及去想象，父亲是如何了解他的儿子，也即是我。父子，子父，子父、父子，不断地承传、反复。到了离别一刻的来临，却创造了新的关系——生者与逝者；新的感受——思念。终于确证，时间不能逆转了。

　　我在书中戏写了自己的遗书，在现实里却要面对父亲的逝去。他没有留下遗书，或遗言。不过，一切已尽在不言中。他的人生应该没有遗憾，可以圆满地结束了。这是何其幸福的事情。父亲终了之时，我们一家来到他的床前，他的心跳已经停顿了，看上去好像是睡着了一样。我俯在他的耳边说：爸爸，你做得很好，你的人生很美满。我们都很感激你，也会一直怀念你。你不必担心，可以安心上路了。

　　其实这样的话，我四年前已经说过一遍。不只一遍，是许多许多遍。那个 10 月，在父亲八十岁生日之前几天，某清晨五点左右，我接到母亲从急症室打来的电话，说父亲气喘入院。我到达病房的时候，看见父亲脸上罩上了呼吸机，在痛苦地挣扎着。医生脸色低沉地跟我说，父亲因肺炎触发心脏衰竭，情况危急，要有心理准备，叫我尽量陪伴他。我以为这次一定凶多吉少。于是，便在他耳边说着鼓舞他的话、感激他的话、令他放心的话。我希望他无惧死亡，带着最安然的心情离开。说了半天，他的病情却慢慢舒缓下来，度过了危险期。

　　那样直接表达情感的话，我未曾跟父亲说过。而沉默寡言、不善辞令的父亲，也不惯向我们诉说内心感受。我无法确认，当时处于精神迷糊状态的他，有没有把话听进去，或者能否感受到有人在旁边给他打气。父亲和我们的沟通方式，一向也是心领神会的。探望他时嘘寒问暖，止于生活所需，吃得如何，睡得可好，有没有头晕身热之类的，甚至有点过于礼貌的相敬如宾。唯有提到他的年轻往事、工作专长，或者家中的水电维修，父亲才会乘兴而起，一发不可收拾，大半天滔滔不绝。

　　记忆中父亲从没有教训过我们。没有讲过人生道理，也没有左右过我们的决定。我们做得好的时候，他以笑容肯定；做得不好的时候，他以关切的神情加以提醒。他沉静而不冷淡，平实而不呆板，节制而不吝啬，宽容而不放纵，坚毅而不严厉。待人以善，处世以诚，凡事以人为先，以己为后。虽然教育水平不高，但克勤明达，注重行仪和品格，对子女行不言之教，不教之教。潜移默化之下，我们都深深领略到如何做一个无愧于心的人。晚年的他纵然有固执的地方，不时为小事与母亲争拗，但回想起来，也成了回味无穷的夫妻戏耍。

　　那次在生死边缘的徘徊，父亲觉得是捡回了命。因为心脏动脉严重阻塞，无法进行"通波仔"手术（心导管介入治疗）。医生建议的"搭桥"手术（冠状动脉旁路移植），父亲认为风险太高，恐怕身体承受不了。出于小心谨慎、不爱冒险的性格，他情愿采取保守的药物治疗，赚一天得一天。那时候我还以为父亲时日无多。可是，出院之后，心脏功能只剩百分之十五、曾经极度虚弱的他，竟然奇迹地慢慢复元，至少去到可以自行出外的程度。如是者赚回了差不多四年。

　　从物质方面说，父亲一生所赚不多。除了在楼价还算合理的时代，辛勤工作供了一个小单位，养育我们长大，没有蓄积任何资产。在祖父生命的晚年，父亲和二叔两兄弟在深水埗塘尾道创办了董富记五金工场，专门为制衣厂制作衣车零件。随着香港制衣业的没落，工场于一九九八年结业，父亲正式退休。我还保存着两本董富记六七十年代的线装大本账簿。前一本有祖父的笔迹，后一本已改由父亲填写。出入账都是日常琐碎，零件材料若干、灯油火蜡若干，小工序小生意，不是什么宏图大业。父亲的人生收支结算，也如这部账簿一般，都是平常的小得小失，点点滴滴，细水长流，每一分毫也得来不易，但每份付出也在所不惜。

十六七年前，为了写一部以自己家族为背景的小说，我和父亲做了个详细的访谈。他从在广州的童年记忆说起，到抗日战争时走难的经历，再到战后祖父带他兄弟俩来港定居，逐一娓娓道来。然后就是突然中止的学业，初当学徒的生涯，自学机械和自行开铺的摸索和打拼。当然少不了跟母亲的认识和结婚，以及我们三兄妹的出生和成长。他大半生的经历，我都化作小说，融入《天工开物·栩栩如真》里去了。后来小说改编为舞台剧，剧团把父亲还保留的一台小型车床搬到舞台上（使用多年的旧车床早已在工场结业时卖掉了）。上面说到的旧账簿，也在剧中用上了。父亲去观剧的时候，看见演员扮演祖父和自己，看见他引以为傲的工场和熟识的工具的再现，应该会百般滋味在心头吧。谢幕的时候，他接受了全场观众的鼓掌。那是父亲第一次，也是唯一的一次，在公众面前成为主角。

父亲的人生成绩表肯定是亮丽的。作为终身的技术工、手艺人，他以虔敬和耐心，打造好每一件作品，绝不偷工减料、粗制滥作。为的除了是养家糊口，也是出于生而为人的尽力和尽心。在公在私，父亲也有一种纯粹的、不带功利目的的责任感。就世俗的标准而言，父亲是个说不上有什么成就的平凡人；但就胜义的人格完成而言，他超过了许多所谓的成功人士。

　　小时候的父亲甚有读书天赋，但因为家境不好，刚念完小学便出来当学徒。他对事物运作的原理深感兴趣，擅于机械部件的设计；如果生得逢时，他一定会在理科方面有所成就。由于时代的限制，他只能成为技术工人，但终身敬业乐业，自力自足。如果说父亲有什么渴望，那肯定是子女能做到他自己没能实现的事情。但他从来没有给我们压力，也没有干预我们的自由。所谓丰俭由人，只要我们尽了力，做到多少他也会感到满意。而在他人生的最后阶段，最关心的就是他唯一的孙子的成长。

　　我儿新果初生之时，父亲健康尚佳，经常帮忙照顾。小儿每周至少有一晚住在祖父母家。孙子长及童龄，祖父不时带他出外，乘巴士四处游玩，近至各区公园和博物馆，远至山顶和海滩。后来果在家玩教书游戏，迫祖父母扮演学生，接受高难度的课业考验。对于学识不多、执笔忘字的父亲来说，肯定是苦不堪言。我身为儿子的，为父亲带来这样的麻烦，常常心存歉疚。待年纪稍长，果也明白自己从前实在过火，并改掉偏执和懒散的习性，认真读书和做人。纵使受到孙子的诸多烦扰，父亲却一直独排众议，对这个人儿赞赏有加，深信他终会顽石点头，出类拔萃。这个也许就是他在临终时挂在心上的最后愿望吧。

　　在度过超额人生的三年多后，父亲被诊断患上大肠癌。这消息让他有点措手不及。他一直以为，威胁自己生命的是心肺疾病。癌症对他来说是意料之外的事物。不过，意志顽强的父亲还是泰然面对。无论是资金还是心态上，大家本来也做好了大打一仗的准备。想不到的是，在多番检查之后，父亲的年纪和体质并不适合接受激烈的治疗。加上留院期间不幸又发了一次心脏病，连简单地进行肿瘤切除手术的条件也不符合。折腾一轮，结果又回到原点，美其名为保守治疗，事实上就是听天由命了。

这次出院，父亲的身体状况是历来最差的。心脏机能每况愈下，长期肠出血导致虚弱无力、精神萎靡，体重也迅速下降，变得前所未有地消瘦。饮食方面，不但油盐浓腻要节约，连纤维食物也不能吃。每天就只能进食肉碎粥和肉汤，喝一点清果汁。父亲一向不求口腹之欲，味道寡淡对他没有影响。但是，以这样的餐单，要恢复体能也很困难。出院初期只敢在家里活动，步步为营，唯恐又再触发状况。幸好这年冬天不冷，春夏又很快来临，对于血液循环欠佳的父亲来说是可喜现象。我只是担心他没法挨过另一个冬天。他的生命已经进入倒数了。

父亲并未就此放弃。开始的时候，他曾经一度有点消极，觉得自己不适宜外出。于是我便隔天过去陪他下楼散步。先在屋苑的花园平台绕两圈，然后到商场买面包和日用品。我通常是下午两点多去，遇见晴天的日子，父亲喜欢坐下来晒一会太阳。因为气血不好，他的肤色变得很白，但表面有一种返老还童的光滑。在阳光下他的手还是冷的，但指尖却很柔软，跟我记忆中的不同。印象中父亲的手沾满工场的金属尘粉和油污，皮肤的质感粗糙刚硬。岁月不但能令人铅华尽洗，也能令人脱茧重生。我眼前仿佛不是垂垂老矣的父亲，而是一个摇摇学步的孩儿。他真的觉得，只要重新锻炼，便可以回复之前的活动能力。到了后来，没有我陪伴的日子，他也能自己到街上买东西了。

　　陪父亲散步的日子，我们聊了很多话。也不算是深度的情感交流，只是闲谈对各种日常事情的意见。除了讨论病情和起居饮食的调节，还会谈到家人的状况，例如弟弟为什么辞掉工作、妹妹居住的老家要更换什么电器等。当然会说到母亲的种种。在母亲面前，父亲总是容易作出批评，但在背后，他说的都是对妻子的关心。还有聊到屋苑的维修、超市的物价、天气的变化，或者彼此的种种往事。在七八月那段日子，也会谈到时事。

　　历史伟人教人记住他们的丰功伟绩，亲人却教我们记住他们生活上的微末点滴。仿佛事情越细，铭刻得便越深；越琐碎，便越富有生命的质感。几个月来，我给父亲买鸡精、果汁、营养品，看着他的健康渐有起色。我陪他买熨衫板、睡裤、拖鞋、餐具，带他去看医生、剪头发、换新身份证，仿佛前面还有长久生活下去的许多日子。父亲去后，母亲才说，多年以来，父亲都比她早起，煮水冲茶，为她斟好一杯，放在案上，天天如是，直到最后。我却记得小时候，父亲在晚饭后总会为我们把苹果削皮切块，然后才回到工场去继续工作。为家人切苹果的习惯，后来由我继承。不过父亲坚持自己选购苹果。每逢周日晚上大伙儿回家吃饭，他必会在超市挑选最好的苹果。纵使，他自己已经不能吃苹果了。

　　在出事前一晚，儿子果去祖父母家吃饭。他回来说，祖父十分健谈，循例和祖母争论，看起来一点事也没有。第二天早上，母亲来了电话，说父亲昨晚深夜不适，屙呕肚痛，叫我过去陪他进医院。在急症室经初步诊断，怀疑是肠胃炎。其他指数一切正常。在病房躺了半天，没有特别的治疗方案。到了晚上给了一颗抗生素。一和水吞下去，就呕了出来。医生连忙指示打了支止呕针。我临走的时候，父亲在床上挨坐着，状似忍痛，但已经没有呕吐。我拍了拍他的肩，说：休息一下，没事的，我明早再来。回到家里，虽然担心，但未有作最坏打算，还在设想明天。睡梦中听到手机响，一睁眼，便心知不妙。那边说：家人立即来，病人正在急救。

去到医院，看见很多护士围着病床，医生走出来，说：已经没有心跳，你们决定要急救下去吗？我听不懂。已经没有心跳，那还有什么好决定？我后来才知道，医生是不会随便说"死"的。就算实际上已经死亡，他也会问：救不救？不救的话，会给家属时间和死者见面。像个中学生似的小个子男医生说：他可能还有意识的，亲人可以和伯伯说最后的话。我没有质疑他：不是已经死了吗？还说什么话？医学上怎么证实一个人没有心跳以后还有意识？有意识即是死了没有？不要疑问，只管相信。

护士已经为父亲整顿好。他安然地躺在床上，盖着被子，没有急救时零乱的迹象，真像睡得很安稳很舒适的样子。在我和母亲、妻子之后，弟弟、弟妇、妹妹，以及我儿子都赶到了。于是我们便轮流和父亲说了话，有的说出口，有的在心中说。我俯下身，摸着父亲的额头、脸颊、鼻子、眼睑，在他耳边说了那番话。我相信他听到了。

太阳出来了，一线晨光，投向窗前的病床上，照亮了父亲的脸面。高高的眉骨、直直的鼻梁、深深的眼窝，轮廓更显分明。

弟弟想拉上帘子，我说不要，爸爸喜欢晒点太阳。父亲的容颜，静静地沐浴在温和的光芒里，就好像光是从他的脸上散发出来一样。那是多么的漂亮，多么的美好，但也是多么的令人伤心的时刻。

　　完成后，医生做了最后一次确认，然后宣布死亡。接下来的都是俗务了。

2019 年 8 月 23 日

董启章创作年表

1992 年

- 五月于《素叶文学》发表第一篇小说《西西利亚》。
- 于《星岛日报》副刊"文艺气象"发表短篇小说《名字的玫瑰》《快餐店拼凑诗诗思思 CC 与维真尼亚的故事》《皮箱女孩》等。

1994 年

- 《安卓珍尼——一个不存在的物种的进化史》获联合文学小说新人奖中篇小说首奖;《少年神农》获联合文学小说新人奖短篇小说推荐奖。

1995 年

- 《双身》获联合报文学奖长篇小说特别奖。

•《纪念册》(香港：突破);《小冬校园》(香港：突破)。

1996 年

•《安卓珍尼：一个不存在的物种的进化史》(台北：联合文学)。

•《家课册》(香港：突破)。

•《说书人：阅读与评论合集》(香港：香江)。

• 董启章、黄念欣合著,《讲话文章：访问、阅读十位香港作家》(香港：三人)。

1997 年

•《地图集：一个想象的城市的考古学》(台北：联合文学)。

•《双身》(台北：联经)。

•《名字的玫瑰》(香港：普普)。

• 董启章、黄念欣合著,《讲话文章 II：香港青年作家访谈与评介》(香港：三人)。

• 获香港艺术发展局文学奖新秀奖。

1998 年

•《V 城繁胜录》(香港：香港艺术中心)。

•《同代人》(香港：三人)。

•《名字的玫瑰》(台北：元尊文化)。

1999 年

- 《The Catalog》（香港：三人）。

2000 年

- 《贝贝的文字冒险：植物咒语的奥秘》（香港：董富记）。

2002

- 《衣鱼简史》（台北：联合文学）。
- 《练习簿》（香港：突破）。

2003 年

- 《体育时期》（香港：蚁窝）。
- 《第一千零二夜》（香港：突破）。

2004 年

- 《体育时期》（台湾版）（台北：高谈文化）。
- 《东京·丰饶之海·奥多摩》（台北：高谈文化）。

2005 年

- 《天工开物·栩栩如真》（台北：麦田）。
- 《天工开物·栩栩如真》获台湾联合报读书人最佳书奖及中国时报开卷好书奖、香港亚洲周刊中文十大好书。
- 董启章、利志达合著，《对角艺术》（台北：高谈文化）。

- 剧本《小冬校园与森林之梦》，由演戏家族演出。

2006 年

- 《天工开物·栩栩如真》获第一届红楼梦长篇小说奖决审团奖。
- 剧本《宇宙连环图》，由前进进戏剧工作坊演出。

2007 年

- 《时间繁史·哑瓷之光》（台北：麦田）。
- 剧本《天工开物·栩栩如真》，与陈炳钊合编，于香港艺术节演出。
- 《体育时期》由 7A 班戏剧组改编为音乐剧场《体育时期·青春·歌·剧》。

2008 年

- 《时间繁史·哑瓷之光》获第二届红楼梦长篇小说奖决审团奖。

2009 年

- 《致同代人》（香港：明报月刊）。
- 获香港艺术发展局艺术发展奖年度最佳艺术家（文学艺术）。
- 赴美国爱荷华参加"国际写作计划"。

2010 年

· 《体育时期》（简体版）（北京：作家）。

· 《天工开物·栩栩如真》（简体版）（上海：世纪文景）。

· 《安卓珍尼》（经典版）（台北：联合文学）。

· 《学习年代》（《物种源始·贝贝重生》上篇）（台北：麦田）。

· 《双身》（二版）（台北：联经）。

· 剧本《断食少女 K》（原名《饥饿艺术家》），由前进进戏剧工作坊演出。

· 《学习年代》获香港亚洲周刊中文十大好书。

2011 年

· 《在世界中写作，为世界而写》（台北：联经）。

· 《学习年代》（《物种源始·贝贝重生》上篇）获香港电台、香港公共图书馆及香港出版总会合办"第四届香港书奖"。

· 《地图集》（台北：联经）。

· 《梦华录》（台北：联经）。

· 《天工开物·栩栩如真》（简体版）获第一届惠生·施耐庵文学奖。

2012 年

· 《答同代人》（北京：作家）。

· 《地图集》（日文译本）藤井省三、中岛京子译（东京：河出书房）。

- 《繁胜录》（台北：联经）。
- 《博物志》（台北：联经）。
- *Atlas: Archaeology of an Imaginary City* (New York: Columbia University Press).

2013 年

- 《体育时期（剧场版）》【上、下学期】（台北：联经）。
- 《体育时期》由浪人剧场改编为音乐剧场《体育时期 2.0》。

2014 年

- 《美德》（台北：联经）。
- 《董启章中短篇小说集 I：名字的玫瑰》（台北：联经）。
- 《董启章中短篇小说集 II：衣鱼简史》（台北：联经）。
- 《香港当代作家作品选集：董启章卷》（香港：天地）。
- 获选为"香港书展年度作家"。

2016 年

- 《心》（台北：联经）。
- 《肥瘦对写》（新北市：INK 印刻）。

2017 年

- *Cantonese Love Stories* (Penguin China).

•《神》(台北：联经)。

•《心》获香港电台、香港公共图书馆及香港出版总会合办"第十届香港书奖"。

2018 年

•《爱妻》(又名浮生)(新北市：联经)。

• *The History of the Adventures of Vivi and Vera* (Hong Kong: Muse).

•《神》获香港电台、香港公共图书馆及香港出版总会合办"第十一届香港书奖"。

2019 年

•《爱妻》(又名浮生)获第二十七届台北书展大奖"小说奖"。

•《命子》(台北：联经)。

2020 年

•《爱妻》获第八届红楼梦长篇小说奖决审团奖。

•《后人间喜剧》(台北：新经典文化)。

•《爱妻》(简体版)(北京：后浪|九州出版社)。

鸣谢

本书为作者担任南洋理工大学驻校作家期间（2018 年 8 月至 12月）完成的作品，特此向赞助机构新加坡南洋理工大学及新加坡国家艺术理事会致谢。